能・狂言の誕生

諏訪春雄
Suwa Haruo

笠間書院

中国青海省ラマ教の跳舞（チャム）

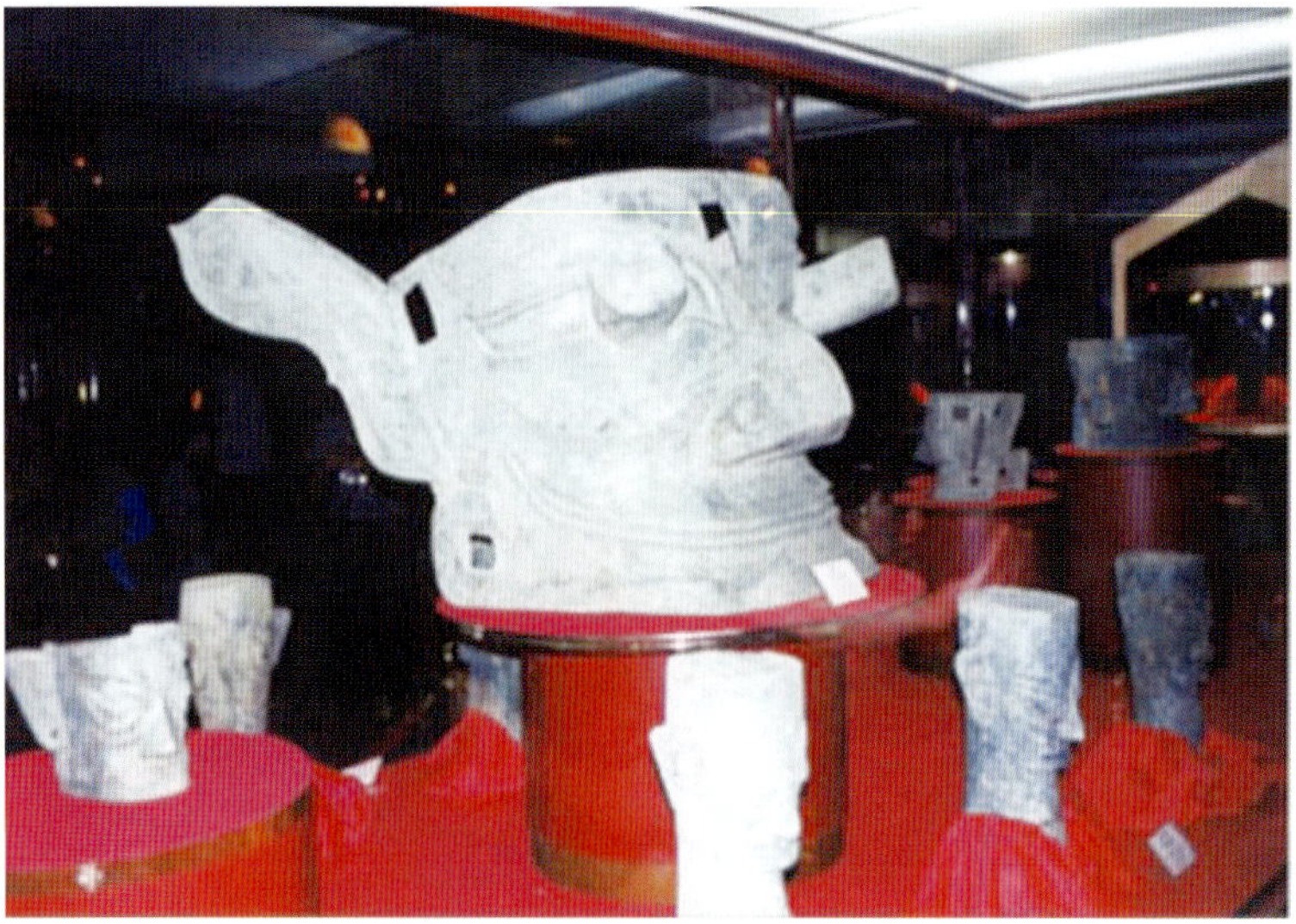

中国四川省広漢三星堆文物博物館の巨大仮面

中国貴州省徳江県「三国志演義」を上演する地戯隊の仮面

能・狂言の誕生——目次

Ⅲ　大陸芸能と能・狂言　29

Ⅳ　能の誕生　183

※本文中、特に出所の記載のない写真については、執筆者の撮影・提供による。

はじめに

日本の伝統芸能でも、歌舞伎や文楽など、近世に成立した芸能が、いつ、どこで、だれによって誕生させられたか、すでにあきらかになり、事典類に定説として記述されている。それに対し、中世に誕生した能や狂言は誕生の過程があきらかになっていない。

この最大の理由は、鎖国政策をとった近世には、幕末期まで、海外からの文化の衝撃波が日本列島に打ち寄せたという事実がなかったのに対し、中世は、中国大陸からの影響が甚大であって、大陸文化の影響を考えることなしに、中世誕生の日本文化の本質を見極めることはできないからである。

明治以来、能楽の研究には、すぐれた才能が輩出し、その精度は、日本各分野の芸能研究史と比較しても突出している。にもかかわらず、肝心かなめの能の誕生を解明できなかったのは、中国大陸芸能の影響という視点が、能楽研究の先達たちに欠けていたからである。

さいわいなことに、私は、一九八〇年代の末ごろから毎年中国大陸に渡り、比較芸能史、さらには比較文化史の研究に従事してきた。当然なことながら、比較の主要対象になった芸能や文化は日本の中世であった。大陸との比較という視点に立てば、私がことさらに意図することなしにも、自然に、日本の中世の文化にいきつくのであった。

日本人が世界に誇ることのできる国宝ともいうべき能は、室町時代の応安七年（一三七四）に、観世座の創始者観阿弥が京都の東山に現存する新熊野《いまくまの》神社境内で演じた「白髭《しらひげ》の曲舞《くせまい》」で産声をあげた。共演した息子の世阿弥は十二歳。観覧席には、これを機に熱心な世阿弥の庇護者となった三代将軍足利義満が身をのりだして見入っていた。

私の比較研究がはじめてあきらかにした事実である。

比較研究の成果をまとめたこれまでの私の著述は、本書の各所に利用している。中世の祭祀や民間神楽、ことに能に、研究主題は集中している。その成果の助けなしに本書の執筆は不可能であった。

本書によって能の誕生の秘密は完全に解明できたと自負する。

そして、私の長期にわたる東アジアを中心対象とした比較芸能史研究の一つの集大成となった。

本書は、京都造形芸術大学を拠点に、同大学教授田口章子氏の提案で実施された能の誕生についての研究会「白髭《しらひげ》研究会」で私が発表した成果を盛りこんで成立している。

I 能・狂言研究史

1 誕生の過程が分かっていない能

1　誕生の過程が分かっていない能

誕生の過程が分かっていない能

古典芸能の能は、狂言、歌舞伎、文楽などとならんで、日本が世界に誇ることのできる国宝である。私は、ながく日本の古典芸能を海外の古典芸能と比較する研究に従事してきた。その研究をつづければつづけるほど、そしてアジアを中心とした海外の古典芸能についての知識がふかまればふかまるほど、日本の古典芸能の独自性とすばらしさを痛感させられている。

その国宝の能と狂言が、しかし、どのようにして誕生し、成長して現在にうけつがれたのか、よく分かっていないのである。もちろん、多くの研究者によって、明治以降、熱心な研究がこの分野で行なわれてきた。驚嘆すべき膨大な業績が積まれているが、能や狂言が、いつ、どこで、どのようにして生まれたのか、肝心かなめのところはまだあきらかにされていない。

同じ古典芸能でも、歌舞伎や文楽の誕生の経緯は、成立年代、成立の場所、そしてなしとげた人名までをふくめて、すべてが、すでにあきらかにされている。たとえば歌舞伎である。歌舞伎は、出雲大社の巫女《みこ》と自称する*1出

（1）**自称する**　お国が出雲大社の巫女であった確証はない。しかし、お国が出雲大社の巫女と称して京で踊りを演じたことは、当時の公家の記録に見える。

（2）**ややこ踊り**　ややこは赤ん坊の意味。お国が天正九年（一五八一）ごろから演じていた踊りで、少女の踊りのあどけなさを強調してよばれた。

（3）**念仏踊り**　念仏を唱えながら踊ること。中世中期、時宗の一遍が始めた踊り念仏が浄土宗諸派に受けつがれ、のち芸能娯楽化してお国の舞台で演じられた。

（4）**義太夫節**　貞享元年（一六八四）、竹本義太夫が大坂道頓堀で人形浄瑠璃の芝居小屋竹本座を旗揚げしたときが三味線音楽の義太夫節の成立。同時に新浄瑠璃とよばれる人形浄瑠璃の誕生となった。

（5）**植村文楽軒**　淡路出身の人形

雲のお国が京都で演じた「茶屋遊び」の筋立てのなかのややこ踊り＊[2]・念仏踊り＊[3]に始まる。ややこ踊りは幼い子のような踊り、念仏踊りは念仏に合わせた踊りである。時期は慶長八年（一六〇三）五月、場所は五条の河原であった。時代の先端をいく異風ぶりを当時の貴族たちが日記のなかで「かぶき（傾き）」つまり異様、異風と形容して記録した。このように、歌舞伎の誕生の事情はすでに定説として認知され、演劇史や事典類に記述されている。

人形浄瑠璃はどうか。人形浄瑠璃の歴史は次のようにまとめられる。竹本義太夫が貞享元年（一六八四）に大坂道頓堀に竹本座を創設し、各流の浄瑠璃を集大成して義太夫節《ぎだゆうぶし》＊[4]を誕生させたときをもって、それまでの古浄瑠璃と区別される新浄瑠璃時代の始まりとしている。

竹本義太夫受領して築後掾肖像。
諏訪春雄編『図説資料近世文学史』より

この新浄瑠璃の流れをうけて十九世紀初頭に淡路出身の興行師植村文楽軒《うえむらぶんらくけん》＊[5]が大坂の高津《こうづ》に浄瑠璃小屋を建て、この小屋が文楽軒の芝居とよばれた。このときが文楽の開始である。

芝居の興行師。十九世紀の初め、大坂の高津に人形芝居の小屋を建て、文楽軒の芝居とよばれたのが、文楽の始まり。

現存最古のお国歌舞伎図屏風。五条河原で最初の興行を行なったお国一座はすぐ北野神社の右近の馬場に移って興行を続ける。図はその時の「茶屋遊び」の舞台を描く。
諏訪春雄編『歌舞伎開花』より

しかし、能や狂言の誕生については未だに場所も時期も確定されていない。同じ日本の古典芸能でありながら、この違いはなぜ生じたのであろうか。これまでの日本の古典芸能の研究に、海外との比較という視点をほとんど欠いていたからである。

江戸時代に成立した歌舞伎や文楽は、日本の国内の資料操作だけで誕生の過程を解明することができた。江戸時代は、徳川幕府が鎖国政策をとっていたことが大きな理由となって、海外から押し寄せてきた芸能の大波が国内の芸能に衝撃的な影響をあたえたという事実はなかった。そのために、国内資料だけで成立や本質をあきらかにすることができた。というよりは、国内資料の検討が、研究の正道であり近道でもあったのである。

しかし、中世に誕生した能や狂言は事情がまったく違っていた。のちにくわしくのべるように、中世は、海外、とくに中国大陸から、文化の大波が幾《いく》次《じ》にもわたってこの日本列島に押し寄せてきた。その影響をうけて、日本は、古代とは異なる新しい文化や芸能を創りだした。同じ環境のなかで、能や狂言も海外からの渡来文化の影響下に誕生したのであった。海外からの影響という視点なしにその成立や本質の解明は不可能なのである。

残念なことに、これまでの能や狂言の研究に従事した人たちに海外文化の影響という視点が不十分であった。そのことが、誕生の秘密の解明をさまたげてきたのである。

能と狂言の成立についてこれまでに何があきらかにされているか

能と狂言の誕生についてどこまで分かっているのか。代表的な研究成果をみてみよう。

奈良時代の八世紀に、中国大陸から散楽《さんがく》が伝えられた。「散」はまとまりのない雑多の、という意味であり、「楽」は音楽をともなった芸能をいう。したがって、散楽は、百戯《ひゃくぎ》*1、雑伎《ざつぎ》*2ともいわれ、曲芸、歌、舞、奇術、目くらまし、物まねなどをひろくふくんだ雑芸能であった。朝廷は、官立の養成機関である散楽戸《さんがくこ》*3を設置して専門家をそだてた。この官立養成機関は間もなく廃止されたが、散楽は大寺院の庇護をうけ、さらに一部は大道の大衆相手にも活路を見出し、平安時代の十二世紀末には笑いの要素や寸劇的要素がつよめられ、散をなまって猿という語をあて、猿楽《さるがく》とよばれるようになった。この猿楽から狂言が生まれた。

十二世紀から十三世紀にかけての平安・鎌倉時代、寺院では、正月や二月に、罪過消滅を祈願する法会《ほうえ》が行なわれていた。正月の法会を修正会《しゅしょうえ》、

（1）**百戯**　数多い芸能の意味。多様な芸能を数多く含むところから。
（2）**雑伎**　雑多な芸能の意味。
（3）**散楽戸**　七世紀前半の天平年間に宮廷の雅楽寮に設置されたが、平安時代の初め、桓武天皇の延暦元年（七八二）に廃止された。

二月の法会を修二会《しゅにえ》という。「修」は修行のために仏教行事を実施する意味である。いまも奈良の東大寺の二月堂《にがつどう》で行なわれている修二会はお水取りの名で知られている。東大寺にかぎらず多くの寺院で、正月、二月に実施されている。

　この法会で、密教的な悪魔払いの行法をつとめる者たちを法呪師《ほうしゅし》とよんだ。彼らのつとめる役割のうち、呪法《じゅほう》の意味を分かり易く示す追儺《ついな》の儀礼＊4などを寺院に所属する猿楽者がかわって行ない、これを呪師猿楽《しゅしさるがく》とよんだ。この呪法の猿楽から能が生まれた（横道萬里雄《よこみちまりお》「能」『日本古典文学大辞典』）。

　法呪師の演じる呪師猿楽の中心を占めていた芸態が翁《おきな》猿楽＊5であった。翁の仮面をつけた者が、舞や語りを演じる芸能で、猿楽のなかにもはやくからみられ、式三番《しきさんば》ともよばれていた。翁猿楽は、平安時代の末には成立していた可能性があり、確実な文献資料として弘安六年（一二八三）の「春日臨時祭記《かすがりんじのまつりのき》」＊6をあげることができる。舞楽《ぶがく》＊7、田楽《でんがく》＊8、細男《せいのお》＊9などのほかの種類の芸能とともに、猿楽の連中が児《ちご》・翁面《おきなおもて》・三番《さんば》猿楽・冠者《かじゃ》・父《ちちの》　允《じょう》を一組とする翁猿楽を演じていた記録がのこされている。現存最古の翁の面も鎌倉時代のものである。この翁の芸能も、呪師猿楽と同じように大寺院の修正会・修二会などで演じられていたものらしく、現在も、

（4）**追儺**　悪鬼を追う儀礼。参照「3　能と追儺」

（5）**翁猿楽**　参照「6の翁猿楽の由来」

（6）**春日臨時祭記**　奈良春日若宮神社の臨時の祭礼の記録。弘安六年（一二八三）、貞和五年（一三四九）などの資料が伝えられ、能楽研究の重要文献とされている。参照「9の巫女神楽・白拍子・曲舞・猿楽能」

（7）**舞楽**　雅楽の楽器演奏で演じられる舞踊。大宝元年（七〇一）に治部省に設置された教習機関の雅楽寮で専門家が養成された。

（8）**田楽**　大陸の田植えの際に演じられる芸能の影響下、平安後期から南北朝期にかけて盛行した芸能。編木（びんざさら）や田楽鼓を持った田楽法師が演じ、鎌倉時代以降、演劇性を強め、猿楽能のライバルとなった。参照「10の能楽界の制覇」

（9）**細男**　さいのうとも。平安時

奈良興福寺の修二会《しゅにえ》＊10では鎮守神である春日大社のまえで演じる翁猿楽を呪師走りとよんでいる。また延暦寺《えんりゃくじ》の修正会でも、鎮守の日吉神社《ひよしじんじゃ》＊11で翁舞が演じられるなど、その例は多い（山路興造『翁の座　芸能民たちの中世』）。

以上が、能と狂言の成立について、現在までにいわれていることである。難語には説明を加えて要点を引用した。

従来説への八つの疑問

これまでの説で、能、そして狂言の誕生の秘密はすべて解明されたのであろうか。多くの問題が未解決のままにのこされている。

従来説でも、能や狂言の前身の散楽・猿楽と寺院の修正会や修二会の追儺《ついな》の儀礼が大陸から渡来したことは承認されているが、それらを母胎として能や狂言が成立していく段階では、日本独自の経過をたどったとしている。そのため、追儺の儀礼と完成した能や狂言との間隙を埋めるために、

高野辰之《たかのたつゆき》の延年《えんねん》＊1説（『歌舞音曲考説』）

能勢朝次《のせあさじ》の曲舞《くせまい》＊2説（『能楽源流考』）

代ごろから神社の祭礼で白い布で顔を覆って特殊な舞を舞った人、またはその舞。現在、奈良春日大社若宮おん祭に登場する。

（10）**修二会**　参照「3の能誕生の母胎」

（11）**日吉神社**　参照「10の近江・丹波猿楽への挑戦」

（1）**延年**　延年舞とも。平安中期から鎌倉室町時代にかけて、寺院の法会のあとに、僧侶・稚児などが行なった遊宴の歌舞。現在も岩手県毛越寺（もうつうじ）、日光輪王寺などに伝えられる。

（2）**曲舞**　久世舞、舞々とも。中世前期に流行した芸能。参照「9　曲舞と能」

江戸時代からいわれた田楽《でんがく》*3説

などがとなえられてきた。

しかし、能や狂言の成立を完全に説明しきるためには、すくなくとも、以下の八つの疑問が解決されなければならない。

① 仮面劇

宮中や大寺院で催されていた追儺は物語性を持つ仮面劇ではない。現在、各地の寺院で催されている修正会《しゅしょうえ》や修二会《しゅにえ》で、悪鬼や一部の神仏が仮面を用いる例は認められるが、登場する役柄のすべてが仮面を使用している例はない。なぜ能は物語性を持った仮面劇となることができたのか。あの多様な仮面はどのようにして制作されたのか。

② 亡霊劇

追儺の鬼は邪悪な精霊としての鬼である。しかし、世阿弥によって完成させられた夢幻能《むげんのう》*4に登場する亡霊は哀れなすくわれない亡者《もうじゃ》である。悪鬼から亡霊への主役の変化はなぜ可能になったのか。

（3）**田楽**　参照8ページ脚注「田楽」

（4）**夢幻能**　現在能と対立する能の二大分野の一つ。主人公（シテ）が神・霊・精などの超自然的存在の能。参照「5の複式夢幻能の中入り」

③　複式夢幻能

能でもっとも一般的な形式である複式夢幻能では、中入りをはさんで前場《まえば》と後場《のちば》に分かれる二場の構成となり、シテが前場では化身《けしん》の人間、後場では亡霊として登場する。この形式は世阿弥《ぜあみ》によって完成させられた。彼はなにをヒントにこの形式を構想し、実現したのか。

④　翁舞《おきなまい》*5（式三番《しきさんば》）

能は完成した上演形式としては、最初に翁舞を上演し、以下のような構成をとった。

翁　ワキ能　二番目能　三番目能　四番目能　キリ能　半能

半能はワキ能に登場した神を送り返す場面で、ワキ能の後半を演じるところからこの名がついた。この全体の構成の成立は江戸時代のことであるが、萌芽はすでに世阿弥のころにあった。なぜ能は冒頭に翁舞をすえたのか。翁舞とはなにか。翁舞に登場する役柄ははじめは五役の五番、のちに三役の三番に整理されて式三番*6とよばれて今日に伝えられた。式三番はどのようにして成立したのか。

（5）**翁舞**　翁、翁猿楽、式三番とも。正式な上演の能番組の冒頭に上演される老体の神の能。参照「6の翁猿楽の由来」

（6）**式三番**　参照「6　五から三へ」

⑤　五番続き
なぜ完成した一日の上演形式は五番続きなのか。しかも、その五番が、ふつうに「神男女狂鬼」*7 とよばれるような主題を持った作品をそれぞれに演じるのか。

⑥　能と狂言の交互上演
完全上演では、仮面劇としての能のあいだに、面をつけない直面《ひためん》の当時の現世劇である狂言を組みあわせて演じた。このような興行方法はどのようにして成立したのか。

⑦　大和猿楽の制覇
なぜ当時活躍していた多くの猿楽座のなかから大和猿楽*8（世阿弥は申《さる》の字を当てる）の四座だけがのちに生きのびたのか。また、なぜ同じ興福寺・春日神社に奉仕した新興の奈良田楽座《でんがくざ》を圧倒して猿楽四座が興隆したのか。

⑧前身の猿楽から、いつ、どこで能は誕生したのか。それをなしとげた人物はだれなのか。

（7）**神男女狂鬼**　能番組が五番立てとして完成したとき、脇能・修羅能・鬘物・狂乱物・鬼畜能の順序で演じられ、シテが神男女狂鬼と整理されること。参照「6の能の五番構成」

（8）**大和猿楽**　大和の興福寺、法隆寺などの寺社に属して祭礼に奉仕した猿楽座。のちの宝生・観世・金剛・金春の四座。参照「10　観世座の能楽界制覇」

すくなくとも以上の八つの疑問に答えることなしに、能と狂言の成立を解明したことにはならない。とくに、もっとも重要な課題は、⑧にあげた《能はいつどこで、だれの手によって誕生したのか》という問題である。これら八つの疑問すべてに答えたときに、はじめて能の誕生を完全に解明したことになるのである。この八つの疑問に答えるために、私は本書を執筆した。

Ⅱ 日本の中世文化

2 東アジア社会と連動した中世文化

2 東アジア社会と連動した中世文化

大陸の大動乱で東アジア社会の古代が終わり 日本の中世が始まった

能・狂言は中世に誕生した。能・狂言を生みだした中世という時代について考えることから私の論を始めよう。

日本の平安時代から中世にかけて、当時の東アジア三国の中国・日本・朝鮮は王朝の興亡をくりかえしていた。

大陸で漢民族が建設した国家の宋《そう》は、満州から起こったツングース系女真族《じょしんぞく》の国家の金《きん》に南へ追われたときを区切りとして、北宋《ほくそう》（九六〇―一一二七）と南宋《なんそう》（一一二七―一二七九）に分かれる。北宋の都は華北の河南省開封《かいふう》であり、ここを追われた南宋の都は華南の浙江省杭州《せっこうしょうこうしゅう》に移った。その南宋と金を亡ぼした国家が元《げん》であった。元（一二六〇―一三六八）はモンゴル（蒙古）族が建てた国であった。その元を滅ぼした明《みん》（一三六八―一六四四）は漢民族の国である。

このように異種民族国家が短い期間に互いに交替した大陸の動乱の影響を

うけて、日本では一一九二年（建久三）に、平家政権に代わって源頼朝が征夷大将軍に任官、すこし遅れて、一二七〇年（文永七）に朝鮮半島の高麗《こうらい》は

モンゴル・元《げん》の東アジア侵攻

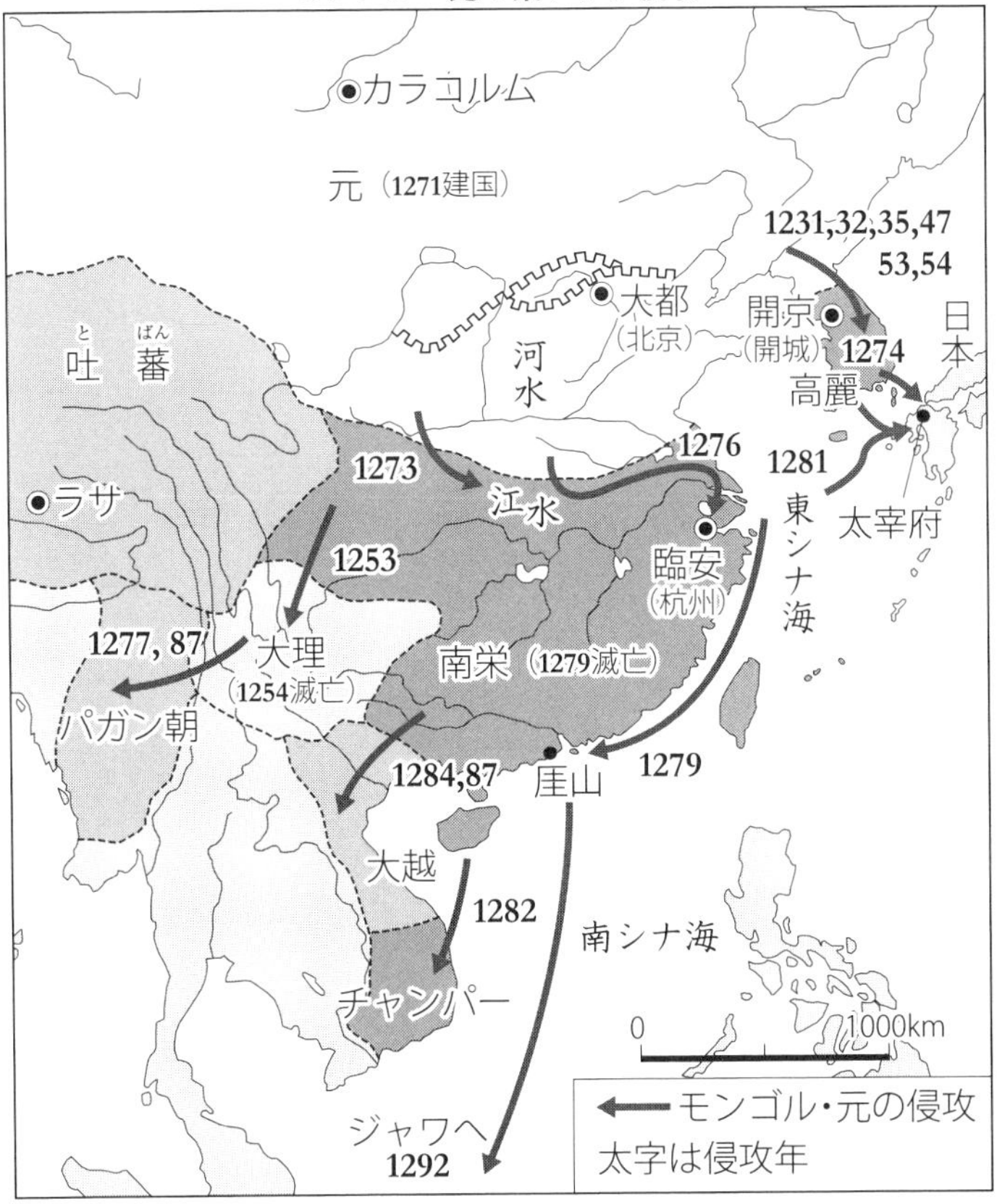

『ビジュアルワイド図説日本史』（東京書籍）他を参照した。

元の支配下に入った。

宋は漢民族文化が頂点に達した時代であった。周辺異民族のために宋が亡ぼされたとき、異民族の統治に入ることをいさぎよしとしない漢民族知識人が多数海外に散っていった。また、元は朝鮮半島の高麗を亡ぼし、半島の古代を終わらせた。

日本では平清盛が積極的に対宋貿易を展開していたが、宋の国力の衰退によって、経済基盤をうしなった。武士でありながら王朝文化に心酔していた平家が滅亡し、天皇と貴族中心の日本の古代が終わり、武士と僧侶が主となる中世が始まった。日本の中世は宋・元・明文化を中心とした大陸文化を摂取し、近世に伝えて日本の伝統文化を完成させた。

もうすこしていねいに動乱の東アジア社会と日本の歴史をたどってみよう。九世紀末の遣唐使廃止以降の日本は一般人の対外渡航を禁止した半鎖国状態に入った。宋と日本とは正式な国交は開かれないままであったが、しかし、貿易はかなり活発に行なわれていた。宋船の寄港地は主に博多であり、なかには敦賀まで来る船もあった。日本に来た外国船は大宰府《だざいふ》の鴻臚館《こうろかん》＊1に収容された。平安中・末期の貴族たちは国家権力の介入を遮断した「不入《ふにゅう》」権を持つ自分の領地の荘園《しょうえん》内で半ば公然と密貿易を行なっていた。

宋から日本へは香料・茶・陶磁器・絹織物・書籍・薬品などが運ばれ、日

（1）**鴻臚館**　古代、外国使節を宿泊させた客館。九世紀初めに鴻臚館と改称し、十一世紀中ごろまで存続した。

本から宋へは砂金がもっとも重要な輸出品であり、ほかに硫黄《いおう》・水銀・工芸品の扇が運ばれた。

日本の商人たちは密航して宋へ渡っていた。十一世紀後半（宋は神宗《しんそう》皇帝・日本は白河天皇の頃）になると商人たちは船を出して宋を目指すようになる。当時の日本の造船・航海の技術水準は低く、島伝いに半島の高麗へ行き、そのあとに宋へおもむいた。当時、日本人の海外渡航は僧侶だけが例外として公認されていた。

九六〇年に建国された宋が、北宋時代の約百五十年間都を置いた開封は、その間、三重の城壁が都市を囲み、大運河も引かれ空前の繁栄を極めた。中国文明がもっとも爛熟をきわめた時代で、その名残りは現在の開封にも見ることができる。

当時の開封の隆盛の様子は絵巻『清明上河図《せいめいじょうがず》』、文献『東京夢華録《とうけいむかろく》』に描き出されている。米を始めとした豊富な物質が、張り巡らされた運河を通して江南から運ばれ、庶民の夜間往来が許され、屋台や大道芸、講談、講釈などに群集した。

宋代は全体として日本の中世の社会形成の手本となっている。

宋代は貴族階級が存在せず、官僚が支配者であった。官僚は、税制上の特権を持ち、その特権は「家」ではなく公務員試験の科挙《かきょ》＊2に合格した個人

「清明上河図」北宋張択瑞画。『清明上河図をよむ』より

（2）**科挙**　科目試験によって官吏を登用する制度。六世紀末の隋代に創設され、二十世紀初めの清代まで継続した。

にあたえられていた。下級役人が政務を担っていた。この宋の社会制度は、公家が背後に退き、武家が政権を担った日本の中世のモデルとなった。

宋代、農業生産量が増大し、長江《ちょうこう》の下流域を中心に開発が進んだ。日本の東国開発と対応している。手工業では陶磁器の生産がさかんになり、青磁や白磁がこの時代の代表的な陶磁器となり、日本の瀬戸物や美濃焼などにヒントを提供した。商業では、はやく唐代に営業地の制限が撤廃され、取引の隆盛を招いた。宋銭、明銭がアジアの共通貨幣として使用され、後代になって、アジア全域から大量にこの時代に流通した宋銭が出土している。その影響を受け、日本でも平安時代の皇朝十二銭から宋銭へ通貨が変わっていた。

文芸・学術でも注目される相関性が認められる。

朱熹《しゅき》（朱子）*3 が新解釈を加えて体系化した儒学は宋代を代表する学問体系となり宋学とよばれた。朱子の「性即理」の理論に対して陸九淵《りくきゅうえん》（象《しょう》山《ざん》）*4 は新しく「心即理」を唱えて、明代の王陽明《おうようめい》*5 の陽明学にひき継がれた。この大陸の学問は日本の五山の禅僧や公家たちの学ぶところとなって、日本の朱子学派・陽明学派を育てた。

唐代の韻文の「詩」に対し、宋代は旋律を持つ韻文ではあるが長短不揃いの句で構成される「宋詞《そうし》」*6 が流行した。この宋詞は日本の今様《いまよう》や語り物などに影響をあたえた。

（3）**朱熹**　朱子は尊称。南宋の儒学の思想家。倫理学・政治学・宇宙論にまで及ぶ朱子学を大成した。理という普遍原理を設定し、人間の持って生まれた本性の性がすなわち理である生き方を理想とする「性即理」を説いた。

（4）**陸九淵**　南宋の儒家。号象山。性善説に立って、自己の心に従ってあるがままの生き方をすることが理に叶うとする心即理の論を唱えた。

（5）**王陽明**　明代の儒学思想家。象山の心即理をさらに徹底させ、知行合一論を説いた。

（6）**宋詞**　宋代に流行した楽曲を伴う韻文の歌曲。宴席などに歌われた。

日本の木版画に大きな影響を与えた中国版画。
現在の蘇州版画博物館の匡郭《きょうかく》版画と
刷り上がりの作品。

また、美術でも宋代宮廷絵画の院体画＊7や南画＊8ともよばれた文人画の画法は日本へ渡って漢画の名で継承され、狩野派＊9などの画法を生んでいた。

そのほか、木版印刷、火薬、羅針盤などの技術が伝来して、五山版の印刷、海外貿易船などに生かされ、五山十刹《じっさつ》制度＊10として国家の統制の下におかれた大陸の仏教寺院制度が、日本の京・鎌倉の五山制度の手本となった。

（7）**院体画**　宮廷画家の画風。唐代に起源を持つ画院（翰林図画院）の伝統を引くところからこの名がある。

（8）**南画**　南宋で行なわれた南宋画の画風を継承した画。

（9）**狩野派**　日本絵画史上最大の画派。室町時代の幕府御用絵師狩野正信に始まり、明治の狩野芳崖、橋本雅邦で終わった。

（10）**五山十刹**　日本中世に朝廷・幕府が定めた禅宗官寺の寺格。南宋の禅宗制度を移入し、朝廷や幕府が住持を任命した。五山、十刹、諸山の三種があった。

中世は精神文化革新の時代

日本の中世は精神文化に限っても、近世以降に継承された次のような革新が実現されていた。その革新の中核もまた大陸と連動していた。

鎌倉新仏教の誕生
神道各派の革新運動
民間祭祀の整備・変容
五山を中心とした文化活動
漢画・茶・華道などの勃興
能・狂言・幸若舞・説経・人形芸などの形成と整備

仏教各派と神道各派を例に検討してみる。

鎌倉仏教とよばれ、日本仏教の中核となっている、中世誕生の浄土宗、臨済宗、浄土真宗、曹洞宗、日蓮宗、時宗などの諸派は、多少にかかわらず中国仏教の影響下に、その本質を確立していた。

浄土宗の法然《ほうねん》は、唐の浄土僧善導の著書『観経疏《かんぎょうしょ》』*1 に出あって念仏だ

（1）**観経疏**　善導が撰述した『仏説観無量寿経』の注釈書。『観無量寿経疏』とも。

けで救済されるという専修念仏《せんじゅねんぶつ》の信仰を確信し、親鸞、一遍はその流れにつらなる。臨済宗の栄西、曹洞宗の道元らは、直接、中国に渡って中国の僧について禅を学んだ人たちである。これらの鎌倉仏教の教祖のなかで、この時代の中国仏教の動向と直接の関わりを持たなかった僧は、日蓮一人であるが、しかし、彼もまた、平安までの旧仏教にあきたらず、新しい宗教運動をおこしてゆく原動力となったものは当時の大陸仏教の影響、とくに『法華経《ほけきょう》』*2への信仰であった。

中世に誕生して日本人の信仰にひろく、ふかく浸透した鎌倉仏教は、その形成期には、すべて大陸仏教の影響を受けていたといえる（諏訪春雄『親鸞の発見した日本』）。

中世は、また、日本で最初の、しかも最高に盛り上がった神道革新の時代でもあった。

中世には次の神道各派が成立していた。

山王《さんのう》神道*3　鎌倉時代中期
両部《りょうぶ》神道*4　鎌倉時代中期
三輪流《みわりゅう》神道*5　鎌倉時代末期
伊勢神道*6　南北朝時代

（2）**法華経**　ほっけきょうとも。妙法蓮華経の略。大乗仏教の最も重要な経典の一つ。

（3）**山王神道**　比叡山延暦寺の鎮守神である日吉大社の山王権現を信仰し、天台宗で形成された神道の流派。

（4）**両部神道**　真言宗で唱えられた神仏習合理論による神道の流派。

（5）**三輪流神道**　三輪神道とも。三輪山山信仰と真言系仏教の習合を説く。

（6）**伊勢神道**　度合（わたらい）神道・外宮神道とも。伊勢神宮祢宜渡会氏が唱えた神道説。

吉田唯一《ゆいいつ》神道*7　室町時代後期

これらの日本を代表する神道の各派は、室町時代まで成立年代のくだる吉田唯一神道をのぞいて、すべて中世前期の精神風土のなかで成立していた。日本人の古代からの神信仰に安住して教義理論の検討を怠っていた神道をかりたてて、宗派と教義の確立にはしらせた動機はいろいろであったが、全体として大陸からの文化の波動を直接、間接に浴びていたことは確かである。その動機をみてみよう。

まず仏教側からの働きかけである。

山王神道は比叡山の天台宗の影響下にあり、両部神道は高野山の真言宗の影響下にあった。この時代にさかんになった仏を本地《ほんじ》、神を垂迹《すいじゃく》とする本地垂迹論*8の理論武装によって仏教にとりこまれ、仏教にとりこまれることによって、神道宗派確立の理論基盤を築いていた。また、三輪流神道は三輪山の大神《おおみわ》神社を拠点にしながらも、伊勢信仰と仏教の密教思想の影響が色濃くみられる。

中世神道の革新は、このように、まず、中世新仏教の活動に刺激された奈良・平安の旧仏教側の対抗運動としてはじまった。神仏習合理論によって、神々、ことに民衆に広まっていた伊勢信仰、日吉《ひよし》信仰などをとり込もうとし

(7) **吉田唯一神道**　吉田神道・卜部（うらべ）神道とも。京都吉田神社の神主卜部兼倶（かねとも）が唱える。

(8) **本地垂迹論**　渡来の仏菩薩とその地の神との融合を目指した理論。日本では、仏菩薩を本地、神をその変化した垂迹とする論から始まって、神本地・仏垂迹、人本地・神仏垂迹とする変化形が生まれた。

た仏教側の動きが、山王神道以下両部、三輪の三派の神道の成立をうながした。

そして、中国道教*9の影響が伊勢神道と吉田神道にみられる。

京都と鎌倉の五山僧*10からの間接的伝聞、渡来人からの直接的教示、そして文献の伝来など、さまざまな機会を通じて、日本人は中国道教を知った。仏教との直接的な関わりのなかった伊勢神道と吉田神道の両派は、理論武装をこの道教に頼った。

伊勢神道は神主渡会《わたらい》氏の名をかぶせて渡会神道ともよばれた。この宗派の基本経典であった『神道五部書《しんとうごぶしょ》』*11には、道教経典、老子注釈書などからの豊富な引用がみられる。本地垂迹論を採用しながらも、仏教と峻別して、道教の理論によって、本地にあたる〈根元の道〉をクニトコタチノカミとし、その神の働きを分け持つ垂迹神の火神を内宮のアマテラス、水神を外宮のトヨウケノカミと、道教の五行論を援用しながら説明している。

吉田神道にはさらに道教の影響が徹底している。

吉田神道は吉田神社の神職卜部《うらべ》（吉田）兼倶《かねとも》が提唱した理論である。仏は垂迹であり、吉田神道こそが唯一《ゆいいつ》絶対神という主張を展開して、唯一神道、唯一宗源《そうげん》神道、卜部神道とも称した。

『日本書紀』に登場するクニトコタチノカミを道教系の絶対神である太元《たいげん》

（9）**中国道教**　仏教、儒教と並ぶ中国の三教の一つ。広義の道教信仰は、紀元前後、民間信仰の基盤のうえに、不老長生・現世利益を主たる目的に自然発生的に成立した。現在の狭義の宗教道教の成立は五世紀以降。

（10）**五山僧**　鎌倉五山の僧侶。参照21ページ脚注「五山十刹」

（11）**神道五部書**　伊勢神道（度会神道）の根本経典で、『天照坐伊勢二所皇太神宮御鎮座次第記』（御鎮座次第記）、『伊勢二所皇太神御鎮座伝記』（御鎮座伝記）以下の五部。

尊神《そんしん》にあてて吉田神道の根本神とし、京都の吉田神社境内に太元宮《たいげんきゅう》を建てて本殿とした。兼倶は座右につねに道教経典を置いて、教理を勉強していたといわれる。

唯一絶対の存在である太元尊神が陰陽を定め、変化して五行の元神《げんしん》＊12となり、五星、五色、五方、五気、五午になると説き、その教理の具象化として本殿の太元宮を宇宙の中心とした。

兼倶は、また、神道は万法の根本であるのに対し、儒教は枝葉、仏教は果実とも説き、道教と神道を融合させた他方で、儒教や仏教をも教理の体系にとりこんでいた。

（12）**五行の元神**　『日本書紀』に登場する国常立神（くにとこたちのかみ）を道教系太元尊神にあてて吉田神道の根本神とし、道教の陰陽五行説を利用して、唯一絶対の存在である太元神が陰陽を定め、化して五行の元神（根源の神）となったと説く。

以上、中世成立の仏教と神道について、大陸文化の影響を概観してきた。同じような影響と交流は、民間祭祀、五山文化、漢画、茶道、華道、そして幸若舞・説経・人形芸などの伝統芸能など、中世成立の日本の文芸や文化にも歴然とみてとれる事実である。いずれも、近世以降に受け継がれて、日本の伝統文化を形成した祭祀、芸能、芸道、文芸である。当然、能や狂言の誕生にも海外文化の甚大な影響があったのであり、海外からの影響を無視してその誕生を解明することはできないのであった。

以降、海外からの影響に重点をおいて能の誕生を検討していく。

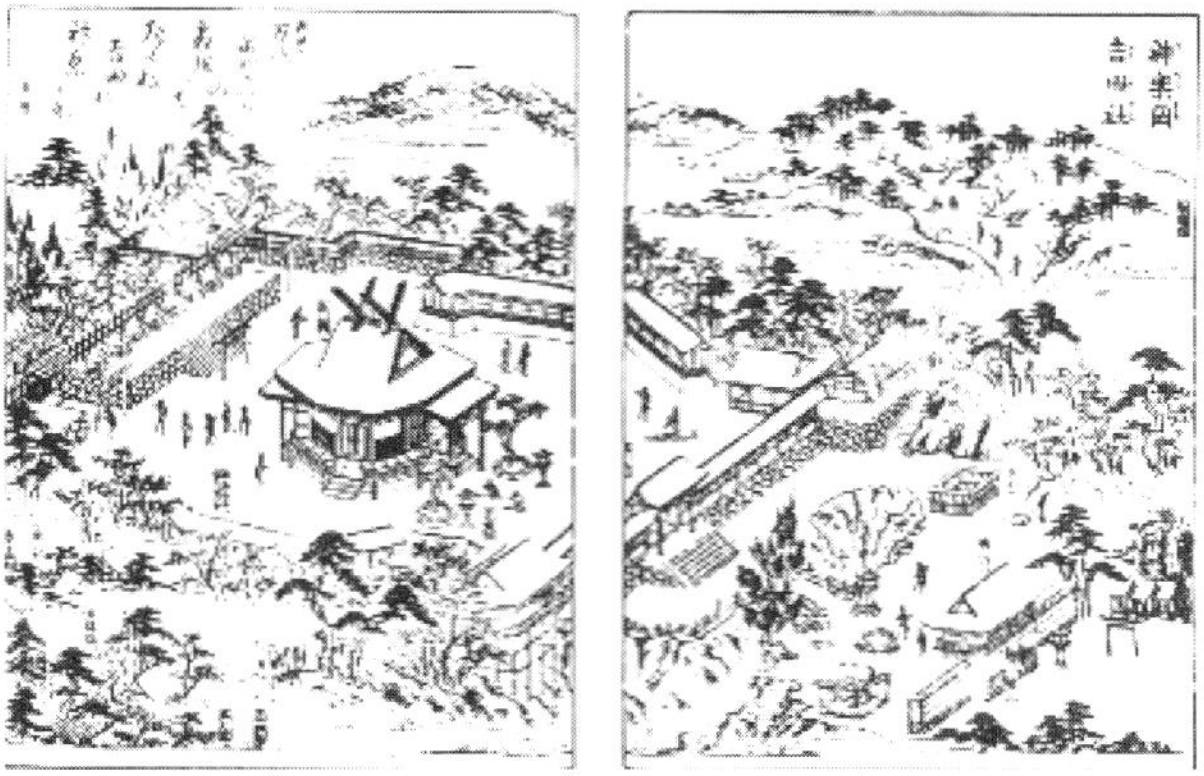

京都神楽岡の吉田社太元宮。『都名所図会』より。

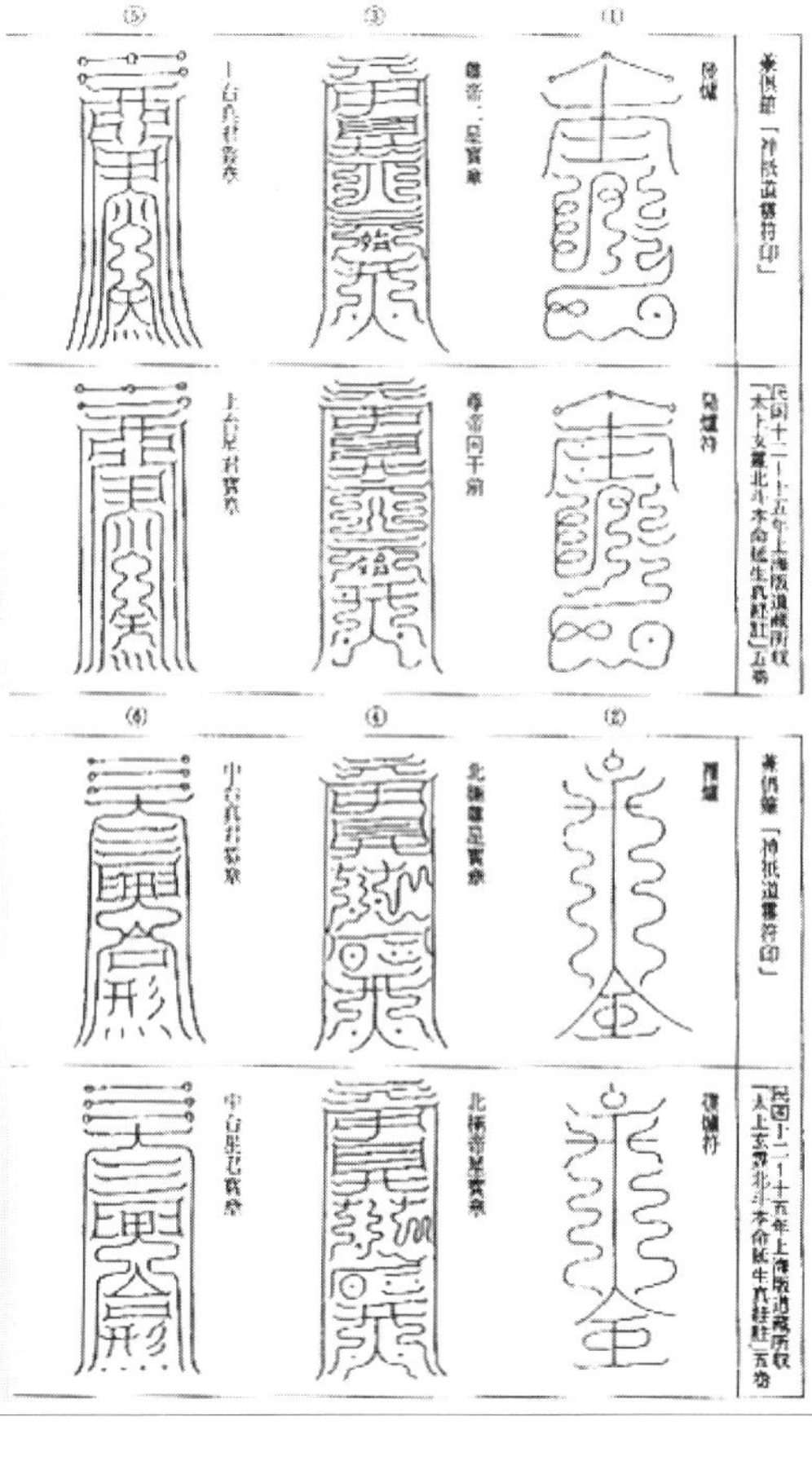

吉田神道霊符印（上）と道教霊符印（下）、『道蔵』をそのまま利用して卜部兼倶制定。出村勝明「吉田神道の道教的要素について」より

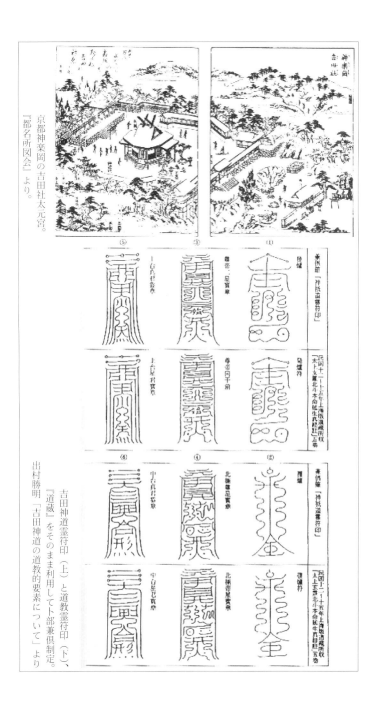

Ⅲ

大陸芸能と能・狂言

3 能と追儺《ついな》

能誕生の母胎――大儺《たいな》と修正会・修二会――

宮中や大寺院でもよおされていた追儺、大きな寺で行なわれている修正会《しゅしょうえ》や修二会《しゅにえ》に、能の誕生する母胎を考えるこれまでの説は誤まっていない。しかし、これらの前身の儀礼は、一部の役柄に仮面が使用されているだけで、すべての登場役人が仮面をつけていたわけではなく、まして物語性を伴った仮面劇を演じていたとは考えられない。日本の古代の宗教儀礼からどのようにして能が誕生したのか。ここにも中世以降の大陸の影響を想定しなければ誕生までの道筋に納得のいく説明ができないのである。

日本の宮中で追儺の儀礼が行なわれていた確実な例証は、奈良時代の八世期にまでさかのぼることができる。『続日本紀《しょくにほんぎ》』*1 の慶雲《きょううん》三年（七〇六）の記事に、世間に疫病がはやり、多くの人が亡くなったので、土の牛を造って盛大に「儺《な》」を行なったとある。儺は一字だけで悪鬼を追うという意味を持つが、日本では、さらに「追」という文字をつけて「追儺《ついな》」と表記している。

（1）**続日本紀** 『日本書紀』に次ぐ勅撰の歴史書。延暦十六年（七九七）成立。

土で造った牛は、悪鬼追放のための援軍の神々を迎えて乗りうつらせる依代《よりしろ》である。青赤黄白黒の五種の色に塗りわけて、宮城の五つの方角にすえた。五つの方角は東西中南北の五方をさし、五方と五色をあわせて中国の五行説に由来する。

この追儺の儀礼は平安時代にもさかんに行なわれており、のちにみるように、中国の儺の儀礼をそのままに継承していたことがあきらかである。

平安時代の十世紀はじめ、律令の施行細則として編集された『内裏式《だいりしき》』*2に、十二月に宮中でもよおされる大儺《だいな》の式典について説明した個所がある。

大晦日《おおみそか》の夜の九時ごろ、親王・公家たちが宮中の承明門《じょうめいもん》*3の外に整列し、天皇が出御《しゅつぎょ》されるのを待って、中務省《なかつかさしょう》の役人や陰陽師《おんみょうじ》たちの主導で式は進められる。身長の大きい大舎人《おおとねり》からえらばれた人物が、黄金四つ目の仮面をかぶり、黒衣に赤いスカートをはいて、右手に矛《ほこ》、左手に盾《たて》を持った、異様な姿の方相氏《ほうそうし》*4とよばれる主役が一人、さらに宮中の下級役人の家族からえらばれた、紺色の衣装に朱色の衣装をつけた侲子《しんし》とよばれる子どもたち二十人などが、紫宸殿《ししんでん》の前庭に整列する。陰陽師が悪鬼払いの祝詞《のりと》を読みあげたのちに、方相氏が悪鬼を追う大きな声を発し、その場に整列していた群臣がこれに声を合わせ、方相氏を先頭に悪鬼を宮城の外に

(2) **内裏式** 平安初期の勅撰の儀式書。宮廷における公式行事の作法について記述する。

(3) **宮中の承明門** 平安京内裏の内郭の南正面にある門。外郭の建礼門と相対する。

(4) **方相氏** 大儺の主役の鬼神。次ページ参照。

追いはらった。宮城の東西南北の門外に待ち受けていた京職《きょうしき》*5の役人たちが、これをひき受けて、太鼓を鳴らして郊外まで追いはらって終わる。

（5）**京職** 古代都城の管轄機関。左京職と右京職があった。

この大儺式は細部まで中国の儺礼を継承していた。方相氏の語源については、中国の研究者にも定説はないが、私は、方は四方、相は見るの意味と考えている。四つ目で四方を見て悪鬼を追う者が方相氏である（諏訪春雄『日本の祭りと芸能 アジアからの視座』）。

黄金四つ目の仮面をかぶった方相氏は、現在の中国では見られなくなったが、方相氏じたいは葬式の先導役として、中国や台湾で活躍している。日本では、いまも、京都の吉田神社、平安神宮などの節分祭に侲子役の子どもたちを伴って四つ目の仮面をつけて登場する。この日本の宮中の大儺式では仮面をつけた役柄は方相氏だけである。鬼は目には見えない邪悪な幽鬼として表現されていた。

悪鬼が視覚化され、人間が仮面をかぶって鬼に扮して登場してくる儀礼は大寺院の追儺儀礼である修正会《しゅしょうえ》や修二会《しゅにえ》である。

修二会は旧暦の二月に催される寺院の追儺である。この月はインドの正月にあたるので仏への供養の儀礼として行なうといわれているが、暦法の違いで、外国には修二会はなく、起源は日本にある。修二会ということばが文献に現われるのは平安時代になってからである。奈良地方の古寺で行なわれる儀礼が著名で、特に東大寺二月堂の修二会は「お水取り」の通称で知られる。若狭《わかさ》の国の遠敷川《おにゅうがわ》から送られた水を須弥壇《しゅみだん》の下の香水壺に移し、信者にも配る儀礼が注目されてこの名がついた。

また薬師寺の修二会は「花会式《はなえしき》」*6の通称で知られる。ほかに法隆寺西《さい》円堂《えんどう》で行なわれる行事、長谷寺で行なわれる行事がある。いずれの修二会にも共通しているのは、本尊仏に対する悔過《けか》（罪の懺悔告白）が行事の中心を占めていることであるが、罪悪の消滅と行場の清浄化を視覚的に分かりやすく表現するために、仮面の鬼を登場させて追いはらう儀礼を演じる寺院がある。

（6）**花会式**　薬師如来の仏前を多種多様な造花で飾るところからの通称。

東大寺二月堂お水取り
『日本の祭り文化事典』より

東大寺のお水取りに仮面の鬼は登場しない。鬼の登場する儀礼で知られるのは長谷寺《はせでら》の「だだおし」である。

奈良県桜井市初瀬《はせ》にある長谷寺は、平安時代に聖武《しょうむ》天皇が創建した真言宗の名刹である。本尊の十一面観音は長谷観音の名で知られていて、『蜻蛉《かげろう》日記《にっき》』や『源氏物語』をはじめ、日本の古典文学にもたびたび登場している。

この寺に「だだおし」という奇妙な名の祭りが伝えられている。もともとは旧暦二月十四日の行事であったが、いまは新暦に改められている。

「だだおし」という名称については、この寺の開祖の徳道上人*7が地獄の閻魔王から災難よけのまじないの檀金宝印《だごんほういん》という印鑑をもらってきて、祭りの最後に参詣人の額に押した故事から「だごんおし」の訛りという伝えがある。しかし、ほかに鬼を追う大声の乱声《らんじょう》によるという説も行なわれている。

このだだおしに赤・青・緑の仮面をつけた三匹の鬼が登場し大きな松明《たいまつ》の火で追われる。

修二会とはべつに、現在、東大

出現した三匹の鬼

(7) **徳道上人** 播磨の人。長谷寺の開祖であり、西国三十三所巡りの創始者とも伝えられる。

寺では、正月七日には金堂大仏殿で大仏悔過《けか》の法会を行なう。正月の行事であるところから修正会《しゅしょうえ》とよばれる。平安時代には講堂などで元日から七日間にわたって勤められ、鎌倉時代になると大仏殿の主要な法会の一つにもなり、夜は舞楽が演じられた。しかし、応仁の乱からつづく戦乱で、東大寺は伽藍《がらん》の多くを焼失して中断した。いまの東大寺の修正会は、江戸時代に再興された行事である。

奈良の東大寺の修正会・修二会にはどちらも仮面の役柄は登場しない。

修正会や修二会を演じる寺は奈良だけでなく全国にひろがっている。そこで法呪師《ほうしゅし》のもどきの芸を演じた猿楽の連中が、数は限られるが悪鬼を追う側の神々である翁や竜天《りゅうてん》、毘沙門《びしゃもん》と、追放される悪鬼とを仮面で演じていた可能性は考えられる（山路興造前掲書）。

大分県の北東部に位置する国東《くにさき》半島には現在も正月行事として修正会がさかんに行なわれ、きまって仮面をつけた鬼が現われる。

その一つ、豊後高田市の天台宗の寺院天念寺《てんねんでら》では、昼間の勤行《ごんぎょう》を終え夜が深まると、最後に、赤鬼（災払い鬼）と黒鬼（荒鬼）が登場する。燃えさかる松明《たいまつ》を手に荒々しく堂内を暴れまわり、会場は騒然。そして鬼の目とよばれる大きな餅を、参拝者と鬼がはげしく奪い合う「鬼の目撒《ま》き」＊8で祭りは最高潮に達する。最後は、鬼たちが参加者の背中や肩を松明で叩く

（8）**鬼の目撒き** 鬼の目餅撒きとも。鬼の目を拾った者は、福がもたらされるという。鬼は恐ろしいが善神ともみなされている。

「加持《かじ》」を行ない、一年間の無病息災を祈願して終わる。同じ国東の岩戸寺や成仏寺の鬼たちは、そのあと、各家庭をまわり、酒などをご馳走になる。この国東の修正会については次の節でもふれる。

さきに紹介した長谷寺のだだおしも含めて、現在、演じられる仮面の儀礼がそのままに平安・鎌倉の時代にも演じられていたと断定することはもちろんできないし、現在これらの儀礼に使用されている仮面よりも、多種多様な仮面が、平安時代や中世はじめの修正会、修二会に使用されていたと推定することには、さらに大きな無理がある。

後戸《うしろど》の芸能と摩多羅神

修正会の際に、寺院の本堂背後の後戸《うしろど》とよばれる空間で芸能が演じられており、そこでは猿楽も演じられていた。たとえば、鎌倉時代中ごろに成立した宮中女官の記録『弁内侍《べんのないし》日記』*1 の建長三年（一二五一）の正月十二日の記事に、主人公が京都の法勝寺《ほっしょうじ》の修正会で「後戸の猿楽」を見物したと記されている。

後戸は、後堂、後門などとも記し、仏教の寺院ではすべてに備わっている背後の空間である。寺院の本堂に祀られる本尊仏の背後の後戸を韋駄天《いだてん》など

（1）**弁内侍日記**　藤原信実（のぶざね）の娘の日記。後深草天皇の即位から退位までの宮廷の様子を活写している。

の神に守護させる信仰は大陸でもふつうに見られることで珍しくはない。本尊仏の護法神である。

　日本にかぎっても、後戸に祀られる護法神は、東大寺法華堂*2の執金剛《しゅうこんごう》神《しん》*3、二月堂の小観音《こかんのん》、各種の土地神などに代表されるように、さまざまである。そのなかで注目を浴び、ことさらに芸能との関係をうたわれてきた神が摩多羅神《まだらじん》*4であった。

　摩多羅神は天台宗系の寺院で念仏信仰の中心となった建物の常行三昧堂《じょうぎょうざんまいどう》通称常行堂の後戸に祀られることの多い神である。服部幸雄《ゆきお》が「後戸の神」「宿神論《しゅくじんろん》」などの一連の論文で、後戸のこの神のまえで演じられた芸能が猿楽の始まりであると主張してからにわかに注目を浴び、多くの論が世に出た。翁の姿で手に小鼓を持ち、そのまえに二人の童子が笹と茗荷《みょうが》を持って踊っている画像が伝わっているが（日光山輪王寺ほか）、正体が不明の神であるだけにさまざまな想像をかきたてられる神である。芸能の神とする論だけではなく、境界の神、被差別民の神、縄文以来の日本人の原信仰の神、邪教の神、

輪王寺摩多羅神曼陀羅。日光輪王寺蔵。
川村湊『闇の摩多羅神』より。

（2）**東大寺法華堂**　奈良市の東大寺にある奈良時代建立の仏堂。毎年三月、法華会（ほっけえ）という行事が営まれたところから三月堂の名で知られる。

（3）**執金剛神**　金剛杵（こんごうしょ）という武器を執って仏法を守護する護法神。

（4）**摩多羅神**　インドの俗語に由来する名といわれるが原義不明。

日本のディオニソスなどなどの説が世に出た。
二〇〇九年に服部幸雄の遺稿集『宿神論—日本芸能民信仰の研究』（岩波書店）、前年の二〇〇八年には川村湊の書き下ろし『闇の摩多羅神』（河出書房新社）など、これまでの成果を集成した研究書が刊行された。同じ二〇〇八年には梅原猛が『うつぼ舟1　翁と河勝』（角川学芸出版）を出し、作家の夢枕獏は西行を主人公にしながらこの神の信仰を取りこんだ『宿神』全四巻（朝日新聞社）にまとめた。それよりさき、山本ひろ子の『異神　中世日本の秘教的世界』（平凡社）もこの神をあつかっていた。

まさにこの神をめぐる百花繚乱ともいうべき奔放な想像力の乱舞である。

これらの論を総合して吟味することによって、この神の正体が闇のなかから浮かびあがってきた。

まず、大陸から伝来した神である。

この神の素性を縄文時代にまでさかのぼる日本固有の神とする説があるが、平安時代に日本に渡ってきた神であるという点は動かない。

摩多羅神はもともと中国の神であった。この神について実証的な研究を行なって参考になる山田雄司は、『大正大蔵経』*5 におさめられている中国の経典、さらに中国の歴史書、日本の中世文献などに、この神の足跡をさぐって、寺院の堂塔守護の伽藍神《がらんしん》・護法神であったことを指摘している（「摩多

（5）**大正大蔵経**　大正新脩大蔵経とも。大正十三年（一九二四）から昭和九年にかけて日本で刊行された最大の大蔵経。大蔵経は仏教聖典の総称。

羅神の系譜」)。伽藍を守護する神ではあるが、善なる神ではなく祟りをする恐ろしい神をすかしなだめて守護神に転化させたのが、摩多羅神の正体である。

摩多羅神を日本へ招来した人物としては円仁《えんにん》*6、最澄《さいちょう》などの天台宗の僧の名がこれまでにあげられてきた。そのなかの最有力者は円仁《えんにん》こと慈覚《じかく》大師である。

鎌倉時代後期の天台宗の僧光宗《こうしゅう》がまとめた天台宗の百科事典ともいうべき『渓嵐拾葉集《けいらんしゅうようしゅう》』*7の「常行堂の摩多羅神のこと」という章に、慈覚大師が大唐から修行を終えてもどる船中で大空に摩多羅神の声を聞いたという話が載っている。摩多羅神は、みずから名を名乗り、《障礙《しょうげ》の神》*8であり崇敬しないやからが往生の本懐をとげることはない、と告げた。そこで帰朝した円仁は比叡山に常行堂を建立してこの神を祀ったという。

円仁は平安前期の天台宗の僧で最澄に学んでいた。八三八年に唐に渡り十年の求法《ぐほう》の旅をつづけ、その記録『入唐求法巡礼行記《にっとうぐほうじゅんれいこうき》』をあらわしている。

『渓嵐拾葉集』よりも早い、鎌倉時代中期に成立した仏教説話集の『私聚百因縁集《しじゅひゃくいんねんしゅう》』*9にも、慈覚大師円仁が中国から「赤山《せきざん》と摩多羅神」を招来したという記事がある。

赤山はやはり比叡山延暦寺の護法神で、現在、京都の鬼門にあたる左京区

(6) **円仁** 平安前期の天台宗の僧。慈覚大師。入唐して五台山に参拝し、長安に至る。求法の記録『入唐求法巡礼行記』を著した。

(7) **渓嵐拾葉集** 鎌倉後期の仏教書。比叡山黒谷の光宗著。天台宗再興をはかり、教理についての師説、自説を集めた。

(8) **障礙の神** 祟りをはたらく神。

(9) **私聚百因縁集** 鎌倉中期の仏教説話集。作者住信が説経用に先行の仏教説話集類から収録してまとめた。

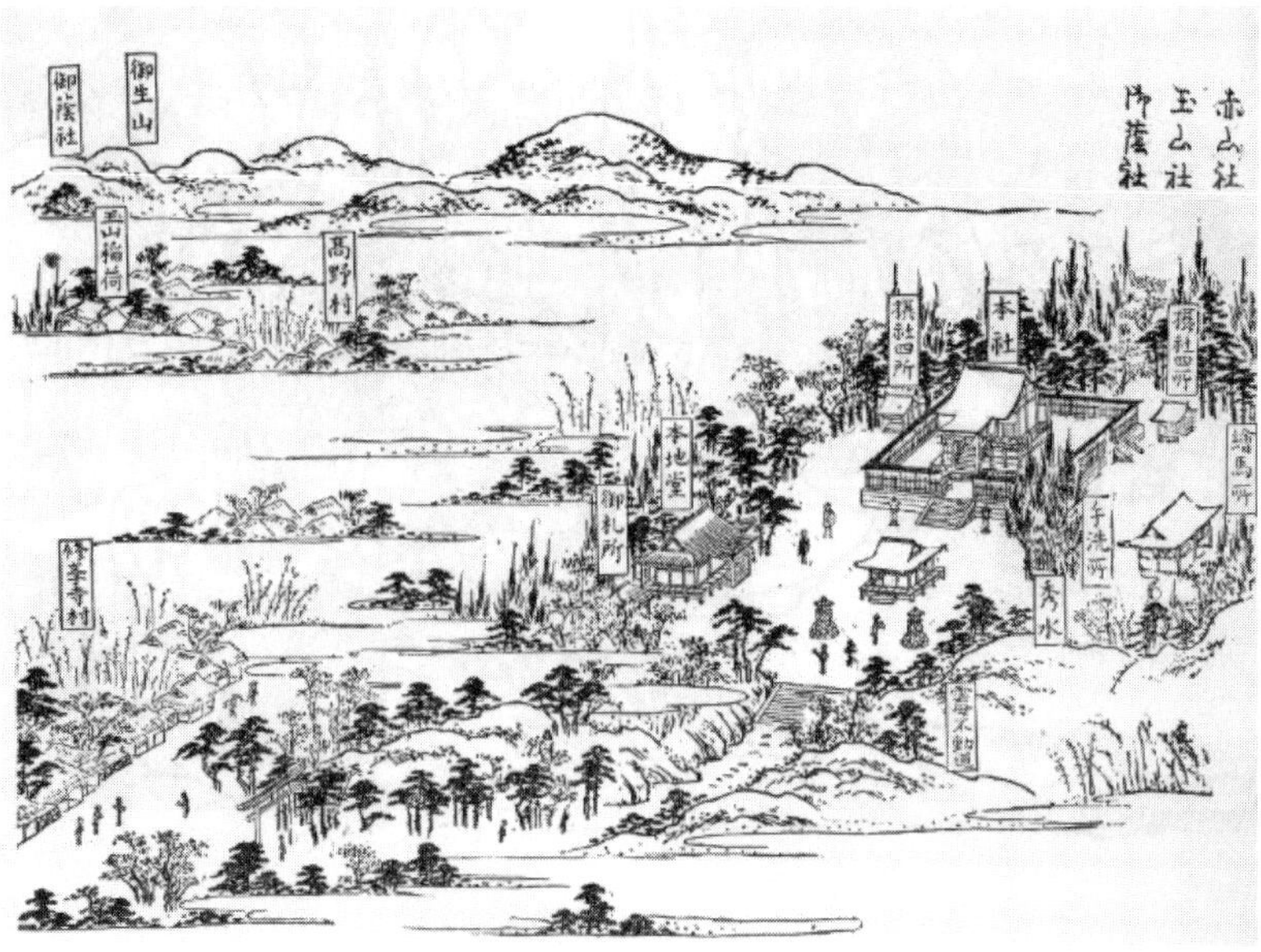

赤山神社。『都名所図会』の赤山神社。

修学院、比叡山の麓に赤山禅院として祀られている。その本体は中国の山東省の赤山法華院に祀られていた赤山明神という土俗的な山の神であった。円仁が唐から帰国の際、船が悪風におそわれたときに出現して危難をすくったという、摩多羅神伝説とそっくりの話が『源平盛衰記《げんぺいじょうすいき》』*10にも伝えられている。

次に、摩多羅神の祀られる場所は後戸に限定されてはいない。仏教寺院の建物つまり伽藍を守護する護法神一般の一種である。

赤山の例からもあきらかなように、仏教の護法神の種類は無数といってよい。

護法神の誕生に大きな役割を果たした理論が本地垂迹論《ほんじすいじゃくろん》*11である。仏教は新しい土地、国に伝来すると、その土地の神々を仏の垂迹神、つまり仏がかりに姿を変えた変化神《へんげしん》として仏教教理のなかにとりこんだ。それだけにとどまらず、新しい寺院を建立するときに、その地に住みついた土地神を寺院の伽藍を守護する伽藍神として祀った。摩多羅神は、唐から招来されたという特別の履歴を持つためにことさらに神秘化されたが、このようにほとんど無数といってよい護法神、伽藍守護神の一種にすぎない。

摩多羅神が後戸を守護する例はたしかに存在する。

比叡山延暦寺にはいまでも「常行三昧《じょうぎょうざんまい》」という修行法が伝わっている。

（10）**源平盛衰記**　鎌倉後期成立の軍記物語。著者未詳。『平家物語』の内容を増補している。

（11）**本地垂迹論**　参照24ページ「本地垂迹論」

常行堂で阿弥陀仏を念じながら、本尊の阿弥陀仏の周りを九十日間まわりつづける難行である。この修行の期間中、摩多羅神の像が本尊の阿弥陀仏の後ろによそから移して据えられる。

この比叡山の常行堂を模倣して、同じ創建者の円仁によって日光輪王寺の常行堂が建てられ、常行三昧の修行法もそのままにうけつがれた。輪王寺常行堂の後戸にはたしかに摩多羅神が二人の童子を従えて鎮座している。しかし、これらの後戸鎮座の例は能が誕生した中世前期にまでさかのぼることができるのであろうか。

やはり山田雄司の前掲論文からの引用である。

比叡山の叡山文庫所蔵の「法花堂常行堂図」では、摩多羅神は東を向く本尊阿弥陀の北の方角に祀られていて、その場所には摩多羅神鳥居も建てられている。後戸ではない。江戸時代の明和四年（一七六七）の奥書を持つ『比叡山延暦寺御由緒書』の「西塔常行堂」の項では「常内別所安置摩多羅神」とある。常行堂内部の別の場所に安置されている摩多羅神という記載は、さきに紹介した常行三昧のときに摩多羅神像を他所から移して阿弥陀の後戸に安置するという比叡山延暦寺のいまの行法にまさに対応する記事である。

本田安次《やすじ》がその著書『延年資料その他』に紹介している日光輪王寺の常行堂の設計図では、近世中期までの後戸に摩多羅神像はなく、現在のように阿弥陀堂の背後に祀られるようになった時期は時代のくだる天明八年（一七八八）ごろのことであった。

このような事実からみて、摩多羅神の鎮座の場所を寺院の後戸に限定することは無理である。

最後に強調しておきたいことがある。摩多羅神は芸能と関わりのある神ではあるが、猿楽の神といいきることは適切ではないという事実である。

現在に伝えられる日光輪王寺の摩多羅神は小鼓を抱えており、そのまえで二人の童子が踊っている。この像から、ただちに、摩多羅神は芸能神であり、踊る童子は猿楽の徒であったという結論をみちびきだすことはできない。

もういちど猿楽の原態にもどろう。彼らは寺院の修正会や修二会で法呪師が演じる追儺の儀礼の意味を分かりやすく大衆に示すもどきの芸＊12を演じていた。

前節にのべた修正会や修二会の本質は三つの要素が融合している。

一つは仏のまえに一年の罪科を懺悔して許しを乞う密教系儀礼の悔過会《けかえ》＊13である。おそらくこれがこの行事の本来の目的であった。しかし、悔過会はその本質を拡大していった。

次に加わってきた目的が追儺《ついな》であった。追儺は仏神の力で悪鬼や悪霊を払う儀礼であり、日本における源流は、奈良時代の宮中で行なわれていた

（12）**もどきの芸**　動詞もどくの連用形。日本の芸能で、主役にからんだり、こっけいにまねたりすること、能の「翁」に対する「三番叟」など。

（13）**悔過会**　佛に罪過を懺悔し福徳を得ようとする法会。

大儺式《たいなしき》にまでさかのぼる。そしてそのさきははるか日本列島をはずれて中国の儺にたどりつく。前述したところである。

三つめの、そしてもっとも重要な本質は日本の正月行事の年神《としがみ》（祖霊）迎えであるという事実である。

年神迎えは、いまもひろく民間で行なわれている、先祖の神々を招き、花や餅を供えて祭る正月行事である。

仏教の儀礼で、この本質をよく示している行事が浄土真宗の元旦会である。元旦から七日間勤められ、本堂には歴代の門首の掛け軸（絵像）がかけられる。元旦には、親鸞聖人・歴代門首の御影《みえい》に酒を捧げる「御献杯の儀」が行なわれる。本堂は念入りに荘厳され、鏡餅も供えられる。親鸞聖人の影前には、大きな餅が左右に並べられる。勤行《ごんぎょう》の終了後には、一般参詣者にも献杯のお屠蘇《とそ》のお流れがあたえられる。この儀礼は、浄土教の年中法会として本来あったものではない。日本人一般の正月行事が取りこまれたのである。

対馬の赤米の神事。
正月に稲の神と祖神を祭る。
萩原秀三郎
『目でみる民俗神第三巻』より

日本の仏教行事としての悔過会は、インドの正月にあたる二月に行なう修二会が中心を占めていた。それが、日本の旧暦正月に行なう修正会にとって代わられていったのは、年神《としがみ》迎えの影響がつよかったからである。

さきに紹介した国東《くにさき》半島の修正会は鬼が主役で鬼会《おにえ》とよばれる。鬼会は明治のはじめには二十ヶ寺の寺院で行なわれていたが、現在では、天然寺（豊後高田市長岩屋）、成仏寺（国東町成仏）、岩戸寺（国東町岩戸）の三ヶ寺に減少している。登場した鬼が民家にまで入りこんで歓迎され、病気治癒のまじないや子どもたちへの教育まで行なうのは、秋田の男鹿《おが》半島のナマハゲに代表される正月の来訪神儀礼と一致している。この正月行事の来訪神儀礼は日本の年神迎えの民俗と中国の来訪神儀礼が合体して成立している。私が大陸の現地調査で確認したことである（諏訪春雄「除災の信仰と来訪神の信仰」）。

鬼会の鬼は三種類が登場する。災払い鬼、荒鬼《あらおに》、鎮鬼《しずめおに》*14である。しかし、この鬼たちは悪鬼ではなく祖先神と山の神が習合した存在である。鬼は追われるのではなく人々に福を授ける存在である。

この国東の鬼会の鬼たちが寺院内で演じる儀礼に「法呪師《ほうしゅし》」（訛ってほずし）とよばれるものがある（福島邦夫「北部九州の宗教文化」『長崎大学教養部紀要（人文科学篇）』）。この事実からも、鬼会が猿楽の呪師走りを継承していることは確実である。

（14）**災払い鬼、荒鬼、鎮鬼**　鬼会の鬼は、鬼に姿を変えた祖霊であり、子孫の災厄を払う威力のある神々という意識からの名称。

東大寺の呪師走り＊15が須弥壇《しゅみだん》＊16の周囲を走りまわる行《ぎょう》であったことと考えあわせ、修正会・修二会の猿楽の芸を、後戸の摩多羅神のまえの芸に限定することは意味がない。摩多羅神＊17のまえでも猿楽の芸が演じられ、摩多羅神と眷属の二童子がそれに和することはたしかにあったが、猿楽の連中は一箇所に止まらず、本尊仏の周囲を走りまわりながらもどきの芸「法呪師」を演じていたのである。

摩多羅神は後戸に限定される神ではないし、関わりを持つ芸能は猿楽だけではないということをこれまで指摘してきた。こうした摩多羅神の性格をよく示しているのが、京都市右京区太秦《うずまさ》の広隆寺の牛祭《うしまつり》に登場する摩多羅神《じん》である。

牛祭は現在は十月十日の夜に実施されるが、明治以前は旧暦九月十日夜に催されていた。白く塗った大きな紙製の仮面をつけた摩多羅神が、矛を持った赤鬼二体、青鬼二体を伴い、黒い牛に乗って登場する。一行は、牛方・囃子方・松明《たいまつ》・裃《かみしも》姿の町内代表・提灯があとにつづく。行列は、西門から出て三条通りを東に移動して、山門を通り越して東門から境内にもどって来る。地域を一巡したのち、最後に広隆寺の祖師堂のまえで、国家安寧・五穀豊穣・悪病退散を祈る祭文を長々と読みあげて終わる。祭りの創始者は、天台宗の源信《げんしん》＊18とも円仁ともいわれる伝承があるが、いずれにしても、大陸に起源

（15）**呪師走り**　呪師が、唱人の歌にあわせて華麗に敏速勇壮に舞うこと。

（16）**須弥壇**　仏像を安置する台。

（17）**摩多羅神**　参照37ページ「摩多羅神」

（18）**源信**　平安中期の天台宗の僧。恵心僧都・横川（よかわ）僧都。『往生要集』の著者として知られる。

する。

　牛祭は現在では広隆寺の祭りとなっているが、以前は広隆寺の東北つまり鬼門の方角にあった大酒《おおさけ》神社の祭りだった。大酒神社は、もともと大避《おおさけ》神社と記した悪霊退散の神社で、広隆寺の鬼門を守る伽藍神であった。大酒神社が無人の社となったために祭りの主体が広隆寺に移ったという。

　この太秦の牛祭の摩多羅神からもこの神の本質がみえてくる。

　摩多羅神は大陸から伝来した伽藍の護法神であり、一箇所に止まりつづける神ではない。芸能と関わることが多いが、神自体が主役となるのではなく、ひきつれた眷属神《けんぞくしん》＊[19]が芸能を演じ、しかも、その

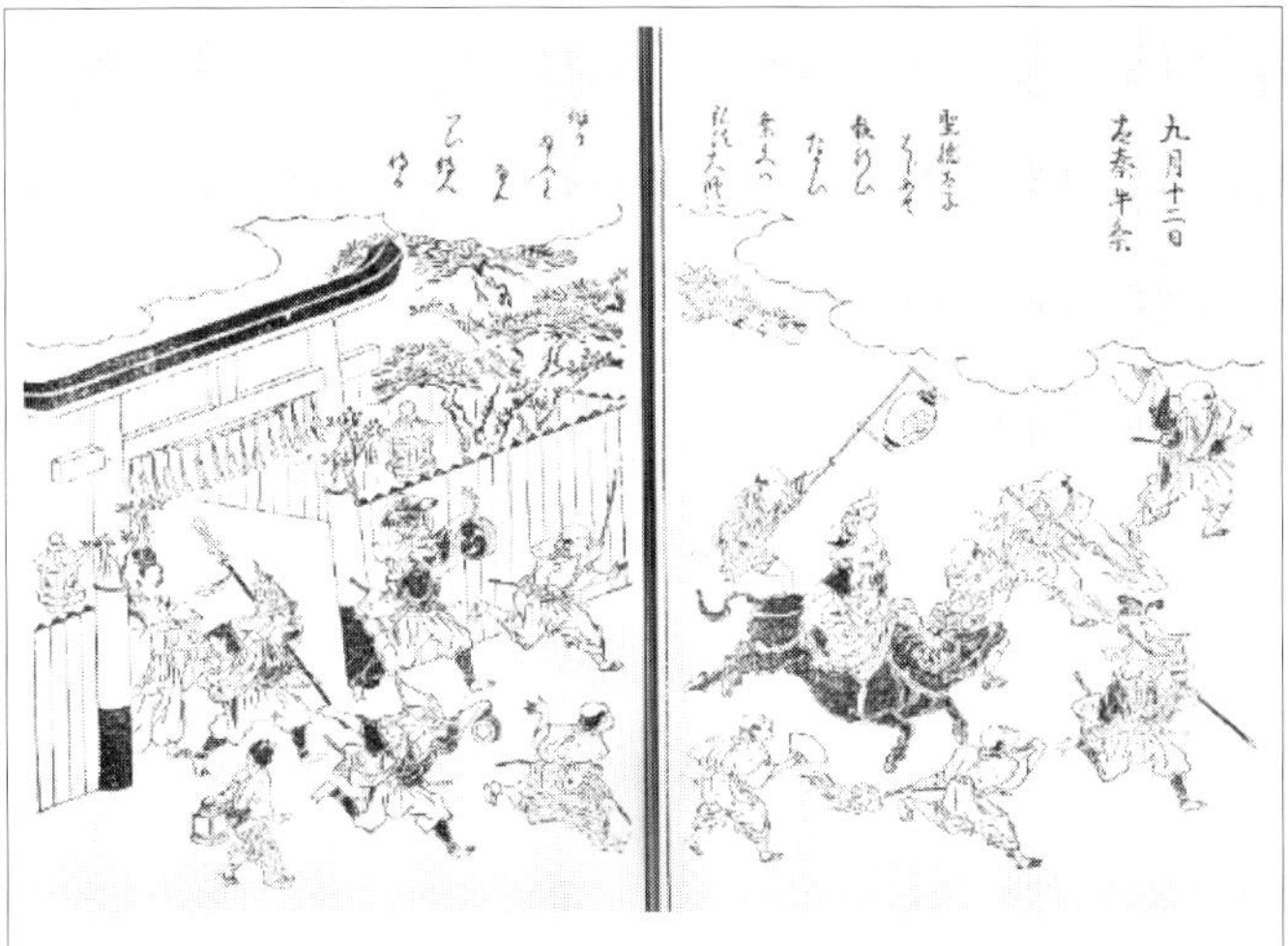

太秦の牛祭。『都名所図会』

芸能は猿楽に限られることはなかった。

摩多羅神は想像をかきたてられる魅力的な神である。しかし、正体がこれまであきらかにされなかったために、実力以上に神秘化、秘神化されてしまった神であることも確かである。この、まさに闇の神にこだわりすぎると、肝心かなめの能の誕生の道筋が闇のかなたに没してしまうのである。

(19) **眷属神** 従者の神。

悪鬼払いから亡霊追善へ

能が誕生したとき、能の本質は悪鬼払いから亡霊追善へと大きく本質を変えていた。なぜそのような変化が可能になったのか。この問題に取り組んだ論はすでに世に出ている。能楽研究者として知られる松岡心平《しんぺい》の二つの論文である。

「唱導劇の時代—能の成立についての一考察—」

「夢幻能の発生—勧進能のトポス—」

この二つの論文で、松岡は、諸国一見の僧のまえに亡霊が現われ、生前のことを物語り、僧に供養されて消えていく夢幻能の形式の亡霊追善劇を能の

(1) **竜天** 竜神。

(2) **毘沙門天** 仏教守護の四天王の一。北方の守護神。

(3) **瘂見** 鬼の面の一種で口を閉じる。

中心においた。そして、この夢幻能の成立してくる過程に、当時流行した勧進能上演の場で猿楽の連中が演じた亡霊追善劇をすえた。

松岡の論の優秀さは、これまでの研究があきらかにしている仏教寺院での修正会・修二会の結願の日に演じられた竜天＊1、毘沙門天＊2、鬼の登場する追儺行事と、のちの複式夢幻能をつなぐものとして、勧進能の場における亡者追善劇に注目して、隔離した両者のあいだを埋めようとしたことである。

松岡はいう。

> 猿楽は、鎌倉時代の末ごろには、瘂見《べしみ》＊3、飛出《とびで》＊4などの新しい鬼神面を用いるプリミティブな鬼能《おにのう》＊5を持っていたかもしれない。この鬼能を持っていた、または持ちうることをきっかけとして、猿楽は十四世紀の初頭には勧進聖が統括する勧進興行への進出をはたし、地獄劇をはじめとする、唱導劇としての多様な鬼能を主に勧進能のトポス（場）のなかでみがきをかけた。
>
> 勧進能では、多様な唱導劇が演じられ、成長していったと思われるが、その中心に位置するのは、「通小町《かよいこまち》」＊6「船橋《ふなばし》」＊7「海人《あま》」＊8「鵜飼《うかい》」＊9「融《とおる》の大臣《おとど》の能」＊10「求塚《もとめづか》」＊11といった堕地獄の救済をめざす供養型の能であった。

（4）**飛出**　鬼の面の一種で口を開く。

（5）**鬼能**　鬼神・亡霊を主役とする能。

（6）**通小町**　四位の少将が小野小町の許へ通った説話による能。

（7）**船橋**　船を繋いだ橋を渡って忍びあった男女の悲恋を扱った能。

（8）**海人**　唐土から送られた珠を竜神に奪われた恋人のために、竜宮から珠を取り戻した讃岐の海人の物語を扱った能。

（9）**鵜飼**　殺生禁断の場所で鵜を使い地獄に堕ちた男を主人公にした能。

（10）**融の大臣の能**　源融の亡霊が自分の屋敷の旧跡へ訪れた旅の僧に、昔の思い出を演じて見せる物語の能。

（11）**求塚**　二人の男に恋されて悩み抜き、生田川に投身自殺した女の物語の能。

このような論旨の貫徹のために、彼は能の原型を鬼の能としてとらえなおしたが、この観点は能の誕生の研究のためには欠くことのできない基本の立場である。

松岡は、能の誕生に関わる問題点の一つ、悪鬼から亡霊へという転化に最初の解明をあたえたが、しかし、ほかならぬ中世のはじめに、勧進興行の場で、地獄劇、亡者追善の唱導劇が、なぜさかんになったのか、それらはどのような内容の劇であったのか、という、松岡の立論の前提となる問題点の解明はまだのこされた課題である。

中国の亡霊追善劇

悪鬼追放から亡霊追善へというテーマの変化も中国の宗教儀礼や芸能にはやくから現われていた。

中国の追儺儀礼から発展した仮面劇の儺戯で、追いはらわれる対象は、長いあいだ、災いをもたらす邪悪な精霊や鬼であった。中国の仮面劇の儺戯についてはのちの「中国仮面劇の伝来」でくわしく説明する。しかし、十世紀から十四世紀にかけての宋や元の時代に、この儺戯に亡霊の追善と地獄からの救済という新しいテーマが取り入れられて、祭祀や芸能が大きく変化した。

(1) **盂蘭盆経** 仏説盂蘭盆経とも。目連伝説を伝える中国の文献。目連が餓鬼道に堕ちた母を救う話が説かれており、盂蘭盆会(うらぼんえ)の行事が広まった。中国で新しく作成された経典とする説が有力であったが、七世紀に敦煌から注釈のついた『盂蘭盆経讃述』が出土し、さらに、目連伝説の原型となる目連が釈その変化をひきおこした原動力が、目連救母戯《もくれんきゅうぼぎ》、略称目連戯《もくれんぎ》であった。

目連戯は、釈迦の十大弟子の一人で「神通《じんつう》第一の人」つまり第一の超能力の持主といわれた大目犍連《だいもくけんれん》が地獄の餓鬼道におちた母を救った物語の劇化である。

紀元三世紀ごろの西晋《せいしん》の僧竺法護《じくほうご》訳と伝えられる『盂蘭盆経《うらぼんきょう》』*1によると、目連は母を救うため、釈迦の教えに従って毎年七月十五日に七世にまでさかのぼる父母と現在の父母のために、百味五果の馳走をそなえ、合わせて

迦の教えで母を救済した伝承を伝えるサンスクリット資料がインドで発見されたという情報もある（石上善應「仏教における童子形～童子性が象徴するもの」）。『盂蘭盆経』は五世紀の初頭インドから中国に伝来したもので訳者は不詳とすべきだという説が有力。

中国貴州省安順の鬼節（中元節）の精霊流し。

裸で川に入り精霊舟を流す。

四川省綿陽市の鬼節で寺の門前で紙銭や線香を売る店。

多くの僧を供養する盂蘭盆《うらぼん》の行事をはじめたという。いわゆる盆行事である。中国では、西暦五三八年、梁《りょう》の武帝の大同四年にはじめて制度化され、そののちの時代にうけつがれた。

盂蘭盆の起源については、イラン語で霊魂を意味するウルバンということばで表現される祖先祭祀に由来するという有力な異説もあるが（岩本裕『日本仏教語辞典』）、東アジアに盆行事をひろめた原動力が、目連伝説にあった

敦煌の莫高窟入口（上図）と石窟が連なる鳴砂山絶壁の遠景。

ことは確かである。

最初、仏教の法会としてはじまったこの行事は道教の教理にも取り入れられ、中元節（鬼節《きせつ》）*2 として中国社会に根を下ろし、さらに朝鮮や日本にも伝来した。

目連が地獄を巡って母を救済したという救母伝説はこの盆行事と結びついて、主として仏教の僧や道教の道士たちによって内容が拡大増補されていった。

中国における目連伝説流布の源流になった資料は、敦煌《とんこう》から発見された七世紀初め成立の注付き『盂蘭盆経』であった。唐の時代に世に流布した、説教・講唱用に増補改訂された、いわゆる変文《へんぶん》の『大目乾連冥間救母《けんれんめいかんきゅうぼ》』、『大目連縁起』などがその影響下に生まれ、芸能や演劇の題材にもなって、多くの目連戯が作成された。

目連伝説は、十二世紀の初頭、北宋の時代までにすでに完全な長編劇としての形をととのえていた。これまでにも引用した、北宋の人孟元老《もうげんろう》の著作で、首都開封《かいふう》の繁栄ぶりを活写した『東京夢華録《とうけいむかろく》』*3 の中元節の記事に、

劇場の役者は、七夕が終わってから後ずっと「目連救母」の芝居を上演し、十五日で打ち上げるが、この日はふだんの倍以上の入りがある。（入矢義高・

（2）**中元節**　中国道教で七月十五日の佳節をいう。贖罪の日で神を祭った。死者を祀る盂蘭盆会と重なってから鬼節ともいわれた。

（3）**東京夢華録**　南宋初期の人孟元老が、金に占拠された北宋の都東京（開封）の繁栄をしのんで著した書。

梅原郁訳注『東京夢華録』)

とあることからも、そのことは容易に推測される。

宋代雑劇図。廖奔編著『中国戯劇図史』より

宋代雑劇図。廖奔編著『中国戯劇図史』より

中国演劇は宋代に最初の完成した形をみせた。宋雑劇《そうざつげき》と南戯《なんぎ》である。雑劇の雑は各種の役柄を集めることで、雑劇は多様な役柄が登場する芝居である（『中国大百科全書　戯曲曲芸』）。

雑劇は、主として北方系の音楽の曲調である北曲を用い、宋代、そのあとの元時代にかけて最高の成熟をとげた。曲（うた）・科《か》（しぐさ）・白《はく》（せりふ）を伴った歌劇の一種である。この宋雑劇は唐代の参軍（参軍戯とも）の進歩したものであった。参軍とは滑稽問答を中心とする漫才風の芸能であった。宋代の発達した雑劇は、豔段《えんだん》、正雑劇《せいざつげき》二段、雑扮《ざつふん》の四段の構成をとっていた（『都城紀勝』ほか）。豔は艶とおなじ文字であり、よく知られた事柄を演じる前座場面であり、正雑劇が正式の演目、雑扮は散段つまり客を劇場から追い出す場であった。

雑劇の名にふさわしく、役柄の分化もあり、末泥色《まつでいしょく》（全場を統御する）、引戯色《いんぎしょく》（命令を下す）、副浄色《ふくじょうしょく》（滑稽な言動をする）、副末色《ふくまつしょく》（洒落をいう）、装孤《そうこ》（役人に扮する）、把色《はしょく》（音楽を演奏する）、装旦《そうたん》（女性に扮する）などの役者が舞台に活躍した。このなかで、副浄は参軍戯の主役参軍、副末色は相手役の蒼鶻《そうこつ》の後継者とみられ、唐代の参軍戯に登場した役柄をほぼそのまま継承していた。

この雑劇を母胎に、宋代はまた南戯とよばれる演劇も発達させていた。南戯は、北方系の雑劇に対して、南方の言語と南方系の音楽曲調をもとに構成された民間演劇であった。

このように、のちの元・明に継承されていった中国演劇の最初の形態が形をととのえた時代が宋代であり、この宋代演劇の最重要の題材が目連伝説であった。

宋・元の時代に多様な変化をとげた目連戯の台本に整理を加えて目連伝説の定本となったのが、いわゆる「鄭《てい》之《し》珍《ちん》本」であった。明代の万暦《ばんれき》年間（一

現在、中国で地方劇として上演される目連戯。
四川省綿陽の川劇。地獄を巡って母を探す目連。

五七三〜一六一九）に安徽省《あんきしょう》の人鄭之珍が編集した『新編目連救母勧善戯文《ぎぶん》』をさしている。「戯文」とは南戯の台本をいう。宋代以降の南戯に育てられた目連伝説がこの定本形成の基本資料になっていたのであった。

そののちも多様な成長をみせた目連伝説の変化で、もっとも注目されることは、地蔵信仰、観音信仰との結びつきであった。目連は地蔵菩薩や観音菩薩の化身であるという伝承を生んだのである。

地獄を破壊して母を救う目連即地蔵菩薩。福建省の打城戯。地獄（城）を破壊するテーマの演劇という意味。

私が読むことのできた中国の文献で、目連と地蔵が合体したもっとも早い例は、明代の万暦《ばんれき》三十五年（一六〇七）、日本の慶長十二年にあたる年に刊行された宗教説話集『捜神記《そうじんき》』の地蔵菩薩の記事に、地蔵が地獄の主宰者で、生前は目連といったとあるものである。同様な記事は、清代の宣統元年（一九〇九）刊行の『三教捜神大全《さんきょうそうじんたいぜん》』＊4にも存在する。しかし、私のたまたま見ることのできた文献の初出が目連と地蔵の習合の始まりではない。

目連関係の資料を網羅的に集めた

（４）**三教捜神大全**　儒教・仏教・道教の三教の神仏の百科事典。

『目連資料編目概略』という労作がある。中国の目連研究者の茆耕茹《ぼうこうにょ》が一九九三年に台湾の施合鄭《しごうてい》民俗文化基金会から刊行した資料集である。当時、中国で活動していた目連戯国際学術研討会で私が発表した二つの論文名まで収載されている周到な目配りのされた書である。この書によると、目連と地蔵が習合した文献の初出は元雑劇の『地蔵王證東窗事犯《じぞうおうしょうとうそうじはん》』*5にまでさかのぼる。

明代刊の元雑劇（元曲）演劇本『梧桐雨《ごとうう》』挿絵。『中国戯劇図史』より

目連即地蔵菩薩という信仰は中国各地でいまに上演されている目連戯にも一般化している。四川省の川劇《せんげき》、福建省の打城戯《だじょうぎ》*6などにその脚色を見ることができる。

目連は観音菩薩とも結びついた。地獄で亡者を救済する目連の役を果たす仏として観音菩薩が登場してくる。これも前掲の『目連資料編目概略』によると、明代に刊行された宝巻《ほうかん》の『観世音菩薩普渡授《かんぜおんぼさつしんとじゅ》記帰家宝巻《ききかほうかん》』*7が早い例であるが、もちろん、これ以前にさか

（5）**地蔵王證東窗事犯**　地蔵王が岳飛（忠臣）の霊の告訴を受け秦檜（悪人）を断罪する物語。

（6）**打城戯**　目連戯のなかから地獄を壊して母を救済する場面だけを独立させて上演する演劇。

（7）**観世音菩薩普渡授記帰家宝巻**　宝巻は寺院の俗講に用いられた説唱文。観音が衆生済度することによって仏になれることを仏から保証されて現世に出現した話を説く。

のぼることができる思想である。宝巻とは寺院における説教用教本をいう。

目連伝説は地蔵信仰や観音信仰と結ぶことによって、本来の劇的な地獄破壊のモチーフに加えて亡霊追善・鎮魂のモチーフをもいっそう強めることになった。目連戯が表現していたこの亡霊追善のモチーフは元代や明代の戯曲にも大きな影響をあたえていた。日本の能との密接な関係が論じられたことのある元代の戯曲の元曲《げんきょく》（七理重恵『謡曲と元曲』）には、日本の夢幻能と同一の戯曲構造を持つ英雄の弔われない孤魂や、無実の罪を受けた幽魂の追善慰撫を主題とした作品が多く現われる（田仲一成『中国祭祀演劇の研究』）。十二、三世紀の中国大陸の芸能・演劇が亡霊への関心におおわれていたことを知るのである。

その影響は、当然、日本へも及んでいた。

伝来した目連伝説と地蔵・観音信仰

目連伝説は、すでに平安時代には日本人に知られていた。『源氏物語』の「鈴虫《すずむし》」の巻には、主人公光源氏がむかしの恋人の六条御息所《ろくじょうのみやすどころ》の亡霊を救済できなかったことをくやんでいる場面で、「目連が仏に近きひじりの身にてたちまちに救ひけむためし」、つまり仏に近い僧侶の目連が地獄に堕ちた母をすぐに救い出した例が引用されている。光源氏は目連と比較して自分の無力を嘆いているのである。

ほぼ同じころに成立した仏教説話集の『三宝絵詞《さんぼうえことば》』＊1は、餓鬼道におちた母を救おうとして目連が、飯をあたえると、その飯が火炎となって目連を悲しませたという、いわゆる烏飯《からすめし》に関わる話をのせている。烏飯とは黒い飯のことで、この飯なら地獄で獄卒＊2の眼をのがれ、餓鬼たちにあたえることができるが、ほかの色の飯では獄卒の監視からのがれられないと信じられていた。

さらに中世に入ると、同じ仏教説話集の『私聚百因縁集《しじゅうひゃくいんねんしゅう》』や『宝物集《ほうぶつしゅう》』、『三国伝記《さんごくでんき》』などにはかなりまとまった目連救母伝説が伝えられている。中国の元代、憲宗元年（一二五一）に初版の刊行された『仏説目連救母教』は、貞和二年（一三四六）には日本で復刊されて、日本人に読まれていた。

地獄で母に逢った目連。十二世紀末成立の『餓鬼草紙』の全七段の三・四段に目連伝説を取り上げている。『日本絵巻大成』中央公論社、1977年、より

（1）**三宝絵詞**　三宝絵とも。平安中期の学者源為憲（みなもとのためのり）が編纂した仏教説話集三巻。

（2）**獄卒**　地獄で死者を責める鬼たち。

中世から近世にかけての日本への目連救母伝説の浸透を示す資料はほかにも多い。

お伽草子の『目連の草紙』、説経浄瑠璃の二種の『目連記』、備後東城《びんごとうじょう》の荒神神楽《こうじんかぐら》『目連の能』、石川県石川郡白峰村《しらみねむら》が伝える盆踊りの「盆まつり唄」などに登場する目連の存在から、この伝説の中世以降の日本社会へのひろまりを推測することができる。

また、この時期に熊野勧進比丘尼《かんじんびくに》*[3]が布教に用いた「観心十界曼荼羅《かんじんじっかいまんだら》」*[4]（熊野観心十界図ともいう）のなかや、各地の寺院が説経や絵解きに利用した十大地獄*[5]図にも私たちは地獄を巡り歩く目連の姿を認めることができる。目連伝説の普及とともに、日本の地蔵菩薩信仰が大陸と連動して変化していったことも指摘しておかなければならない。

日本の地蔵菩薩信仰の移り変わりをもっともよく示しているのが地蔵の造形である。地蔵の形態が平安時代の末を境にして、あきらかに、二つの様式に分類される。第一の様式は、平安時代末以前の古い型で、立像と座像の双方ともに僧形をしていて、左手に宝珠をささげ、右手には何も持っていない。これに対する第二の様式は、中世以降の新しい様式で、立像、座像を問わず、左手に宝珠をささげ、右手に錫杖《しゃくじょう》を執《と》る姿で現わされる。

第二の様式が左手に宝珠をささげるのは、第一の古い様式をそのままに継

（3）**熊野勧進比丘尼**　中世から近世にかけ、熊野三所権現の利益を絵解きをしながら物乞いして回った尼僧たち。

（4）**観心十界曼荼羅**　熊野勧進比丘尼が絵解きに用いた地獄極楽図。

（5）**十大地獄**　死者の冥府が十王によって支配されるという信仰。仏教が中国に渡り、道教と習合していく過程で偽経の『預修十王生七経』が作られ、唐代の終わりに十王信仰が成立した。冥府は十殿から成るとされ、その冥府観は中世の日本の支配的地獄観となった。

杖を持たず安座する中国の地蔵
馬書田『全像中国三百神』より

京都六道珍皇寺の水子地蔵尊。
新しい形態を示す。

承したものであるが、右手に錫杖を執るのは、僧の行道・行脚《あんぎゃ》を表現している。錫杖を地蔵に持たせたのは、六道をさ迷う衆生を救済するために行脚してまわる地蔵菩薩の本質を強調したもので、地獄の救済者としての地蔵信仰がさかんになってきてからの作例とみられる（『仏教文化事典』佼成出版社）。

　中国の初唐時代に出現した地蔵像は、河南の洛陽竜門石窟の彫像に代表されるように、宝珠をささげた菩薩の型で表現されている。

　それが盛唐以降の作になると、敦煌の莫高窟《ばっこうくつ》の地蔵像に示されるように、手に錫杖を持つ僧侶型に変わっていく。そして、唐から五代以降の四川省の石窟の石刻に表現された地蔵像は、片手に錫杖、片手に宝珠をささげ（胡天成「論『川目連』受封地蔵王之縁起」）、日本の中世以降の地蔵像の様式を先取りしていた。

日本の平安時代の末を区切りとした地蔵像様式の変化は、時代を遅らせて中国の変化を正確に追っていたのであり、日本の地蔵信仰のモデルが大陸にあったことを、もっともよく示す事実であった。

目連に当たる地蔵菩薩・観音菩薩が餓鬼を救済する。
賽の河原の地蔵と死出の山の観音の破獄。

目連が地蔵であり、そして観音でもあるという観念もまた日本に入っていた。千葉県光町《ひかりまち》虫生《むしゅう》の日蓮宗寺院弘済寺《こうさいじ》に伝わる「鬼来迎《きらいごう》」＊6とよばれる盆行事が目連即地蔵、目連即観音という信仰をそのままに演出した芸能である。

この芸能は、盆の施餓鬼《せがき》に演じられる地獄破りの宗教劇で、亡者以外の全役柄が仮面をつけて演じる。寺の伝えによると、平安時代の末ごろから上演されるようになったという。この劇に登場する地蔵菩薩と観音菩薩が目連にそのままかさなっている。

「鬼来迎」はもともと七段から成っていたが、現在演じられるのは、大序・賽《さい》の河原・釜入れ・死出《しで》の山の四段である。舞台は奥行約三間（約六メートル）、間口約六間（約十二メートル）の板張りである。下手に死出の山を表わす櫓が造られ、舞台や櫓は榊《さかき》の小枝でおおわれている。

この賽《さい》の河原に地蔵菩薩が、死出《しで》の山に観音菩薩が登場する。二つの場面は次のように展開する。

賽の河原

石積みをしている子どもの亡者たちを黒鬼、赤鬼がつかまえようとする。地蔵が菩薩面をつけて、樒《しきみ》の枝と錫杖《しゃくじょう》を手にして登場し、子どもたちを

（6）**鬼来迎**　古くは最後に菩薩の来迎会が演じられていたところから、鬼の出る来迎会の意味。

救う。

死出の山

亡者が脱衣婆《だつえば》のくれた飯をたべようとすると、椀のなかから火が出る。鬼たちが亡者を死出の山に追いあげ、また突きおとして責めたてる。そこへ観音菩薩が現われて、鬼と対決して亡者を救済する。

この構成じたいは、先に紹介した中国の福建省泉州市で上演される宗教劇の「打城戯《だじょうぎ》」にそのままである。日本の中世以降にさかんに演じられるようになった亡霊救済芸能に大陸のあたえた深刻な影響がうかがわれるのである。

4 能面と大陸仮面

仮面の分布と制作者

仮面とはどのような目的で誕生したのか。仮面の本質を知るために世界における仮面の分布状況をまず調べてみよう。

中国である。

中国における仮面芸能の分布状況の調査は、一九八九年に中国儺戯学研究会が設立されて以来、急速にすすみ、各地から新しい報告が続々と寄せられ、成果がまとまってきている。儺戯は悪鬼を鎮圧慰撫するシャーマニズム儀礼で、そのままに仮面芸能と重なるものではないが多くの場合に仮面を使用した儀礼が中心を占めている。

図は中国の仮面分布図である。地名の記載のある地域に仮面芸能が存在する。

この図からあきらかになる仮面の分布状況は次のようになる。結果だけをまとめる。

1　長江以南に稠密である。
2　黄河以北ではきわめて疎である。
3　黄河以北の仮面芸能はチベット仮面芸能チャムなど他地域から伝播した可能性がつよい。

中国の長江以南は農耕文化、黄河以北は採集狩猟・牧畜文化が優勢である。また長江以南はシャーマニズムの憑霊型、黄河以北は脱魂型の優勢地域である。のちに詳述するように、これらの現象と仮面芸能分布の粗密はふかく関係しているのである。

次は朝鮮半島の仮面芸能の分布状況である。田耕旭『韓国仮面劇　その歴史と原理』によると、現在の分布地は、

ソウル、京畿道　黄海道　慶尚南道　慶尚北道　江原道　咸鏡南道　放浪芸能としての男寺党輩のトッペギ（拠点は京畿道、忠清南道、全羅南道、慶尚南道、黄海道など）

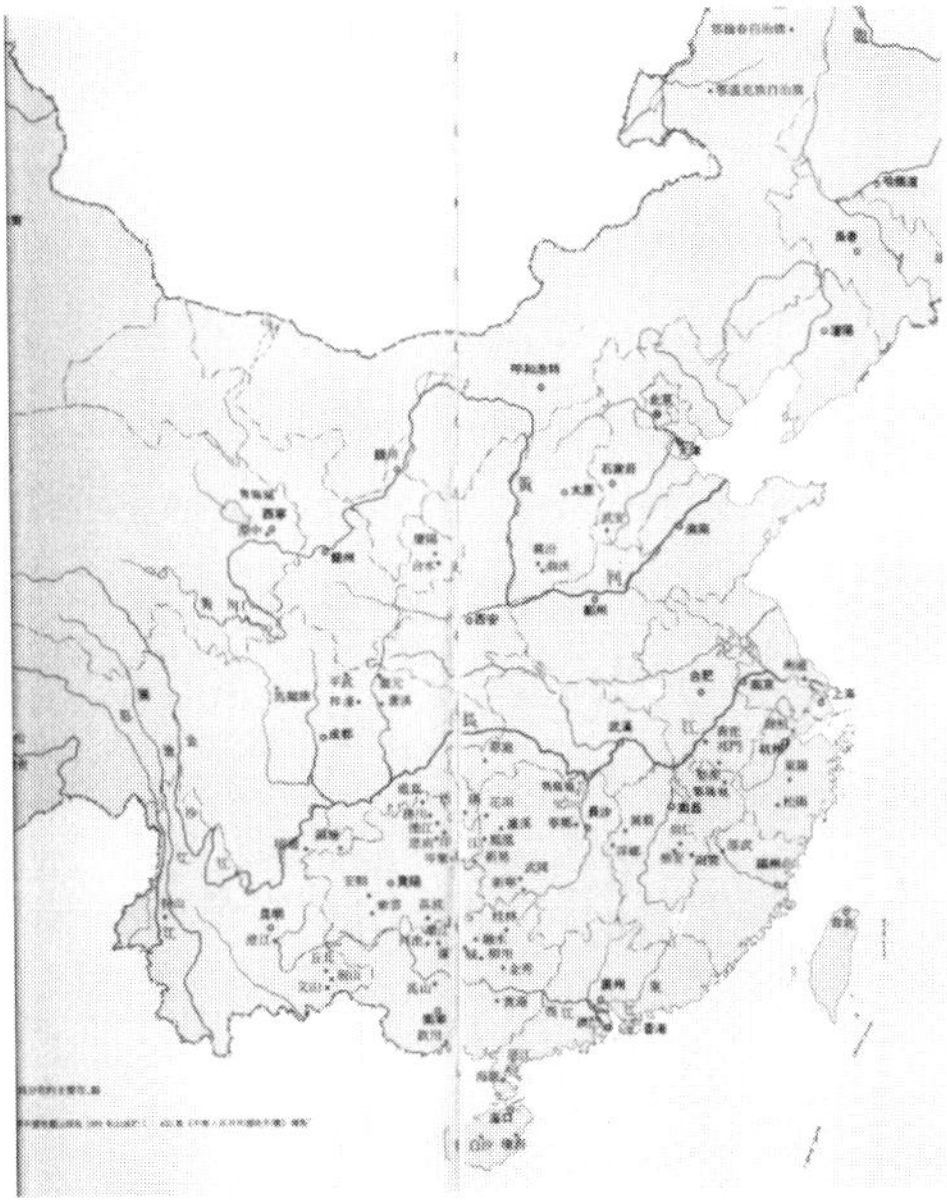

『中国巫儺面具芸術』江西美術出版社による。

となる。
これよりさき、金両基『韓国の仮面劇の世界』は、過去にさかのぼって仮面劇の分布地を調査して以下のようにまとめている。

朝鮮半島の仮面芸能は全部で三十七種存在し、そのうち現行は十八種である。南北朝鮮の境界の三十八度線以北で現行六種、全十九種となり、以南では現行十二種、全十八種となる。朝鮮半島仮面芸能の北限は北緯四十度にあり、それより北には、過去・現在を通して仮面芸能は存在しない。

次は日本についての調査である。日本の代表的仮面芸能を、東京書籍『日本の祭り文化事典』から拾い出して列挙する。

北海道　松前神楽　青森　下北の能舞　岩手　鬼剣舞　宮城　寺崎の法印神楽　秋田　男鹿のナマハゲ　山形　黒川能
福島　小浜の獅子舞　茨城　金砂《かなさ》田楽　栃木　風見の神楽　群馬　下長磯の式三番　埼玉　鷺宮催馬楽神楽　千葉　鬼来迎　東京都　江戸の里神楽　神奈川　鎌倉御霊社面掛祭　新潟　糸魚川能生の舞楽
富山　小川寺の獅子舞　石川　能登のアマメハギ　福井　糸崎の仏舞

山梨　西島の神楽　長野　遠山の霜月神楽　岐阜　能郷の能・狂言
静岡　西浦の田楽　愛知　滝山寺《たきさんじ》鬼祭　三重県　一色の翁舞　滋賀
長浜曳山祭　京都　壬生狂言　兵庫　長田神社古式追儺　奈良　當
麻寺菩薩来迎会　和歌山　花園の仏の舞　鳥取　宇倍社麒麟獅子舞
島根　佐陀神舞　岡山　弘法寺練供養　広島　比婆荒神神楽　山口
岩戸神楽舞　徳島　田野の稚児三番叟　香川　シカシカ踊り　愛媛
伊予神楽　高知　吉良川の御田祭　福岡　大善寺の鬼夜　佐賀　音《おと》
成《なし》面浮立　長崎　五島神楽　熊本　長野岩戸神楽　大分　修正鬼会
宮崎　高千穂夜神楽　鹿児島　悪石島のボゼ　沖縄　八重山赤マタ黒
マタ

都道府県を代表する仮面芸能を一種ずつ抜き出した表である。ここからあきらかになる日本の仮面の分布についていえることは次の諸点である。

1　現状では日本列島の全域に仮面芸能が分布している。

2　しかし、北海道と沖縄にはその地で発生・誕生した仮面芸能は存在しない。

3　北海道に存在する五勝手鹿子舞、松前神楽などは東北地方からの伝播芸能である。

4　同様に沖縄の獅子舞、豊年祭、弥勒、宮古のパーントゥ、八重山の赤マタ黒マタなどの仮面芸能も他地域からの伝播である。

最後に世界の仮面分布について考える。参考資料は吉田憲司編『仮面は生きている』である。

アフリカ　赤道を中心に南緯二十度北緯十五度の範囲
アジア・ヒンドゥー教文化圏　南アジアから北緯二十度くらいまでの東南アジア一帯
アジア・チベット仏教文化圏　チャムが広く分布
北アメリカ　先住民（インディアン）社会、アラスカ・エスキモー、プェブロなどが仮面文化を保存する
メキシコ　先スペイン、スペイン時代を通じて多様な仮面が制作される
南米　多様な仮面が制作される
オセアニア　南太平洋南西部のメラネシア（ニューギニア、ソロモン諸島を含む）だけに仮面が存在する

以上みてきた仮面の分布状況から、地球上には仮面をつくる人たちと、仮面をつくらない人たちのいることが明瞭である。なぜ地球上の人たちにこの

区別があるのか。これまで世に問われた仮面の研究者の説は次のように分かれている。

1　狩猟民や牧畜民は仮面をつくらず農耕民が仮面をつくった。
後藤淑編『仮面』

2　もっぱら農耕民と一部狩猟民が仮面をつくった。
民族芸術学者木村重信『民族美術の源流を求めて』

3　仮面は主として農耕民のものである。
神話学者大林太良『仮面と神話』

このような三つの説のなかで、第二の狩猟民説をさらにつよく推進する研究書が現われた。さきに紹介した田耕旭『韓国仮面劇』と佐原真氏ら編著の『仮面』である。

『韓国仮面劇』は、狩猟民は仮面をつくったとして次のように論旨を展開する。仮面の類型をその用途に注目して十三種に分類する。

1豊穣祭儀仮面　2辟邪仮面　3神聖仮面　4医術仮面　5追憶仮面
6霊魂仮面　7戦争仮面　8葬礼仮面　9入社仮面　10狩猟仮面
11トーテム仮面　12雨乞い仮面　13芸能仮面

狩猟仮面については、「原始人は狩りの際に動物に偽装して獲物に接近した」として、南部アフリカのブッシュマン*1、中国の女真族*2、満州族な

（1）**ブッシュマン**　南部アフリカのカラハリ砂漠に居住する狩猟採集民族「サン族」の別称。

（2）**女真族**　中国東北部を原住地とするツングース系の民族。十七世紀に中国を征服し、清朝を建国したのち満州族と称した。

佐原真氏ら編『仮面』

どを例にあげている。
この説をさらに強力に推進し、人類の史上で最初に仮面を作成した人たちは狩猟民であったと主張したのが、田氏の書に先立って刊行された佐原真氏らの『仮面』であった。制作者は仮面の本質を知るための重要な問題なのでこの書にこだわってていねいに検討してみる。

この書にこだわるもう一つの理由は、私の仮面についての説が直接批判されているからでもある（諏訪春雄「東アジア仮面文化の交流」）。

この書で「総論　お面の考古学」を執筆した考古学者の佐原真氏は、「考古学からみると「お面は農業が始まるよりはるか昔に、世界各地の狩猟民のあいだに生まれたものなのです」とのべて、以下のような例をあげている。

Ⅰ　三万五千年前のドイツでのライオンの顔をもち、ペニス（今欠損）・陰嚢を出す象牙製の男の像（ライオン人）

Ⅱ　二万年前のフランス、スペインの動物の頭をつけ毛皮をまとった仮装の姿
Ⅲ　一万七千年前のフランスの鳥の頭をつけペニスをたてた男がバイソン（野牛）と対決する姿
Ⅳ　八千年前のアフリカのサハラ砂漠のマスク絵画
Ⅴ　牧畜民時代のサハラのアンテロープ（羚羊）の面をつけた人々

まだ例は多い。そして証明の図像資料として、次のフランス・レトロワ・フレール洞窟（約二万年前・旧石器）の壁画ほかをあげる。頭にトナカイの角付きの被り物を着け体を鹿皮で覆った人物や、頭に野牛の角を着け体もそれに似せた人が踊っている姿が見られる。同書は、さらに世界各地の旧石器時代の壁画を数多く例示する。

このように豊富な例を提示したうえで、狩猟民の仮面や仮装について、佐原氏は、「獲物の姿に仮装して獲物の群に接近する＝おとり」がそのねらいであったと主張する。この説は田氏の

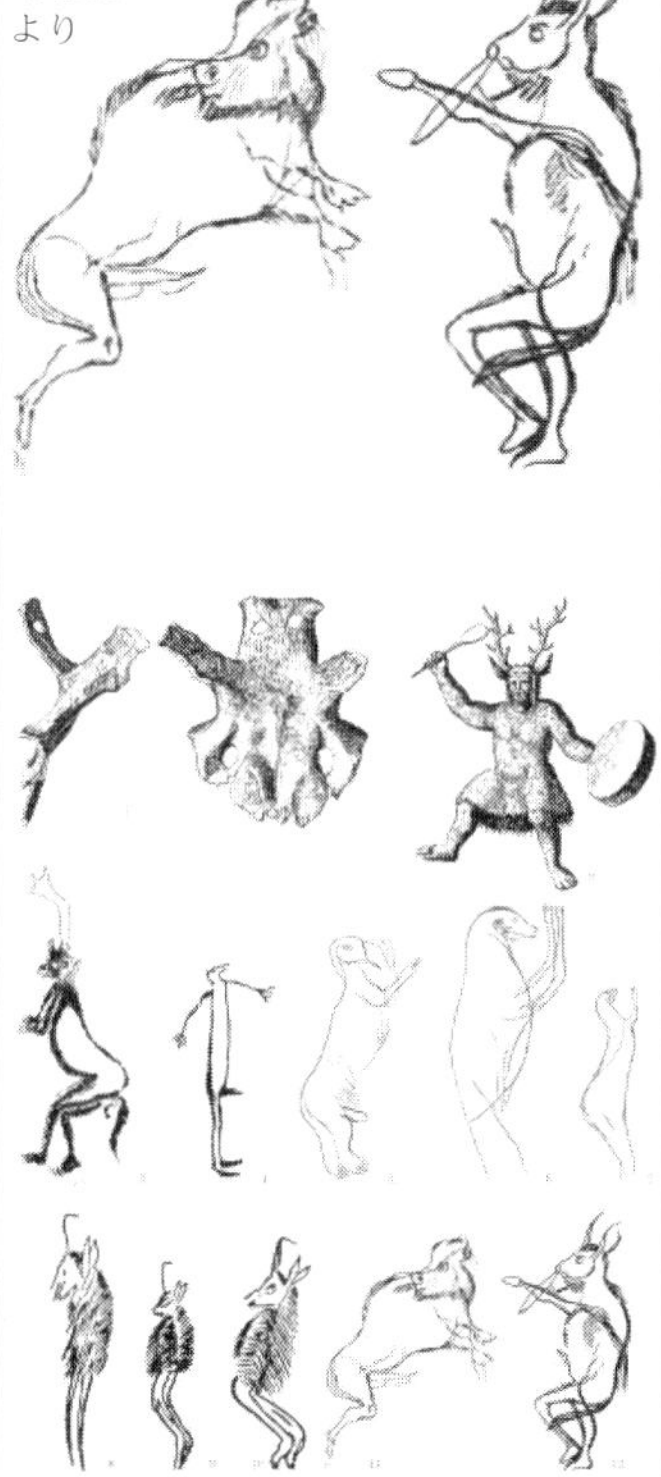

フランス・レトロワ・フレール洞窟
『仮面』
より

書にもそのままに継承されている。

狩猟民創始説を批判してみよう。

佐原氏らが数万年前の仮面の存在を証明するものとしてあげる資料はすべて洞窟や岩にえがかれた絵であって実際の仮面ではない。

しかし、動物が人間の姿をして出現する動物神は数多い。下図右は、中国の道教の六丁六甲とよばれる十二支を神格化した神々である。

左は仏教の地獄の冥官である。

地下の地獄という観念は中国にも古くから存在した。他方、死者の行く場所を山と考える観念も存在し、山東省の泰山がその場所とみなされていた。紀元前後、道教が生まれ仏教が伝来し、両方の教えが融合し、十大地獄、十二支の鬼卒などが誕生した。

次頁右下の二図の上は『仮面』が石器時代の動物仮面と主張する図である。下の写真は、

(馬書田『全像中国三百神』江西美術出版社)

(前掲『全像中国三百神』)

私が現地で撮影した現在の中国黒竜江省の狩猟民族エヴェンキ族シャーマンの衣装である。仮面はつけていない。この衣装をまとったシャーマンが第一図の人物になるのである。狩猟の豊かさを祈願する、シャーマンに扮した神と考えるべきである。

佐原真氏ら編著『仮面』より

エヴェンキ族シャーマンの衣装

仮面の本質

北太平洋沿岸の例外をのぞくと地球上の狩猟民は仮面を持たないという、これまでの民族学があきらかにした事実について、佐原氏らの『仮面』は、農耕民や牧畜民との生存競争にやぶれて、僻地に追いやられた狩猟民がかつてのすばらしい文化をうしなったのだと説明している。この論理が通用するためには、地球上の狩猟民がいっせいに農耕民や遊牧民のために辺境の地に追いやられ、先史時代の栄光ある文化をいっせいにうしなったのだという、奇妙な証明を行なってみせる必要がある。北太平洋沿岸の狩猟民が仮面を持っている事実は、じつは例外ではなく、狩猟民が生業として農耕をいとなむようになると仮面文化を持つようになるという一般則に合致しているのである。『仮面』の著者たちが、人類の歴史でもっとも古い仮面の例としてあげているのは、三万五千年まえのドイツで発掘されたライオンの顔を持った象牙像である。たとえ、仮面と毛皮で仮装していたとしても、おとりとなってライオンの群に接触することのできる人間がいるであろうか。またそのようなライオンの猟法が人類の発生期に存在したのであろうか。

現代の狩猟民社会でわずかに仮面・仮装する例がみられるのは、祭祀儀礼におけるシャーマンであって、現実に猟に出る猟師ではない。中国北方にのこる狩猟民社会の脱魂型シャーマンを調査して確認した事実である。仮面をつけたときの視界の狭さと行動の不自由さは、現実の猟では生命の危険をまねくことを考えなければならない。

人類の信仰史で最初に登場してくる神々は自然神であった。海、山、太陽、月、動植物などに神的なものの存在をみとめ、崇拝の対象にした。次に、人間がしだいに自然を制御する自分たちの力に自信をもち、えらばれた人々を神とあがめる人格神信仰の段階がくる。日本古代の「古事記」「日本書紀」などの神々の主役は、この人格神である。人類の信仰の歴史では自然神の段階がはるかにながくつづいた。人格神への移行期、人格神の段階にも自然神は大きな力を発揮した。自然神はそのままのこる場合と、人格神と融合しながら形をかえる場合の二つがあった。動物神は、ふだんは動物の形をしていて、人間のまえに出現するときは人間の形をとる例と、ふだんから動物の形態と人間の形態が合体している例とがある。合体の例は、日本では、各種の鬼、天狗、地獄の獄卒、修験道の式神*1、十二支神*2などである。動物と人間の合体神は、歴史のながい中国では多様な種類が存在し、岩絵、彫刻、画像石*3、絵画、書物などに表現されている。シャーマンのテキストとして著名な『山海経《せんがいきょう》』*4は合体神の登録簿とでもいうべき書物である。この合体神をすべて人間が動物の仮面をつけて仮装したものという理解は成立しない。

仮面は、はじめはすべて広義の神を表現するものであり、すくなくとも

1 それ自体が神と観念される

2 神の依代《よりしろ》として機能する

3 仮装・隠蔽の手段に利用される

という三つの段階を経て、しかもそれらが複雑に交渉しながら、その本質を変化させていった。それぞれの段階の具体例をあげる。

(1) **式神** 識神とも。陰陽道で、陰陽師が使役する鬼神。

(2) **十二支神** 参照74ページ「十二支神」

(3) **画像石** 線刻や浮彫で画像の表現された宮殿・墳墓などの石壁、またはその画像。

(4) **山海経** 中国最古の地理案内書。紀元前後の成立。作者不明。参照ページ119。

「山海経」の動物神。右上から順次に、豹の尾と虎の歯を持つ西王母、鳥と人間の合体神、鼠と人間の合体神、虎身に九つの人面の神。

『古本山海経図説』より

最初にあげる例は神としての仮面である。中国四川省三星堆遺跡《さんせいたいいせき》＊5から出土した青銅仮面である。五千年から三千年前の古蜀文化の産物である。

次の二枚は中国四川省白馬族＊6の仮面。ふだんは各戸の入口に飾られて邪悪なものの侵入を防ぐ神または神の依代の機能を果たしているが、正月の来訪神の祭りでは村人がかぶって神に変身する機能を果たす。

下図は宮崎県高千穂町の夜神楽に使用される仮面である。白馬族の仮面と同じようにふだんは家の戸口を守る役割を果たし、夜神楽では神となる変身の働きをする。

上下とも中国四川省白馬族の仮面

宮崎県高千穂町の夜神楽に使用される仮面①

（5）**三星堆遺跡**　一九八六年に中華人民共和国四川省広漢市の三星堆で発見された約五千年前から約三千年前頃に栄えた古蜀文化の遺跡。

（6）**白馬族**　四川省北部の山間に住む少数民族。白馬チベット族ともよばれ、チベット族とされるが、チベット族が移住してくる以前から、この地に住んでいた。

仮面文化がもっとも多様な発展をするのは、依代の段階に入ってからである。動きはじめた神が依代に飛来するのはシャーマニズムの憑霊型の信仰であり、農耕社会に顕著にみられる現象であって、いまも狩猟民社会にはみられない。仮面が農耕社会で発達したと考えられる理由は、仮面が神の依代の機能を持っているからである。

宮崎県高千穂町の夜神楽に使用される仮面②

仮面の分布がシャーマニズムの脱魂型（狩猟民社会）、憑霊型（農耕民社会）の分布とみごとに対応しているという認識が、私の仮面論をささえるもう一方の理論構成である。シャーマニズムの脱魂型が狩猟民社会に分布し、憑霊型が農耕民社会に存在しているという指摘は、地球規模で調査を積みかさねた民族学者が行なってきた（前掲大林太良『仮面と神話』）。

下の図は日本の土製仮面の出土例である。農耕が開始された縄文時代後・晩期に集中しており、紐孔の有るものと無いものの両例がある。紐を通す孔の有る仮面は着帯用、無い仮面は神として飾った仮面とみられる。

大地に依存して生きる農耕民（そして一部採集狩猟民も）は種子の死と生を人間の死と生に重ね、大地、山川、動植物など地上の存在に神性を認める。仮面はこの地上の神々を表現している。他方で、天候に支配され、星辰を見て生きる牧畜民は天上の存在に神性を認める。前者を代表する仏教や日本の神道が人間に仏性や神性を見て、多彩な仮面や仏像・神像を生んだのに対し、天の神を信仰するキリスト教やイスラム教が仮面を始めとする偶像を否定するのはそのためである。

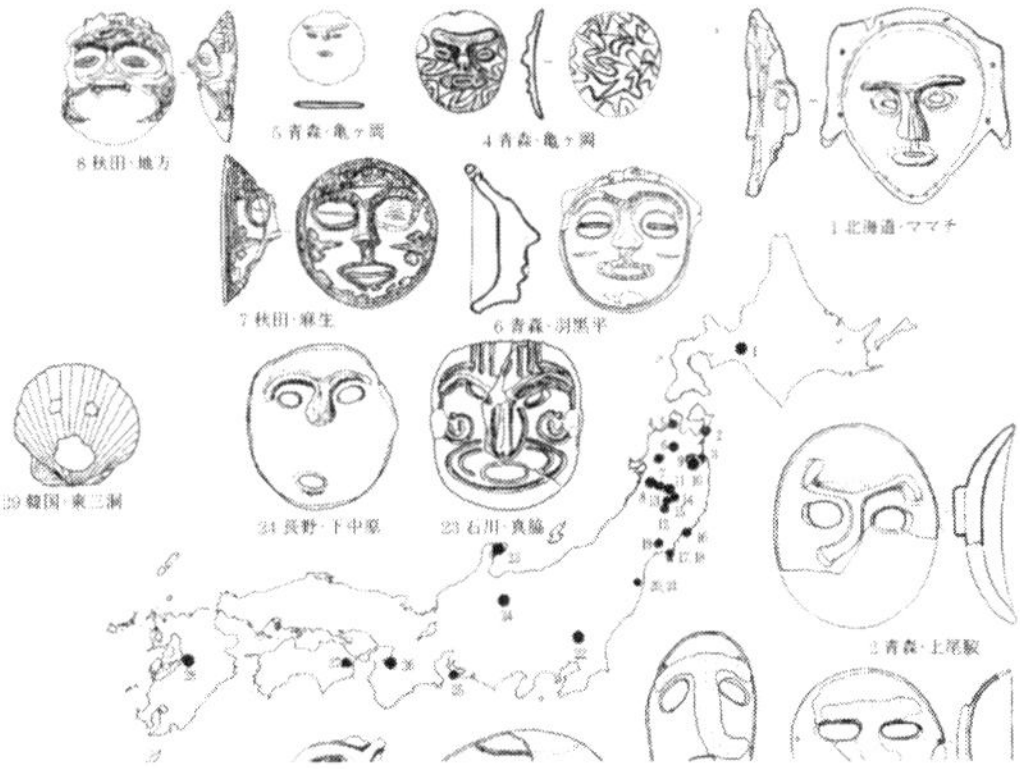

佐原真氏ら編著『仮面』より

中国仮面劇の伝来

能は成熟した仮面芸能である。修正会や修二会に演じた法呪師《ほうしゅし》*1の使用した仮面だけでは絶対に生まれてこない能の多様をきわめた仮面の由来もまた中国大陸にもとめることができる。

中国やその影響をうけた朝鮮半島では発達した仮面劇が演じられていた。

（1）**法呪師**　ほうすし、ほうずしとも。呪師と同じ。朝廷の相撲節会、大寺院の修正会・修二会などの行事で、散楽系の芸能を演じた。後者の仏教行事では、最終日の追儺で鬼を追う役を受け持っていた寺院隷すでにのべたように、それを儺戯《なぎ》*2とよぶ。この儺戯の影響が日本列島にもおよんで仮面劇の能の形成に働きかけた。

　儺戯の前身は儺の儀礼である。中国の儺の儀礼の存在は、紀元前の十四、五世紀の商（殷）の時代にまでさかのぼる。考古学遺跡や甲骨文字などから判断すると、この時代の儺は打鬼《だき》とよばれており、主宰者は兇悪な相の仮面をかぶって神々に扮し、これも人が仮面をかぶって扮した鬼怪《きかい》、悪鬼や怪物を追いはらった。

　紀元前十二世紀からの周の時代には、儺の儀礼が国家行事として形をととのえた。そしてこの時代に「儺」がこの種の打鬼の行事を現わすことばとして定着した。

　周代の儺で活躍する主神は方相氏《ほうそうし》であった。彼は、熊の皮を着て、黄金四つ目の仮面をかぶり、上着は黒、ズボンは朱色で、手に矛と楯をもち、侲子《しんし》*3とよばれる、多くの神々の依代《よりしろ》としての男女の子どもたちをひきいて悪鬼を追いはらった。さきに紹介した日本の大儺の源流である（「能誕生の母胎—大儺と修正会・修二会—」）。

　漢代になると歳末の儺の規模はますます大きくなった。宮廷の全臣下が参加し、つきしたがう侲子の子どもたちは百二十人の多数におよんだ。さらに悪鬼を追う側に十二支を神格化した十二ヶ月の守り神である十二神獣が加わっ

属の猿楽法師が、役僧に代わって、次第に鑑賞的芸能を演じ、やがて呪師猿楽となった。参照「3の能誕生の母胎—大儺と修正会・修二会—」

（2）**儺戯**　戯は戯曲で芸能や演劇をいう。芸能化した追儺の儀礼。

（3）**侲子**　わらべ。児童。侲もわらべの意味。

た。漢代からのちも儺はますますさかんになり、北斉《ほくせい》*4の時代には児童は二百四十人、唐代には五百人となり、彼らもすべて仮面をかぶり、方相氏は四人にふえている。

宋代には方相氏や十二神の名がきえ、宮廷の芸能養成機関の散楽所《さんがくしょ》に所属する楽人や俳優が仮面をつけて多様な神々に扮し、演劇化がすすんだ。儺が宗教的な儀礼から演劇化した儺戯へと発展した。

演劇化と娯楽化はますますすすみ、演じる場所も宮中や人家から舞台にうつされた。儺戯に限られず、古典、民間伝承、神話、日常生活などに取材した多様な仮面劇が演じられていた。この影響が朝鮮におよんでいたことは、のちにみるように文献資料そのほかであきらかであり、日本もその影響下に能や狂言が成立したとみることができる。

これまで概説してきた東アジア三国の儺の発展の歴史を分かりやすく整理して示そう。この図式の細部については、これ以降さらに詳述する。

中国

宮中所属の巫師や民間の巫師らによる儺（周代から唐代）→宮中の専門芸人が仮面で参加（宋代）→村人や民間芸人が参加し娯楽要素がつよまる（明代から清代）

朝鮮

（4）**北斉**　六世紀、南北朝時代の地方国家。

宮中所属の巫師らによる儺（十世紀の高麗朝《こうらいちょう》以前）↓宮中の専門芸人が仮面で参加（十四世紀の高麗朝末から十九世紀の朝鮮朝）↓村人や民間芸人が参加して娯楽要素のつよまった仮面劇（二十世紀初め）

日本

A　宮中所属の役人や巫師らによる儺（奈良時代から中世南北朝）

B　僧や散楽の芸人による寺院の修正会や修二会（奈良時代から平安時代）↓寺院の修正会や修二会に猿楽呪師が参加して追儺儀礼を演じる（平安時代末）↓寺院の修正会・修二会に猿楽の芸人が翁猿楽を演じる（鎌倉時代末）↓能や狂言が成立

中国の仮面劇の発展

さきに概説した東アジアの仮面劇の歴史のうち、宋代以降の大陸の仮面劇の成熟した姿をさらにくわしく検討し、日本で仮面劇としての能の誕生する必然性を確認しよう。

まず中国からみていく。

南宋の詩人として知られる陸游《りくゆう》の随筆『老学庵筆記』によると、徽宗《きそう》皇帝の政和年間（一一一一～一一一八）、宮廷儺の儀礼のために桂林《けいりん》から献上された仮面の数は八百に達したという（85ページ参照）。盛大さのゆえに当時大儺《たいな》とよばれていた儺の儀礼への参加人数の多さがうかがわれる。

南宋の都臨安《りんあん》（杭州の別名）の地理風俗を記した随筆集『夢粱録《むりょうろく》』によると、宋代には散楽所の俳優や楽人が、将軍、符使《ふし》（呪符の神）、判官（閻魔庁の裁き役）、鍾馗《しょうき》、六丁六甲（神名）、五方鬼使（東西南北中央の五方の鬼使）、灶君《そうくん》（かまどの神）、土地や門戸の神などに扮し、吹奏楽に合わせて、東華門[1]外に祟りの神を追い出し、竜池[2]を廻って祟りを地に埋めて終わった。

この大儺で追いはらわれ駆逐されるものは、疫神悪鬼であり、人びとが忌みきらう凶、不祥なものである。しかし、これを追いはらい駆逐する側もじつは悪鬼の類であり、そのために十二神獣とよばれる凶暴な存在が必要とされたのである。凶暴なものをより凶暴なものによって追いはらうことが大儺のねらいであった。

一九五四年、山東省沂南《ぎなん》（沂河の南）の漢代の墓から大儺の図（86ページ参照）の描かれている石拓が出土したことがある。その図から当時の人の想像していた妖怪、鬼、魔物の類のかたちを見ることができる。ある神は斧を持ち、ある神は短剣をとり、牙をむき出し、爪をふるって悪鬼妖怪を蹴散らしている。大儺には、なぐる、蹴る、射殺するなどの動作が多く見られたが、これらは現在の儺舞《なぶ》のなかの主要な動きとしてそのままのこされている。

（1）**東華門**　宮廷東側の門。
（2）**竜池**　宮殿外の池。

演劇化もすすんだ。儺を演じる場は人家ではなく舞台に移された。上演される演目は、三日三晩の連続上演も可能なほど豊富になった。『三国志』『西遊記』などの物語に取材した作品、『開山《かいさん》』*3『射目《しゃもく》』*4『孟姜女《もうきょうじょ》』*5『董永売身《とうえいばいしん》』*6などの民間伝承や神話に取材した作品、『耕種郎《こうしゅろう》』*7『紡織娘《ぼうしょくろう》』*8などの日常の労働生活を表現した作品など、多様をきわめた。

現在も桂林地方で演じられる師公戯とよばれる仮面芸能の祭壇。

演目が豊富になり、仮面が多彩となっただけではない。音楽や舞踏も変化に富むものになった。

このような長期にわたる発展の結果、歌、舞、せりふ、仮面などのすべてにわたって進歩をとげ、中国を代表する演劇の京劇*9、昆劇《こんげき》*10、川劇《せんげき》*11などに匹敵するほどの成熟・洗練をきわめた仮面劇も現われた。解放前の湖南省の郊陽《こうよう》の鬼頭戯《きとうぎ》*12、新邵《しんしょう》の儺堂《などう》

（3）**開山**　祭壇開きの儀礼。
（4）**射目**　悪鬼払いの儀礼。
（5）**孟姜女**　伝説の女性。秦の始皇帝時代、万里の長城を築くための犠牲にされた夫を恋い慕って、万里の長城を泣き崩したという。参照88ページ。
（6）**董永売身**　孝子伝の主人公。母を失った董永は父に孝養をつくし、父が死んだとき、葬儀の費用のため長者に身を売る。天が孝心に感じ、織女星を下して妻とし、彼女は織布で夫を救う。
（7）**耕種郎**　農夫の物語。
（8）**紡織娘**　機織り娘の物語。
（9）**京劇**　中国を代表する伝統演劇の一つ。清代に安徽省で誕生し北京を中心に発展した。
（10）**昆劇**　元代末から明代初めにかけて、崑山（現在の江蘇省蘇州市東部）一帯で誕生、流行し、明代中期以降中国各地の地方劇の基盤に

山東省沂水県沂南の漢代の墓壁の追儺図。前掲の『中国戯劇図史』より

戯《ぎ》＊13、湘西《しょうせい》の儺願戯《ながんぎ》＊14、湖北省の儺戯などが成熟した仮面劇の代表例である。現在では、中国の漢族の居住地域である江西、浙江、安徽、湖南、湖北、山西、四川から少数民族の居住地域である広西、雲南、貴州の各省・自治区に儺戯（儺舞）とよばれる仮面劇が演じられている。

　私が、一九八八年の四月に調査に入った安徽省《あんきしょう》安慶区貴池県《きちけん》茅坦《ぼうたん》村の儺戯は次のように進行した。

　初めに傘を使った神下ろしの儺舞から開始される儀礼演目、次に儺劇、最後に両者の入り混じった儀礼演目の三部構成をとり、全体の結びとして、三和尚＊15、趙公《ちょうこう》元帥＊16、関羽らの、歴史上、伝説上の人物を登場させた悪鬼払いが上演された。新年の一月七日から十五日にかけて、近隣の村々と共同で上演され、三年に一回の小祭、十年に一回の大祭がある。

　茅坦村で儺戯を演じることのできる人びとは

なった古典演劇。

（11）**川劇**　中国四川省を中心に発達した伝統演劇。

（12）**鬼頭戯**　鬼の仮面に注目した名称。

（13）**儺堂戯**　室内を中心に演じられるところからの名称。

（14）**儺願戯**　祈願儀礼に注目した名称。

（15）**三和尚**　三和尚打斎とも。黒、藍、紅の衣を着た三人の和尚が祭壇前に並んで悪鬼を鎮める儀礼。

（16）**趙公元帥**　道教の神趙公明。黒面で黒虎に乗り金鞭を持つ蓄財の神。

すべて成人男子で十数人。一人で老若男女の各種の役をこなした。子鬼に限っては子どもが演じることもある。

現在上演することのできる長編の演目は、「劉文竜趕考《りゅうぶんりゅうかんこう》」「孟姜女《もうきょうじょ》」「陳州糶米《ちんしゅうちょうまい》」の三作である。いずれも、宋代から元代・明代にかけての演劇や小説の代表的題材である。

「劉文竜趕考」は主人公劉文竜が都に出て官吏の試験を受ける話であり、「孟姜女」は新婚三日目で万里長城建設に駆り出されて死亡して長城の下に埋められた夫を思い、泣き続けて長城を破壊した女性の物語である。また、「陳州糶米」は名官吏の裁判物語である。

この三作は合計すると全五十場に及ぶ。この三つの演目はほかの部落と共通しており、同姓氏族が多くて関係の深い村々を共同で巡演することになっている。

面は木製で、専門の面つくり師の家が離れたところに二軒あった。私の調査当時、茅坦村が所有している面は二十八面、うち三面は清代から伝わる古面であるが、ほかは一九八〇年ころの作製である。面はそのまま保存し、色彩がはげると塗りなおす。おなじ中国の民俗芸能の目連戯が多く紙製の面を使用し、上演が終わると焼いてしまうのと対照的である。仮面は箱に収められて神社に保存される。

安徽省安慶区貴池県茅坦村の村民が箱から
取り出して私たちに見せてくれた木製の仮面。

中国のラマ教寺院でも儺は演じられている。北京のラマ教（チベット仏教）寺院雍和宮《ようわきゅう》で陰暦の一月の晦日《みそか》に行なわれる「跳鬼」（ティアクイ）または「打鬼」（タークイ）である。これまでのべてきた漢民族の儺と比較検討して、大陸仮面劇の日本への伝来ルートを確定しよう。

北京の庶民風俗や行事を百科全書風に記述した羅信耀《らしんよう》の『北京風俗大全』（平凡社、一九八八年）に次のようにのべられている。

跳鬼は北京では「打鬼」（鬼やらい）といって、北京市内北部にある有名な雍和宮で催される。同じことが、かって安定門外の黄寺（普浄寺《ふじょうじ》）と徳勝門外の黒寺（慈度寺）で行なわれていた（中略）打鬼当日、雍和宮にいたる通りは熱心な見物人で混雑する。そしてまた、これに乗じて、いつものとおり売れる見こみがあればどこへでも出かける玩具屋や食べ物屋の屋台店が、この日一日の商売のために立ち並ぶ。なかには打鬼を踊る坊さんたちがかぶるのとそっくりの気味の悪い仮面を売っている店もあり、正月気分の名残りがまだここには残っている。

寺院の前庭には早朝からぎっしり見物人がつめかけている。寺の仏像や種々の祭祀用の道具（そのなかには寺の宝物や清朝の王室から下賜されたものも含まれる）のほとんどが安置されている奥の境内は、そこに見物人がなだれこむといけないので、その日一日は立ち入り禁止となっている。正午前、踊り手たちは前庭に出て大観衆の前で神秘的でおどけた踊りを舞う。

仮面の僧侶

みんな押しあいへしあいしながら、踊りを一目でも見ようとするものだから、踊りのよく見える場所をとるのは容易なことではない。しかし、一見でもできれば苦労しただけの価値はある（特等席はターザンの如く子どもたちがのぼっている壁の上とか木の上とかである）。境内の中央では警官に守られた侍僧たちが、長い鞭を振りまわしたり、石灰をまいたりして邪魔者をどかしながら歩く。こうして張られた非常線内で、異教的な独特の見世物が演じられるのである。

侍僧たちはみな年代物で古びてはいるが、刺繍模様の伝統的な緞袍《だんぽう》*17を着て、多種多様の大きさの仮面をかぶっている。ラマ教の神々を表現している仮面もあれば、醜悪な形相の悪魔の仮面もある。ある者は短い宗教上の武器をふりかざし、さらには牛頭《ぎゅうとう》や鹿面《ろくめん》をつけたものもいる。

中央には麦粉《むぎこ》をバターで練ってつくった悪魔の像が、赤く塗られて卓の上にうやうやしく供えられている。会場を圧倒する僧らの仮面行為のあいだ、読経の声が流れ、太鼓、角笛《つのぶえ》などの音楽が演奏される。数分後、僧らは隊列を組んで寺門の方に近づき、そこで練り粉の像を切り刻み、火をつけて燃やす。こうして跳鬼は終わる。

(17) **緞袍** 分厚い僧衣。

凶運払い

この神秘的な祭りについては、いろいろな解釈があるが、どれが正しいかは定かでない。ラマ僧自身も、はっきりとは知らない。ただ慣例どおりに行なっているのである。要するに、これは一年の凶運を追い払うことを象徴しているのである。チベットや蒙古では、金持ちの檀家が援助してときどきこの神秘的な祭りを行なう。しかし、北京では、呉君やその級友のような遠方や近在の見物人がくる「見世物」の一つにすぎない。

　ラマ教はチベットを中心に発達した仏教の一派で、一般にはチベット仏教の名で知られている。南はネパール、シッキム、ブータン、北は内・外蒙古、満州（中国東北）、東は中国の甘粛、四川、雲南、西はカシミールにおよぶ広範な地域に伝播している。この派の基本的な教えが、仏・法・僧の三宝の上にラマを加えた四《し》宝《ほう》への帰依を説くところからラマ教の名が生まれた。

二〇〇〇年八月に調査した中国青海省のラマ教の跳舞。
順次に、女護法神、伴奏楽器の剛洞、財爺神、虎神。

ラマとはチベット語でラ（上）とマ（人）の複合語で、師、善知識を意味する上人《しょうにん》・導師のことである。

北京の雍和宮で行なわれる打鬼が、チベットや蒙古で行なわれる打鬼の風習をとり入れたものであることは、前掲の『北京風俗大全』の記事からも察せられる。

次は現在の雍和宮門前と勢ぞろいした跳舞の役柄。北京最大のチベット仏教（ラマ教）の寺院群。六万六千四百平方メートルの敷地に漢、満州、モンゴル、チベットの各民族の建築洋式が融合している。

北京最大のチベット仏教（ラマ教）
寺院雍和宮と跳舞のラマ僧。

骸骨、胡蝶、鹿面。『雍和宮』より。
跳舞に使用の仮面。前掲『中国巫儺面具芸術』による。

印南喬《いんなみたかし》は、「喇嘛跳鬼舞《らまちょうきぶ》仮面考」（『演劇学第六号』）いう論文で、チベットや蒙古各地では、跳舞・跳鬼の仮面芸能が、毎年陰暦六月中旬の三日間、法会に付随する跳鬼祭として盛大に行なわれること、面は紙と漆でつくられること、人間のもっとも怖れる死、水災、火災、飢饉、病気などの諸厄を除くために跳舞し、祈るものであることなどを説明している。さらに、用いられる仮面を次のように紹介している。

インド人二　骸骨（ドットガム）二　骸骨（エルベヒ）四　鹿面一
四子四　白色老人一　八男八女十六　黒帽一　牛二十　獅子一
海獣一　焔魔王一　焔魔王の妻一　計五十五面

これらの面は、いわゆる打鬼だけではなく、ほかの種類の跳舞に使用される面がまじっているために、北京の雍和宮で演じられる打鬼に使用される面より数も種類も豊富であるが、骸骨、鹿面、四子、黒帽、牛など、共通と見られる面も多い。

現在、ネパール東部のチベット族が伝承する仮面舞踊劇マニ・リンドゥについて、河野亮仙《こうのりょうせん》が詳細な報告をしている（「儀礼と芸能のアルケオロジー　インド文化圏の辺縁としてのチベット」）。

マニ・リンドゥという名称自体は、仮面劇に先立って行なわれる祭りの儀礼に由来するが、そのあと、十幕にわたって仮面劇が演じられる。その演目は雍和宮の打鬼に比較してはるかに整っており、使用される仮面にも細部には相違があるが、芸態とそこで使用される面に類似性がある演目もかなりある。

雍和宮の打鬼はチベットから移入されたものであることに疑問はないが、儀礼の次第は本国のチベットともかなり相違しているとみてよい。

雍和宮の打鬼は、異形の神々の力によって悪鬼を追うという根本の精神は一致しているが、現状の儀礼の形は、日本の寺院における追儺とも、方相氏の活躍する中国の大儺ともかなり異なっている。

しかし、古代にまで遡ったとき、中国中心部の大儺とチベット仏教の打鬼がけっして無関係でないことは次のような資料からいえる。

まえにも触れた山東省沂水《ぎすい》県沂南《ぎなん》の漢代の墓から出た石上の大儺図には、当時の大儺に登場する凶暴な神々が描かれている。それらの神々のなかに北京の雍和宮の打鬼の神々と一致するものがある。頭上に五つの髑髏をつけた獣神（雍和宮の胡蝶舞）、口に竜を喰わえた双角の獣神（雍和宮の大鵬金剛《たいほうこんごう》）などである。さらにまた、雍和宮打鬼の胡蝶舞の面、同阿修羅面、同緑度母《りょくどぼ》面などは貴州地方に伝えられる儺戯面に類似のものが使用されている。

（1）**工人**　下級役人。

これらの事実はチベット仏教の打鬼と中国漢民族の儺戯とのふかいつながりを示しているが、その先後関係は軽々しくは断定できない。しかし、いずれにしてもチベットの打鬼の日本寺院の追儺式への直接の影響は否定してよい。

朝鮮の仮面劇の発展

大儺ははやく朝鮮にも伝わっていた。

李朝《りちょう》の十五世紀の『世宗実録《せそう》』巻一三三に伝える「李冬大儺儀《きとう》」におおよそ以下のような記述がみられる（金栄華「漢城昌徳宮蔵方相氏面具跋」）。

十二月晦日《みそか》、天文担当の役所書雲観は、十二歳以上十六歳以下四十八人の侲子をえらび、これを二十四人ずつの二隊に分け、六人を一列とし、仮面をつけ、赤い衣を着せ、鞭を持たせた。全身に赤い巾と赤い衣装をつけた工人*1は二十人。方相氏四人は黄金四目の仮面を着け、黒い上着に赤いずぼんをはき態皮をかぶり、右手に矛、左手に楯を持った。唱師四人は棒を持ち、仮面をつけ、赤い衣を着た。鼓、鐸《たく》、笛の役はそれぞれ四人で、これも全身に赤い巾《きん》と衣装をまとった。書雲観の役人は四人、公服を着て、それぞれの部署で監督にあたった。

頭に骸骨をつけ、口に竜をくわえた大儺図の鬼神たち。前掲の『中国戯劇図史』より

祭祀をつかさどる役所の奉常寺《ほうじょうじ》＊2はまず雄鶏と酒を用意し、光化門及び城の四つの門に穴をうがち、それぞれの門の右側に埋め込んだ。儺者は各自に祭服を身につけ、三十日の夕、光化門のなかに集まり、布を敷いて待機した。

一日の暁方、書雲観の官の指揮者は儺者を勤政門の外にまで進める。悪疫退散のため、書雲観の官に命じて鼓を騒がしく打ちながら儺者を内庭に進入させると、方相氏は矛を執り、楯を揚げながら以下のように唱え、侲子《しんし》＊3は皆これに唱和した。

その文句は、「甲作は、凶を喰う」（前者は鬼を喰う神で後者は喰われる疫鬼のこと。以下同じ）。「覧諸《らんしょ》は咎《とが》を喰う」、「伯奇《はくき》は夢を喰う」（伯奇は獏《ばく》のこと）、「強梁《きょうりょう》、祖明《そめい》は共に磔死《れきし》と奇生を喰う」、「季随《きずい》は観を喰う」、「錯断は巨を喰う」、「窮其《きゅうき》と騰根《とうこん》は共に蠱《こ》を喰う」（蠱は害虫）、「すべての十二神は悪鬼や凶を追う」、「汝の身を八つ裂きにし、汝の肝をひしぎ、汝の肌の肉をばらばらにし、汝の肝や腸をえぐり出すぞ」、「汝、すみやかに逃げなければ、遅れるものは食物にするぞ」などなど。周りもともに叫びたて、諸隊もさわがしく鼓を打ちたてる。

すべての者が光化門に集合し、外へ出て、別れて四隊となる。一隊は方相氏一人、侲子十二人、鞭を持った者五人、ほかに、執棒《しっぽう》（棒持ち）、執鐸（銅

（2）**奉常寺**　寺は役所の意。

（3）**侲子**　追儺の式の時、方相氏に従った童子。

鐸持ち）、鼓、吹笛《すいてき》（笛吹き）、各一人から成る。どの隊も炬火《きょか》（松明）を持った十人がまえを行き、書雲観官が一人ずつこれを指揮し、四つの門の外に出て止まった。悪鬼を追い出し、祝史《しゅくし》（神官の一種）が各門を分担して神席を南向きにしつらえ、斎郎（神官の一種）がいけにえを捧げた。

　以上が朝鮮の宮廷で行なわれた大儺の行事である。中国と比較すると、十二神将はとなえ言のなかに現われるだけで、現実には登場せず、鶏や磔牲が重要な役を果すなど、幾つかの相違はあるが、中国の大灘の儀礼を受けついだことには疑問がない。そして、日本の宮廷追儺は、直接に中国からか、または、朝鮮経由で、中国朝廷の儀礼が伝わったものと考えることができるのである。

　従って、日本の寺院の修正会や修二会の追儺も、日本の宮廷儀礼から継承したもので、まえにも触れたように、中国のチベット仏教寺院の打鬼との直接のかかわりはなかったとみることができる。

　朝鮮でも信仰儀礼としての追儺はしだいに世俗化していった。

十四世紀の詩人牧隠李穡《ぼくいんりこう》（一三二八〜六五）の詩「駆儺行《くなこう》」によると、高麗朝末には、追儺の儀礼のあとに歌舞百戯が演じられていた（李杜鉉「韓国仮面劇の歴史」）。同詩によると、第一部には十二支神と侲子が追う追儺の儀礼を詠んでいる。追儺には十二支神がそれぞれに仮面を着けて現われ、侲子と唱師も仮面を用いた。第二部は、追儺の儀礼が終ったあと、次々に楽士たちが登場して歌舞百戯が演じられた。そこでは、五方鬼舞、吐火と呑刀の奇伎、西域胡人*3の仮面戯、華僑*4の高足*5、処容舞《しょようまい》（悪鬼払い歌舞）、百獣舞などが演じられた。

拝仏崇儒の政策をとった朝鮮朝（一三九二〜一九一〇）は、高麗朝の仏教儀礼を公儀としては継承しなかったが、追儺の儀礼を含み込んだ山台雑戯《さんだいざつぎ》を継承し、これらは十六世紀の半ばまでさかんに行なわれた。儺礼都監または山台都監が管掌した山台戯は、儺礼、儺儀、山台儺礼、山台雑戯などその名称もいろいろである。

山台とはソウルの西大門外で行なわれていた山台ノリ（一名山台都監劇〈トガムノリ〉）をいう。山台はさまざまな飾りを施した大道具である。山のように高いところから山台とよばれた。

朝鮮朝時代の山台ノリの上演は、冬の終わりに儺礼儀を行なうときや、各種の王の行幸、宮中の宴楽および中国使臣や地方長官の歓迎のときなどに広く演じられ、その種目も多彩になったが、根本の構成は、高麗朝の山台雑戯と大差はなかった。

朝鮮朝の成宗の時代の詩人成俔（一四三九〜一五〇四）は「観儺詩」におい

（3）**胡人**　北方や西域の諸民族をいう汎称。
（4）**華僑**　海外に移住した中国人およびその子孫。
（5）**高足**　足場の付いた一本の棒に乗って演じる曲芸。

て、飾り棚を設け、華麗な衣裳の舞踊手の乱舞と弄丸《ろうがん》*6、綱渡り、人形劇、竿上りなどが儺儀として上演されるさまを詠んでいる。

このように儺戯（山台戯）は、朝鮮朝前期の国家新興の気運とともに盛大に行なわれたが、壬辰乱《じんしんのらん》（文禄慶長の役、一五九二〜九二）と丙子乱《へいしのらん》（清が朝鮮に侵入し李氏朝鮮を制圧した戦い、一六三六〜三七）の両乱のあとは朝鮮朝が傾きはじめ、仁祖朝（一六二三〜四九）を境に公的な行事として上演されることがなくなった。そこで山台都監から禄を受けていた演技者たちは解散し、もっぱら民間の支持に頼って民衆の娯楽として山台戯を演じるようになった。

今日、韓国で、楊州別山台ノリ、鳳山仮面戯などとよばれて演じられる仮面戯（103ページ写真参照）の中心的存在となっている芸能人は、この民間に流れていった仮面戯の人たちの末である。

現在、韓国で演じられている楊州別山台ノリの構成は大きく以下の四部に分けられる。

第一部

仮面と装束をととのえた全員がお堂（神社）からタルパン（演戯場）まで道行の楽を囃しながら行列行進する。この場面は、しかし省略されることも多い。

続いて、神々への祈願とお祓いがある。タルパンでは、供物をそなえた

（6）**弄丸**　数個の玉を同時に操る曲芸。

祭床の前に白髪の翁・媼を中心に、老女、蓮葉《はすは》（若い当世女）などの仮面を並べて礼拝し、神事を行なう。演戯がとどこおりなく行なわれるための祈願である。

第二部

タルパンを祓い清める神事舞踊の上佐（尼僧）舞が演じられる。白い僧帽に白い道服をまとい、紅い襷をかけた上佐がおごそかに登場して四方を巡り舞う。

第三部

中心となる演技である。破戒僧尼、悪徳官吏や貴族、乱倫の庶民などに対する痛烈な風刺劇が七場上演される。

第四部

演戯がすべてとどこおりなく行なわれ、全員のタルは焚焼され、永遠の命を得て天に帰る。

以上、神事舞踊と世俗劇を組み合わせる朝鮮仮面劇の全体構成は、日本の能、ことに狂言との類似性を考えさせる。

日本では、朝廷とはべつに早い時期に寺院に入り、その庇護下にあった。この仏教寺院の保守的儀礼性が娯楽的な仮面劇をそだてることをさまたげた。

その結果、日本の儺が仮面劇を生んだのは、国内の要因だけではなく大陸からの外来の力をかりなければならなかった。中国ですでに発達していた儺戯が直接に、また朝鮮経由で中世に日本へ伝来し、能と狂言の形成に影響をあたえていた。

現在の楊州別山台ノリに使用される仮面。
『心を映す仮面たちの世界』より

韓国慶尚北道安東市河回別神クッに
使用される仮面を制作する作者。

能面と中韓仮面の比較

仮面の問題についてさらに検討をすすめよう。奈良県川西町結崎《ゆうざき》に綾羽《あやは》と呉羽《くれは》を主神とした糸井神社がある。綾羽は漢織つまり「あやはどり」が原義であり、呉羽は呉織つまり「くれはどり」で、ともに日本に織物技術を伝えたとされる中国古代の織物集団である。

この神社の南、寺川に架る宮前橋をわたって百メートルほど上流へ歩くと「観世発祥之地」と「面塚」の二つの石碑がある。この面塚には次のような伝説がある。

式内社糸井神社

観世発祥之地と面塚の記念碑

室町時代のある日のこと、一天にわかにかき曇り、空中から異様な怪音とともに寺川のほとりに落下物があった。この落下物は、一個の翁の能面と一束の葱《ねぎ》で、村人は能面をその場にねんごろに葬り、葱はその地に植えたところみごとに生育し、戦前まで「結崎ネブカ」として土地の名産になった。

この伝説には別形がある。京へ出て能を演じることになった結崎座の観阿弥が面の調達に困り、糸井神社に祈願したところ、天から面が降ったという。

いずれにしても、結崎座が新しい面をさずけられたという伝説である。観阿弥が新しい能の誕生にかかわったときにそれまで使用していた仮面以外の新しい仮面を必要とし、その仮面を日本以外の地、たとえば中国から入手したという物語である。中国からの渡来集団を祀る糸井神社への祈願がそのことを示している。

また、田原本町西竹田《たわらもとちょうにしたけだ》にも面が降った伝説地十六面《じゅうろくせん》と金春《こんぱる》屋敷跡がある。ここにも、猿楽師金春が天から降った面を入手したという伝説がある。結崎座に限らず、大和猿楽の各座が新しい仮面芸能を演じようとしたときに仮面を異国から入手した事実を推測させる伝説である。

これまで、能面の祖型を先行する伎楽《ぎがく》面に求める説が有力であった。日本の七世紀のはじめから登場してくる伎楽と舞楽《ぶがく》は仮面を使用する。この二つが大陸から伝来した芸能であることに疑問はない。

高野辰之（『日本歌謡史』）、野上豊一郎（『能の幽玄と花』）、金剛巌（『能』）などがひとしくとなえている説は、伎楽面に能や狂言の面の由来を求めるものである。日本国内だけの芸能の歴史に能の成立の要因を求めようとするときに、必然的に出てこざるをえない考えである。

しかし、伎楽面から能面や狂言面への変化・発展をいいきるには、あまりに問題が多すぎる。両者のあいだには、類似よりは相違がはるかに大きいからである（後藤淑《はじめ》『中世仮面の歴史的・民俗学的研究』）。

ここで大陸仮面の影響を考えないわけにはいかないのである。ことばの障害があるために、祭りの台本や劇の脚本の利用がむずかしい場合でも、仮面は模倣・利用が容易である。その事実が、おびただしい量の、大陸仮面と様式の酷似した日本の中世仮面の存在をもたらした。多種多様な日本の中世仮面は次のように分類される（後藤淑前掲書）。

伎楽面。治道と崑崙と呉女。後藤淑『中世仮面の歴史的・民俗学的研究』より

（1）民俗面（土俗面）　（2）伎楽面　（3）舞楽面　（4）行道面《ぎょうどうめん》*1
（5）追儺面　（6）猿楽面（田楽面）　（7）能面　（8）狂言面
（9）神楽面

このうち、伎楽面、舞楽面、行道面、追儺面の四種は大陸から伝来した仮面か、その様式をおそったことがはっきりしている面である。また、能面と

（1）**行道面**　平安時代からさかんになった寺院の供養会で、菩薩、十二天、二十八部衆などの練供養に使用された舞楽や雅楽系の仮面。中世、浄土教の来迎会が行なわれ、菩薩や阿弥陀に新しい面が使用された。

狂言面はその誕生過程をこれから解明しようとしている仮面である。

以上の六種をのぞいた民俗面（土俗面）、猿楽面（田楽面）、神楽面の三種のうちの中世成立仮面に大陸仮面の影響はおよんでいるのか。その解明がここで私の設定した問題意識である。

この課題を解くために、直接に大陸仮面と能面を比較するのではなく、

大陸仮面→中世古式民俗仮面（前掲民俗面・猿楽面・田楽面・神楽面をすべて含む）→能面

という比較の方法を採用した。直接の比較を避けて、あいだに日本の古式民俗仮面をはさんだのは、二つの理由がある。一つは、能面の日本における独自の成熟が予想されることであり、二つめは、能面が直接に大陸仮面を模倣した場合よりは、すでに大陸仮面の影響をうけていた日本の古式民俗仮面を介して大陸仮面の影響をうけることが多かったとみられること、の二つの理由からである。

使用した仮面掲載の資料は次の三種である。
（A）前掲後藤淑の書に掲載された膨大な日本の中世仮面の写真資料

（B）『森田拾史郎写真集　韓国の仮面』
（C）『中国民間美術全集　面具臉譜巻』

さらに比較にあたっては漠然とした印象に止まることを排除するために五つの調査視点を設定した。

a　全体の形態とバランス
b　頭部と耳の形
c　眼と眉毛の形
d　鼻・口の形とバランス
e　顎の形

じつは、この作業と結果の詳細は以前に世に問うたことがある（前掲『日本の祭りと芸能　アジアからの視座』）。ここでは結論だけを引用する。

○韓国仮面と四つ以上の類似点のある日本の中世仮面
　愛知鳳来黒沢阿弥陀堂所蔵若い女面など十三種

○中国仮面と三つ以上の類似点のある日本の中世仮面
豊橋市東観音寺所蔵神面など二十種

この比較調査を通して、四国の高知県・徳島県、中部地方の愛知県・静岡県の両地方に集中して、韓国仮面と類似の様式の仮面が存在していることが分かった。

このうち、愛知と静岡は天竜川沿いに湯立て神楽の花祭りを演じる地域である。天竜川沿いの花祭りの祭祀形式は、中国や韓国の祭りの構造と一致点がある（諏訪春雄『日中比較芸能史』）。この地方に、中世の早い時期に朝鮮半島の仮面を伴った芸能が伝来していたと考えることには十分な根拠があり、同じ事情は四国にも想定される。

朝鮮半島の仮面の日本への影響を想定する研究者の先覚者として『日本の土俗面』の著者料治熊太氏をあげることができる。氏は一九七二年に刊行された同書に類似する仮面として多くの例を示している。一例だけ下に示そう。高麗時代の別神祭仮面、その影響を受けたとみられる日本の懐山田楽のウズメノミコト面、である。

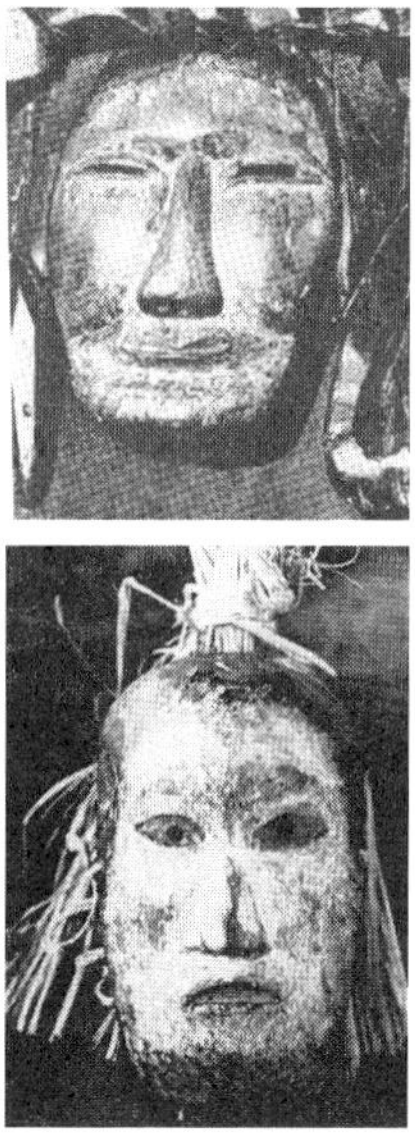

日本の土俗面
上　別神祭仮面
下　ウズメノミコト面

中国仮面との類似の様式の仮面は、九州から東北までひろく分布して存在し、しかも種類も豊富である。韓国仮面よりもはるかにつよく、ひろく日本の中世民俗仮面に影響をあたえており、能面にもその影響はおよんでいた。

この調査を通して、中世成立の能（そして狂言も）に使用された仮面が中国や朝鮮の仮面を直接、間接に利用・摂取して生み出されていたことがあきらかになったのである。次に中国仮面の例をあげる。

三組の写真上は中国桂林の仮面であり、下は類似性のある日本の土俗面である。中国仮面は前掲『中国民間美術全集　面具譜巻』により、日本仮面は『「仮面」と「舞台」』（乾武俊著作集）による。

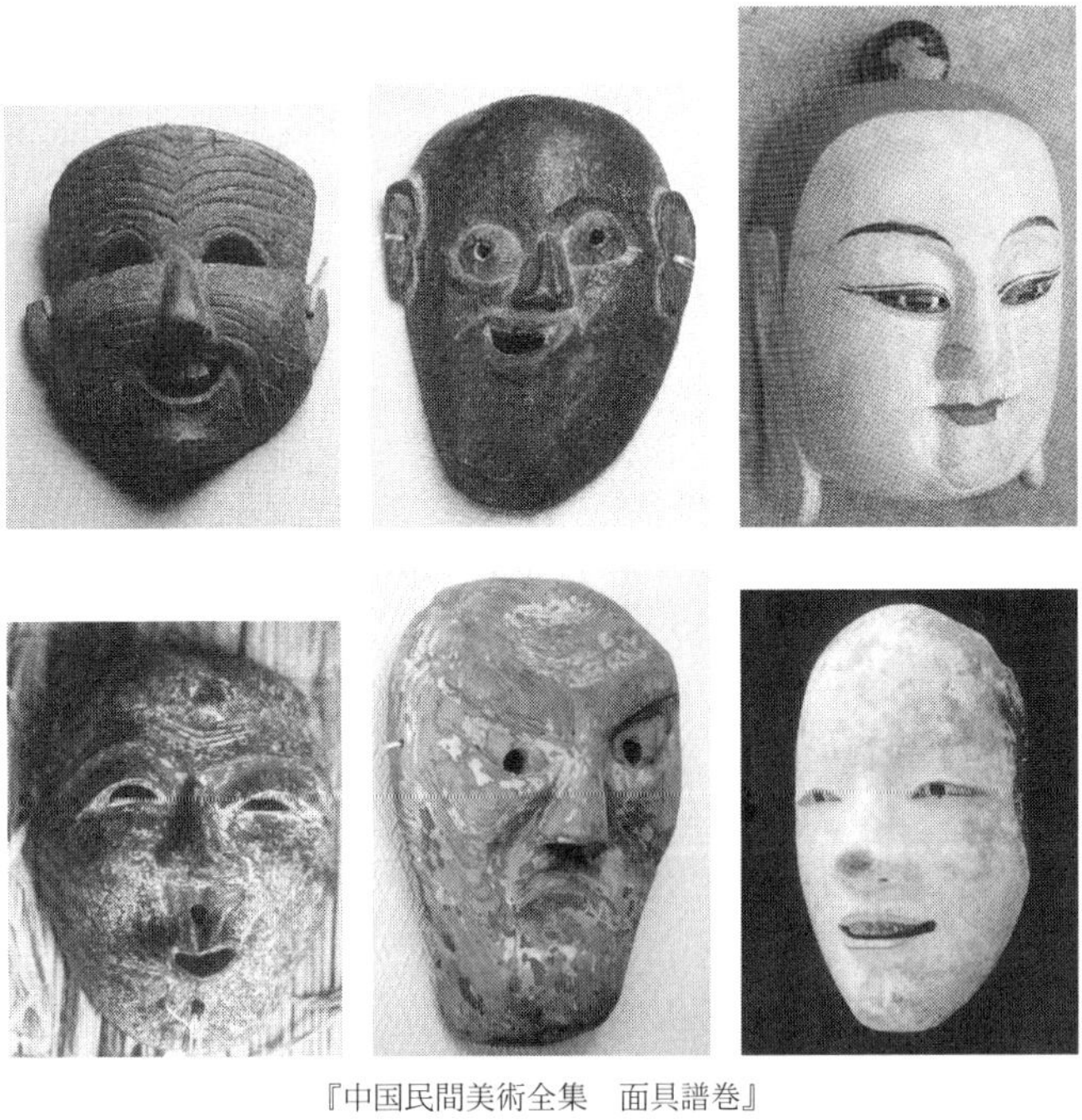

『中国民間美術全集　面具譜巻』
『「仮面」と「舞台」』（乾武俊著作集）

5　能・狂言・複式夢幻能

能と狂言の組み合せ

能は狂言と組み合わされて交互に上演される。この上演方法について、日本のこれまでの研究者は二つの説明の仕方をしている。一つの説明方法は、本来同じ猿楽の能から、能と狂言に分かれながらも共存したと考えるものである。次の小山弘志の説明がその代表である。

世阿弥の『習道書』によれば、世阿弥の時代、狂言役者は能において一役を演ずるとともに、狂言を演じていた。その具体的状態はよくわからないが、鎌倉時代以来の猿楽の能がほぼこの頃から能と狂言とに分立したものと考えられる。両者が同じ舞台で併演され、狂言役者が能の一座に属して、「翁」における三番叟の役、また能における一役（間狂言）をもずっと担当して来ていることは、両者の関係の深さを示す。そして狂言が能と能の間に挿まれるということは、主たる芸能である能に対して、いわばその幕間（まくあい）として成立したことを物語る（中略）そもそも猿楽とは、『新猿楽記』の記述や、また「猿楽言（さるごうごと）」「猿楽（さるごう）がまし」の語の存在でわかるように、平安時代以来、滑稽をむねとするものであった。その意味で、狂言は猿楽の正系である。鎌倉時代、猿楽法師は歌舞を含んだ能を演ずるようになり、しだいにその歌舞の要素が優位に立って、猿楽の能における狂言の要素は相対的に従となった。狂言が狂言本来のものを発揮するために、能から離れる機運が生じ、実際、そのような現象が世阿弥以前に起っていたと思われる。それが世阿弥の能の確立によって、いっそうはっきりと自立する存在となったと考えられる。（『日本古典文学大辞典』）

この小山説に代表される共存説に対し、もう一つの説は同じ猿楽を母胎とした能と狂言は一度分離したのちに提携したと考える提携説である。次の北川忠彦の記述がその代表である。

室町時代。このころ観阿弥・世阿弥による能の大成があった。当時〈猿楽能〉と呼ばれていたことからもわかるように、能ももとは即興的滑稽演技から出発したものであるが、早々にその滑稽面をふるい落とし、歌舞の要素をとり入れ新しい芸能として大成した。この能と狂言とは、いちはやく提携したようである。もっともこの段階における狂言は、一応の成立をみたとはいうものの、能のように内容が定着していたとは考えられないので、どのような形で能と提携したのか具体的な事情はよくわからない。ただ世阿弥の『習道書』や『中楽談儀』などから、①同一の舞台における能と狂言の交互上演、②能におけるアイ（間狂言）の存在、③能役者の演ずる《翁》の中で《三番叟》を狂言役者が担当すること─という現在にも通じる両者の関係は、少なくとも世阿弥の周辺ではすでに成立していたことが知られるのである。（『新訂増補能・狂言事典』）

以上が狂言の成立、能との関わりについて現在の日本の学界の了解事項である。共存と提携の時期について若干の解釈の食い違いはあっても、両者が猿楽を共通母胎として生まれ、世阿弥のころまでに歌舞中心と滑稽寸劇という、たがいの性格の違いを鮮明にして結合したという理解は共通している。

この理解を、大陸の祭りや芸能の知識を導入することによってさらに深めることができる。能は神霊劇であり狂言は中世の現世劇である。このように異質な演劇の組み合わせがなぜ成立したのか。その組み合わせの根底に働く根本原理の解明が可能になるのである。

中国の現在の仮面芸能の儺戯では、神霊劇と現世劇とを交互に演じることは一般化している。現世劇は直面《ひためん》であるが、神霊劇は仮面着用の場合と直面の場合の両例がある。一例をあげる。

中国の西北部に位置する山西省の省都太原から車で三時間ほど南に下った曲沃県《きょくようけん》の任庄村《にんしょうむら》には「扇鼓《せんこ》儺戯」（116ページ写真参照）という正月の祭りが保存されている。「扇鼓」という団扇《うちわ》形の小さな太鼓を参加者が手に持つことからこの名がある。中国農村の典型的な悪鬼払いの一種であるが、古い儺戯の形をのこしていて参考になる。以下は、私じしんの調査である。

この祭りの十六種におよぶ演目は次の五部に分けることができる。

1 祭場浄化
2 迎神
3 神話劇
4 現世劇
5 送神

1の祭場浄化の主役は、古代の方相氏につながる馬馬子《ばばし》である。馬は神の乗り物である。馬馬子とは神の依代《よりしろ》の意味である。彼は上半身裸となり、左手に響刀《きょうとう》とよばれる、音を立てる銅製の武器、右手には鞭を持って登場し、鞭で激しく地面を叩いて悪鬼たちを追い払う。カミが彼に乗りうつって異常な力を発揮させるのである。

現世劇は、ほらふき男とへそ曲がり男による掛け合い漫才、二人の男の謎かけ問答、田舎娘が猟にきた王をやりこめて后におさまる話などが寸劇として展開する。このような滑稽寸劇やことばの遊戯が、荘重な儀礼や神々を主役とした神話劇と組み合わされて演じられるところに中国の儺戯の特色があり、日本の能と狂言の組み合わせに通じるものがある。

問題は演者である。中国大陸の古い形態を保存している祭祀集団では、儀礼や歌舞芸能を担当する人たちと、現世劇を演じる人たちは、同一の集団に属し、交代で務めるのが通例であるが、香港、シンガポール、台湾などで演じられる進んだ形態では、信仰にかかわる巫師や道士と現世劇を上演する役者の集団は分離するようになる。だからといって、巫師や道士が現世劇的な演目をまったく演じないのではなく、状況に応じてたくみに役者も兼ねる場合がある。

このような中国の儺戯の上演の実態からみて、能役者と狂言役者がはじめ同一の座で共存し、のちに分かれたという前述の小山弘志の主張、さらに一旦分離しながらのちに提携したという北川忠彦の主張は、発展段階の違いを指摘するだけで、どちらも認めてよいことが分かる。

山西省曲沃県の「扇鼓儺戯」。順次に馬馬子、侲子役の子どもたち、十二神家とよばれる祭祀集団、太鼓・銅鑼・腰鼓の楽器。

ただ注意しなければならないことは、能が猿楽だけを母胎としてはじまったというこれまでの認識の不十分さである。滑稽を主とする猿楽からそのままで宗教芸能の能が生まれたのではない。古代宗教儀礼の追儺、それが大陸の仮面劇の影響を受けて変質した仮面芸能を猿楽の連中が担当するようになり、自己の芸を大きく変質させることによって能が誕生したのである。そのときに、猿楽の滑稽芸の正統を受け継ぎ、直接には追儺の儀礼に関わらなかった連中が狂言を生みだしたのである。

そうした役割分担、つまり分業形態を明確に確立したのが、観阿弥・世阿弥の父子であった。この親子一丸となった強烈な社会的上昇志向についてはのちにくわしくのべる（「10　観世座の能楽界制覇」）。

祭祀と芸能の分業形態

神霊劇の能と現世劇の狂言の分業についてさらに考えてみる。

大陸でも、そしてその影響を受けた日本でも、祭祀や芸能には古くから神霊役と現世の人間役との分業が行なわれており、その分業が能と狂言の分業を生みだしたのだという事実である。能と狂言の分業には根源的理由があったのである。

中国からみていく。

中国の古代祭祀には、尸《し》を立てることが行なわれていた。祭られる神霊の象徴として尸が立てられ、尸を立てない祭りは正祭とはみなされなかった（池田末利《いけだまつとし》『中国古代宗教史研究』）。尸は天地神の祭りと祖先神の祭りとを問わずに立てられた。尸はその祭りの神をかたどるもので、祭主と同姓の直系の子孫（『礼記《らいき》』*1）、特定の官職身分にある人（『春秋公羊伝《くようでん》』*2）、祭主と同姓の他人（『儀礼《ぎらい》』*3）などがその役をつとめた。しかし、一般人が尸を演じるのはのちの変化形であり、本来はシャーマンの役割であった。

尸《し》は死体を意味する「屍」の原字である。尸は祭りで、神霊にふさわしい衣装を身にまとい、人々の拝礼を受け、ささげられる酒や食物を飲食し、神霊の動作を模倣した。周代の年末に行なわれた臘祭《ろうさい》*4は、人神のほかに動植物の精霊をも祭ったので、この祭りに登場する尸たちは、仮面をつけて猫や虎に扮して、野鼠、猪と一対一で相撲を取った。

また、祭りを主宰する祝《しゅく》（祭司）と尸とのあいだに問答の交わされることもあった。『儀礼』によると、祖先を祀る祭りで、祖霊に扮した尸と祭司とのあいだに次のようなことばが交わされた。まず祭司が尸にむかっていう。

「祖先に対して孝心を持つ子孫のなにがしは、わざわざ羊や豚、野菜の漬物や塩漬けの肉、きびもちやうるちきびなどを用意し、年に一度のお祭りに祖父のなにがしにお供えします」

これに対して尸が答えた。

（1）**礼記**　中国古代の儒家の礼に関する論説を集成した書。前漢時代に成立。
（2）**春秋公羊伝**　『春秋』の注釈書の春秋三伝の一つ。漢代成立。『春秋』は春秋時代の諸国の歴史を記した書。
（3）**儀礼**　中国古代の支配階級士大夫の儀礼について記した書。戦国時代後期に成立。
（4）**臘祭**　臘は年の暮れ。年の暮れに行なう祭り。

「われは祭司に命じてこのうえない幸福を授けさせよう。子孫よ、こちらへおいで。おまえに天の恵みを授けよう。田に穀物が実り、寿命が万年もつづき、永遠にうしなわれることがないように」

ここにはすでに素朴な劇の発生がある。中国の古代祭祀に登場する尸は神霊界と人間界の媒介者の役割を果たしていた。この中国の立尸の祭りは、周代にはさかんに行なわれていたが、中心地域では春秋戦国時代以降、しだいにすたれていったとされている。しかし黄強は、『魏書』*5『理道要訣』*6『朱子語類』などを引用して、辺境地域および少数民族のあいだに「立尸」の風習がのこされていたことをあきらかにしている（「尸と『神』のパフォーマンス」）。

怪力乱神について記すことが多く、私は古代巫覡《ふげき》の祭祀用テキストであったと考えている中国最古の地理書『山海経《せんがいきょう》』*7には尸が多く登場する。一例だけあげる。

神あり。人面で犬の耳、獣身、二匹の青蛇を耳飾りとする。名は奢比《しゃひ》の尸。（大荒東経《だいこうとうきょう》）

（5）**魏書**　北魏一代の歴史を記述。五五四年に成立。
（6）**理道要訣**　一貫した史観で記述した中国の歴史書。唐代の杜佑の著。
（7）**山海経**　参照ページ77。

これらの神はシャーマンが仮面をつけて演じていたと考えることができる。この古代祭祀の尸が、大陸中心部では、巫覡《ふげき》つまり男女シャーマンの演じる直面《ひためん》・仮面の役柄にとって代わられていったのが、中国の祭りと芸能の大勢であった。祭司（祝）と尸の役割を一人の巫覡が演じる単独の兼務型が本来であり、祭司と演技する尸の分業型は、いわば派生型であった。

しかし、視野を大陸周辺部、台湾やシンガポール、韓国などにまで広げると、分業型、しかも進行役の祭司と神がかる巫覡の分業の実例が数多く見られる。

台湾にタンキー（童乩）という男性シャーマンが活躍していることはよく知られている。タンキーは通常法師とか法官とかよばれる祭司と一組になって巫術を行なう。その点では典型的な分業型である。法師は神廟《しんびょう》に所属してさまざまな法術を身につけるが、なかでもことに大切なのが若い弟子のタンキーに神を憑依させる技術である。タンキーはこの法師に訓練されてトランスに入る術を身につける。

タンキーの巫術は大きく「公事《こうじ》」と「済世《さいせい》」に大別される。「公事」は廟の運営や年中行事についての神の指示を受けることであり、「済世」は人々の個人的な問題について相談を受け、解決することである。

タンキーはこのように法師の助けを借りて神の憑依を受ける霊媒であるが、

ときには脱魂して神のもとにおもむいたり、冥途の閻魔王《えんまおう》のもとに出かけたりする。シャーマニズムのポゼッション型とエクスタシー型の両者を兼ねている。この種の分業型巫は、香港《ほんこん》、シンガポール、韓国でも活躍している。

大陸と周辺部で見られた巫覡のあり方は、古代にまで遡ればほぼそのまま日本にも存在した。

『日本書紀』の「神代《じんだい》下」に、天上から地上に派遣されながら報告にもどらず、怒った天上の司令神タカミムスヒの投げ返した矢で胸をつらぬかれて死んだアメワカヒコの葬式の場面がある。種々の鳥たちが動員されて葬儀の役割を分担したなかで、異本の一種に、かわせみを「尸《ものまさ》」の役にしたとある書がある。「もの」は精霊、「まさ」は「ます（座す）」の変化形である。精霊の依りつくところがもとの意味である。平安時代に用例の多い「よりまし」と同じ意味

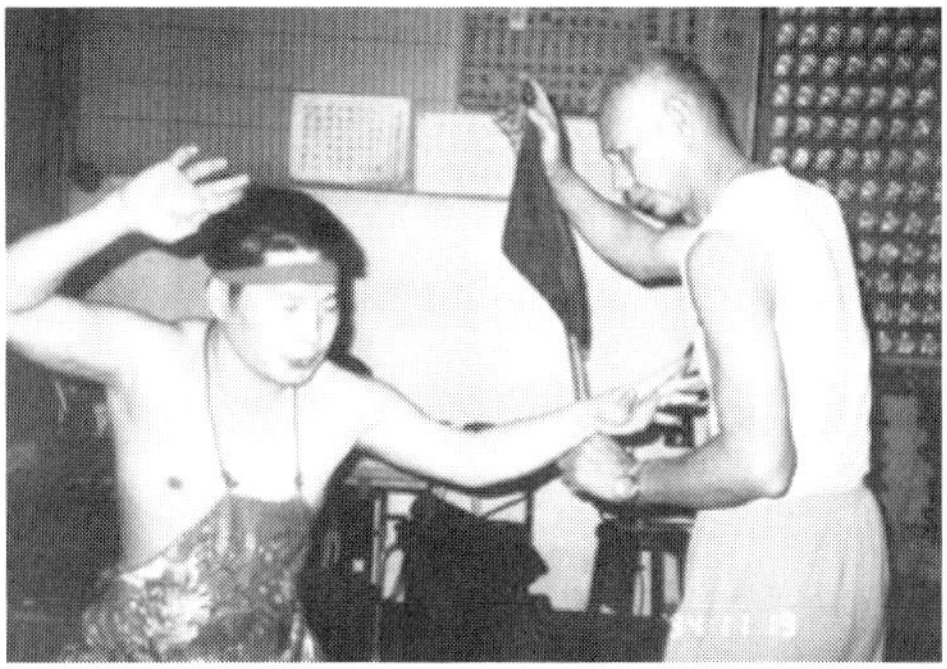

台湾新竹市の法師（右）

タンキー

である。

『日本書紀』の注釈書の『神代口訣《くけつ》』*8には「尸《ものまさ》は死衣を着して弔いを謁《えっ》す」とあり、『日本紀私記』*9には「死人に代わりて物食らう人」と説明されている。つまり、葬儀で死者に代わって弔意を受ける者が尸ということになる。葬儀で、死霊の振舞いを具象化して見せる者であり、死霊の依りつく依代《よりしろ》の意味である。ただ、この尸が神がかりしてトランス状態になったかどうかは文献上ではあきらかでないが、葬儀での冷静な応対、対話から判断すると演技であろう。

同様に、眼には見えない神霊の意志を具体化する者に「さにわ」があった。『日本書紀』の「神功皇后摂政前記《じんぐうこうごうせっしょうぜんき》」に「審神者《さにわ》」ということばが出てくる。九州の熊襲《くまそ》討伐を思い立った皇后は、吉日をえらんで、神を祀る斎宮《さいぐう》に入ってみずから祭主となり、武内宿祢《すくね》に命じて琴を弾かせ、中臣烏賊津使主《なかとみのいかつのおみ》をよんで審神者にしたとある。

このさにわは、『政事要略』*10に「神明の託宣を審察するの語なり」とあり、『釈日本紀』*11に「分明《ぶんめい》に祟る所の神を請うて知る人なり」とあるように、本人じしんが神がかりになるのではなく、神がかりをした人物から神のお告げを訊き、その意味を解く人であった。この場面で神がかりをした人物は神功皇后じしんであった。

（8）**神代口訣**　神代巻口訣とも。『日本書紀』神代巻の注釈書。忌部正通（いんべまさみち）著。貞治六年（一三六七）成立。

（9）**日本紀私記**　平安時代、朝廷で行なわれた『日本書紀』購読の覚書。平安後期以降成立。

（10）**政事要略**　平安中期成立の政治・行政の故実書。惟宗允亮（これむねただすけ）著。

（11）**釈日本紀**　『日本書紀』の注釈書。卜部兼方（うらべかねかた）著。鎌倉後期成立。

ものまさにしてもさにわにしても、眼に見えず、音に聴くことのできない神霊の動きや意思を具体化しようとして立てられた媒介者であるという点で一致する。そして、神霊の意図の媒介者という性格は、平安時代になって病気の治療に際して、病人に祟る悪霊を依りつかせてその正体を見極めるための「よりまし」、祈祷師の駆使する神霊として祈祷や悪鬼払いに活躍する護法童子などにも共通する。ここには、神霊の意図を察知しようとする者と、神霊の意図を具体化する媒介者と、あきらかに分業が行なわれていた。神霊劇の能と現世劇の狂言の分業の源流がここにある。

　これとはべつに、現在の青森県の恐山《おそれざん》のイタコ、東北のゴミソ、沖縄のユタ*12など、巫女がみずから神がかりして神霊の意図を伝える単独型も日本の古代に存在していた。さきに引用した『日本書記』の「神功皇后摂政前記」には、分業型とは異なり、みずから神がかりして神のことばを伝えるウツヒコマツヤタネが登場し、また神功皇后じしんが神がかりして住吉三神*13のお告げを夫仲哀《ちゅうあい》天皇に伝える場面もある。世界のシャーマニズムの憑霊型《ひょうれいがた》から判断して、この単独型が発生的には分業型に先行していたとみることができる。

　単独型からどのようにして分業型は発生したのか。

日本の対馬《つしま》、奄美《あまみ》、伊豆七島、隠岐《おき》などの離島で行なわれている巫女《みこ》の祈

(12) **イタコ・ゴミソ・ユタ**　いずれも女性の巫者。巫女。

(13) **住吉三神**　住吉大社の祭神。底筒男命（そこつつおのみこと）・中筒男命（なかつつおのみこと）・表筒男命（うわつつおのみこと）の三神。

祷行為について調査したアメリカの文化人類学者のカルメン・ブラッカー女史は、そこで女性の巫女と男性の行者《ぎょうじゃ》が協同して行なう分業形態を見出し、

憑《ひょう》祈祷《きとう》として知られる儀礼においては、巫女と行者が協同で霊界と接触する仕事にあたる。巫女はここでは踊りや音楽によって霊的な存在を呼び寄せて自分に憑依させるわけではない。巫女は、霊がそれを通して語るうつわにすぎない。霊を呼び出し、尋問し、最後に霊本来の世界へ送り返す、といった能動的な仕事は、ここでは行者がやる。

（『あずさ弓—日本におけるシャーマン的行為』）

とまとめている。

祭司（ブラッカーのいう行者）と巫女が分業して行なう祭りの形は、日本の離島だけではなく、九州、中国地方などの各地にひろく見ることができる。祭司は法者《ほうしゃ》とよばれ、巫女は神子《みこ》と記されるのがふつうである。この法者と神子の分業による祈祷行為の研究を画期的に進めた人が神楽の研究者として知られた岩田勝であった（『神楽源流考』）。

岩田によると、日本の西日本各地で行なわれている祈祷は、神がかる神子とはやす法者がセットになるのが通例で、神がかる神子が男性の場合もあり、その際には棹《さお》とよばれた。棹とは神が依りつく神木の異称である。このセッ

トによる祈祷行為の存在は中世後期にまで遡ることができ、託宣と悪霊強制（追儺）の両方を目的にしていた。江戸時代の寛文五年（一六六五）に徳川幕府が「諸社祢宜《ねぎ》神主法度令《はっとれい》」を出して、京都の吉田神社の吉田神道家に実質的な神道の支配権をあたえた。それよりのちは、地方の社人たちに吉田神道流の祭式が浸透し、神楽による鎮魂が衰退し、神楽の場から神子が退き、男性の社人が中心になっていった。

祭司（法者）と巫覡（神子、梓）が一体となって祈祷を行ない、前者がはやす役、後者が神がかる役という分業形態は、あきらかに平安時代の祈祷師とよりましの祈祷行為の系譜を引いており、さかのぼれば古代の祭司と、ものまさ（尸）にまでいきつくことができる。そして中国の祭司と尸の分業ともふかく関わっていた。

分業型はいまも大陸や日本に広く分布しているが、前後関係をいうなら、単独型から分業型が生じた。これが巫覡の祈祷の歴史の通常コースである。単独型の巫覡が加齢などによって神がかり能力をうしなう現象はひろくみられ、そのときにみずからは祭司の役を演じ、霊感力のつよい幼少の弟子を巫覡に養成する。台湾のタンキー＊14などがふつうにたどるコースである。そして、韓国や日本の単独型の巫覡の多くは、神がかり能力を衰退したときは神がかりのふりをする演技に頼る。

（14）**タンキー** 童乩。台湾のシャーマン、霊媒師。参照120〜121ページ。

中国湖南省分業型

韓国の単独型巫
加藤敬『巫神との饗宴』より

浙江省単独型

祭司と神子の分業は現世の人間と神霊の分業であるが、かならずしも直面と仮面の分業ではない。しかし、源流となった中国の尸は仮面をつけていたとみられ、祭司と尸の分業は大陸では直面と仮面の分業にもつながっている。

同じ流れが日本にも存在した。直面と仮面の分業形態の神楽が日本の中世にも西日本で演じられていた。代表例は宮崎県の米良《めら》神楽である。米良神楽は宮崎県中西部の東米良山、西米良山の山間地帯にひろく分布する神楽である。中世以降にさかんになった民間神楽でも古態を保存してきた神楽である。

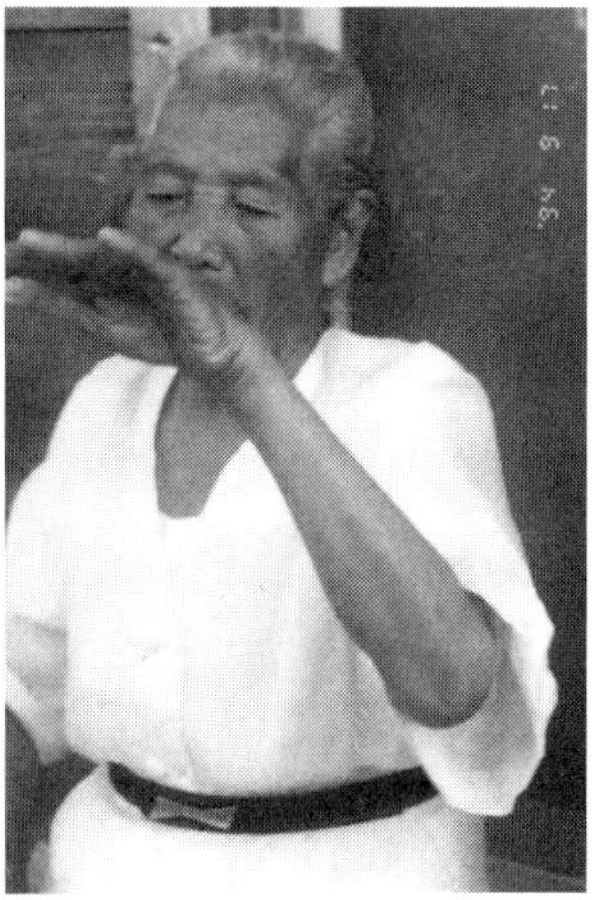
沖縄久高島のユタ。単独型。

このなかで、東米良にある銀鏡《しろみ》神社に伝承された神楽は銀鏡神楽（130ページ写真参照）または米良神楽の名で知られ、国指定の文化財になっている。銀鏡神楽は十二月の十二日から十六日までの五日間の行事であるが、準備に時間がさかれ、三十三番の神楽が上演されるのは、十五、十六の二日間で、夜通し演じられる。神楽を主宰するのは、宮司・祢宜《ねぎ》・権《ごん》祢宜などの神社の神主たちであり、集落の人たちで祝子《ほうり》とよばれる世襲の人と、一代限りの希望者がこれに加わる。

銀鏡神楽の構成は神主を主体とする舞手が仮面をつけない直面《ひためん》で神招きの舞を演じ、その祈願に応じて仮面の神が次の場面に登場する（131ページ写真参照）、完全な直面と仮面の分業形態をとっている。番組の初めの部分をかかげる。○でかこむ数字は仮面着用の神霊の出現の場である。始めの四番は祭場の清めの舞であり、五番の鵜戸神楽《うどかぐら》から直面の神招きと、仮面の神降臨の場面の交互上演となる。

1　星の舞
2　清山《きよやま》
3　花の舞
4　地割《じわり》
5　鵜戸神楽
⑥　鵜戸鬼神《うどきじん》
7　幣指《へいさし》
⑧　西之宮大明神
9　住吉

⑩　宿神《しゅくしん》三宝荒神《さんぼうこうじん》

最後は以下のように仮面の番組が並ぶ。

㉛　鎮守
㉜　ししとぎり
㉝　神送り

このような直面と仮面の分業形態が仮面の能と直面の狂言の組み合わせの根底にあったのである。

銀鏡神楽は近世に成立した出雲系神楽＊15などとは異なる古態の神楽である。この神楽の特色は、直面の役柄は神主らが演じて神招きを行なう。対する仮面の役柄は招きに応じて出現した神々を表現する。最初に出現する鵜戸鬼神は日向地方の最高神である。

以降、この最高神の来臨と看視の下に、善神はもとより荒神、悪神も招き、善神の力を借りてなだめ、ときには善神に変える。能・狂言の性格と多くが共通している。

（15）**出雲系神楽**　出雲流神楽とも。スサノオノミコトのヤマタノオロチ退治に代表される神話に取材した作品を演じる。出雲地方を中心に広まる。

銀鏡神楽の神主の神迎えと招かれた最高神鵜戸鬼神。

多岐にわたったこれまでの叙述をここで整理しよう。大陸と日本を通して、巫覡《ふげき》の儀礼は、

単独型→分業型→集団分業型

と大きく推移した。いうまでもなく、新しい型が誕生したときに古い型が消滅したのではなく、新旧は共存した。この分業型の神霊役を仮面で演じる場合があり、能と狂言の分業の母胎になった。

単独型は一人で演じるが、集団型は、複数が一つの集団に属している。分業型も一つの集団に属するのが通例であるが、祝《しゅく》と巫覡《ふげき》を同一人が演じる場合と別人が演じる場合がある。そして別人が演じる場合にそれぞれの所属集団を異にすることがあった。

能と狂言の分業はこの最後の所属を異にする集団分業型の例である。祭祀の変化の最終段階である。

直面と仮面が共演する中国貴州省安順県の地戯。

複式夢幻能の中入り

完成した能は中入りをともなった二場の形態をとる作品がほとんどである。中入りのない一場物に対し、二場物は現行曲の七割を占めている（『新訂増補能・狂言事典』）。前場《まえば》の主人公（前《まえ》ジテ）が神霊の化身で現世の里の女、老人などとして登場し、中入りして神霊の本体を現わす複式夢幻能が二場物の代表である。『井筒』*1『高砂《たかさご》』*2『八島《やしま》』*3『頼政《よりまさ》』*4『芭蕉』*5『江口』*6などなど、多くの名作がこの形式に属する。

同じ、二場構成の複式夢幻能でありながら、前ジテと後《のち》ジテが同一人ではない別人の『船弁慶《ふなべんけい》』*7『藤戸』*8『朝長《ともなが》』*9などの作もあり、また、二場物でも、前ジテと後ジテが化身と神霊の関係ではなく、現世の同一人物である『桜川《さくらがわ》』*10『班女《はんじょ》』*11『夜討曽我《ようちそが》』*12のような作品もある。

しかし、複式能の本来の形態は、その成立の過程からみて、同一人物が化身と神霊として出現する夢幻能であると考えることができる。

このような複式夢幻能という形式を生みだした母胎は、祭祀における時と所を異にした二度の神迎えにある。二度の神迎えとは、お旅所《たびしょ》*13を設けて、本社で神下ろしをした神を神輿《みこし》に乗せてお旅所へ送り、そこで再度神下ろし

（1）**井筒**　前ジテ里の女、後ジテ井筒の女の霊。
（2）**高砂**　前ジテ木守りの老人、後ジテ住吉明神。
（3）**八島**　前ジテ老漁夫、後ジテ源義経の霊。
（4）**頼政**　前ジテ里の老人、後ジテ源頼政の霊。
（5）**芭蕉**　前ジテ里の女、後ジテ芭蕉の精。
（6）**江口**　前ジテ里の女、後ジテ江口の君の霊。
（7）**船弁慶**　前ジテ静御前、後ジテ平知盛の霊。
（8）**藤戸**　前ジテ漁夫の母、後ジテ漁夫の霊。
（9）**朝長**　前ジテ青墓の長者、後ジテ源朝長の霊。
（10）**桜川**　シテ桜子の母。
（11）**班女**　シテ花子。
（12）**夜討曽我**　シテ曽我五郎。
（13）**お旅所**　神社の祭礼で祭神巡

をする形式である。日本はもとより、中国、朝鮮など、アジアの祭りでもっとも普遍的な祭祀の形態である。

私が自分で調査した、二度の神迎えを行なう日韓中の代表的な祭りを紹介する。

まず、日本は奈良の春日若宮《かすがわかみや》おん祭りである。本社春日大社の祭神の子神《こがみ》を祀ることから若宮とよばれる。その年の十月に一の鳥居の東にお旅所が設営され、本祭は十二月の十七日から始まる。十七日の午前零時、本社若宮で祭神の神迎えがあり、榊にかこまれた神霊は、暗闇のなかをお旅所に移送される。通常の祭りの神輿渡御《みこしとぎょ》にあたる。午後一時ごろから、お旅所祭が行なわれ、各種の芸能が奉納される。十八日午前零時、神霊はお旅所から若宮本社に還幸する。

次は韓国江原道江陵市《こうげんどうこうりょうし》の端午祭《たんごさい》である。

旧暦四月十五日に、江原道江陵市の市職員と巫堂《ふどう》（ムーダン）が大関嶺《だいかんれい》の山神堂《さんしんどう》*14と守護神の城隍祠《じょうこうし》（歴史上実在の英雄を祀る神社）を訪れ、日本の榊にあたる神竿木（シンガンモク）を切り出し、江陵の中心街の女神を祀る女城隍堂《おんなじょうこうどう》へ運ぶことからこの祭りはスタートする。この神竿木は、旧暦五月五日に始まる端午祭の三日まえまで女城隍堂*15に保管される。

祭りの当日、神竿木は南大川《なんだいせん》沿岸に設営されたお旅所の天幕内の祭壇まで

行の神輿を鎮座させておく場所。

（14） **山神堂** 山の神を祭った神社。

（15） **女城隍堂** その土地に実在したと信じられている女性を神として祀った神社。中国の信仰を継承している。

春日若宮おん祭お渡り式とお旅所祭。

運ばれ、江陵市の高官が午前中に儒教の儀式をとり行なう。午後になると、高名な巫堂*[16]が十二種の儀式を執行する。そのなかで、悪霊を追い、共同体の守り神、有名な将軍たちの霊、先祖の霊、豊作の神などに祈願を籠める。祭りのあいだ、天幕の外では、官奴（クヮンノ）仮面戯*[17]、民俗行事、ブランコや伝統相撲が行なわれ、青空市場が立つ。端午の翌日には、城隍神を大関嶺山神堂に送り返す送神祭があって終わる。巫俗・儒教・仏教・道教が渾然と調和した祭りである。

この祭りの構成は次のように整理される。

（16）**巫堂**　巫女。

（17）**官奴仮面戯**　官所属の奴婢を風刺した仮面芸能。

1　山中の神社から神木とともに男神を麓の女神神社に招く
2　神木と男女神は三日後に新設祭場に移送される
3　新設祭場で巫女が各種神々を招き祈願する
4　祭場内外での芸能尽くし
5　神木は焼き、神々は送り返して終了

この祭りの基本構造は、大関嶺山中での神下ろしと、麓の南大川沿岸の広場に設営されたお旅所の天幕内での儀礼と外の広場での芸能尽くしである。神は神木で移送される。この神木は日本の祭りの神輿《みこし》に相当する。途中、この神をいったん女城隍堂に留まらせるのは、移送される神と城隍堂に祀られ

大関嶺山中の山神堂、
江陵市の南大川沿いのお旅所、
お旅所まえの広場で演じられる農楽。

る女神とが、恋仲であり、不当に引き離された男女神に逢う機会を提供するのだと説明されていて、端午祭の基本の構造から外れた付与の儀礼といわれている。

最後に中国の儀礼構造を検討してみよう。

四川省重慶地方に「大道場《だいどうじょう》」とよばれる祖霊祭祀が行なわれている。二〇〇六年の七月に調査した酉陽県小河鎮《ゆうようけんしょうかちん》の少数民族土家（トウチャ）族の曽華《そか》昌《しょう》一族の大道場についてのべる。

死後、年数の経過した死者の葬祭を道場といい、一週間以上続く規模の大きな儀礼を大道場という。ちなみに、死亡直後の葬式は「祭血霊」*18「灼《しゃく》霊《れい》」*19といって道場とは区別される。費用が膨大にかさむために、大道場を主催できる者は富裕な家族に限られ、一族すべてが参加する。大道場を実施した一族の家長は、村落内の地位が上がり、集会などでは上席を占めることができる。

葬礼を主宰する人たちは法師とよばれるその地方の男性巫師グループで、師と一門の弟子たちから構成される。法師とはいっても仏教の僧ではなく、道教、仏教、儒教の三教とその土地のシャーマニズムの混交した複雑な信仰体系を持っている。

このときの大道場は、七月十三日（木曜日）から十九日（水曜日）まで一

(18) **祭血霊**　家族の死者霊の祭祀。
(19) **灼霊**　死者の弔い。

週間にわたって行なわれた。初日は曽家の母屋の広場に設営された祭壇開きで、結界＊20と各種神仏の来訪が祈願された。以降、この祭壇にむかってさまざまな祈誓文《きせいぶん》を読み上げる単調な儀礼がくり返された。

大きな変化があったのは十六日（日曜日）であった。会場は近くの小学校の運動グランドに移り、法師と家族が全員参加する「游獄《ゆうごく》」という儀礼が行なわれた。法師を先頭に、行列をつくって、十八大地獄を巡歴して廻り死者の救済を祈る儀礼である。この行列を見物しようとして、大勢の村人が周囲をとりまいた。

翌十七日（月曜日）に会場がふたたび曽家にもどり、地獄の十王＊21に死者の引き渡しを請う儀礼、孤魂・幽鬼の類を鎮撫・放逐する儀礼、祖霊と子孫が交流して亡霊を送り返す儀礼などがつづいた。最後は、河原で、使用した葬具や紙銭《しせん》＊22を焼いて終わった。

（20）**結界**　悪鬼類からの祭場の防御。

（21）**地獄の十王**　参照61ページ「十大地獄」

（22）**紙銭**　あの世で通用すると信じられている紙幣。

大道場の主催者四川省土家族の曾華昌一族、同家の母屋に設営された祭場、第二祭場小学校校庭の地獄巡りの義礼、儀礼に参加した一族、田圃を行く送神・送霊の行列、川で葬具類・紙銭を燃やす。

以上、紹介した日韓中の三つの祭りを通してみられる特色は次のようにまとめられる。

1　時と所を異にした二つの祭場が設営される
2　後場（お旅所）では各種の芸能が演じられ見物人も集まる
3　前場から後場への神の移送は神木（大道場は白い幡）による
4　神下ろしは二つの祭場で行なわれる

このような祭祀形態がなぜ一般化しているのか。

動かぬ神から動く神への信仰の変化のなかで、祭祀形態も大きく変化したのである。人類の信仰史で神はもともと自然神であった。山、川、海、太陽、岩、草木、鳥獣など、自然が信仰対象であり、神は動くことなく、人間のほうから神に接触して祈願した。しかし、神は次の段階で動くものと観念された。

動く神の認識は、おそらく、循環し、くり返す自然現象が動機となった。燕・雁・鶴・白鳥などの渡り鳥、カツオ・マグロ・サンマ・イワシなどの回遊魚、蛇・蛙・熊などの冬眠動物が決まった季節に姿を見せる現象は本体そのものの移動であったが、同一の神の来訪活動とみなされ、複数の固体に宿る一柱《ひとはしら》の神という観念を形成した。

また、太陽の出没、月の満ち欠け、潮の干満、四季の巡行、季節ごとに吹く風、植物の繁茂・落葉・結実などの自然のくり返しも、これらに神々の姿を見ていた古代人には神そのものが動くように観念された。

神が動くようになったときに、神は自然神から、意志を持つ人格神へ変わるきっかけを得、また見えない神から見える神に変化する。そして、それまでの神体は神の降臨する依代《よりしろ》となった。

シャーマニズムの憑霊型の誕生も動く神の認識に対応する。

シャーマニズムがほかの宗教と異なる重要な特質は、シャーマンが霊的な存在との交渉においてある種の没我の状態（トランス）におちいることであり、その没我の状態には二つのタイプがある。一つはシャーマンの霊魂が身体の外に出て、天・地下・他界などにおもむく脱魂（エクスタシー）型であり、ほかの一つはある神または精霊がシャーマンの身体内に入りこんでくる憑霊（ポゼッション）型である。

脱魂型では神が動かず、人間のほうから神に接触しているのに対し、憑霊型では神のほうが動いて人間に接触してくる。シャーマニズムの二つのタイプ*23は神観念の二つのタイプ、「動かない神」と「動く神」に対応している。

脱魂型シャーマニズムは生業体系の変化、採集狩猟経済から農耕経済への変

（23）**シャーマニズムの二つのタイプ** 参照「4の仮面の本質」

中国広西チワン族自治区のチワン族の憑霊型シャーマン。仮面をつけて華麗に演技する。

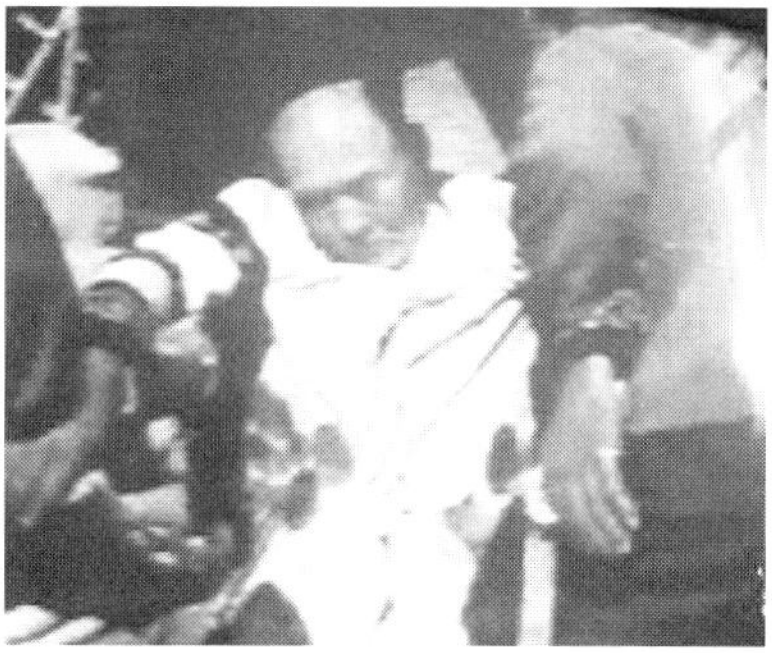

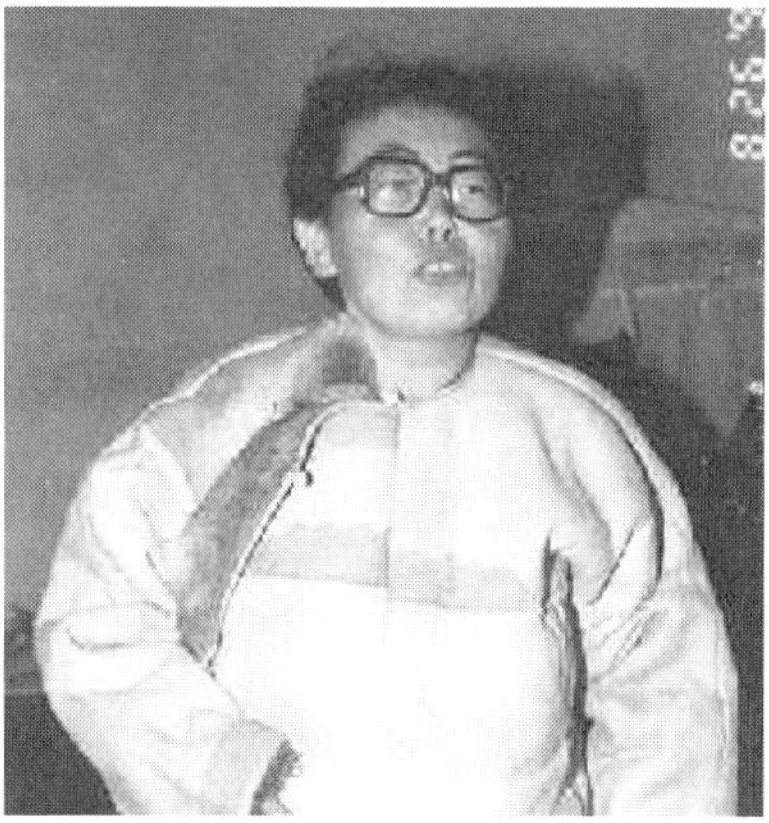

中国内蒙古自治区ハイラル市のエベンキ族シャーマンの脱魂状況。下は、シャーマンの正装をしたオロチョン族女巫。憑霊と脱魂の両方を兼ねる。

化にともなって、憑霊型シャーマニズムへ移りかわる。

山や森などの自然が神々の本体とみなされている段階では神社の社殿は存在しなかったが、やがて次に神が動きまわる段階がきたときに、祭りの期間に依代が設定される。その依代は自然物をそのままに利用する場合と祭壇などの人造物が設けられる場合の二つがある（144ページ写真参照）。後者が神社の誕生につながる。

人造物の祭壇は、神常住観念の誕生とともに、神宝・神像・神社建築の保存など、種々の理由で恒久化していく。

現在の精妙な神社建築の時代になっても、神を祀る社殿がもともとなかったという記憶は、奈良県の大神《おおみわ》神社、長野県の諏訪大社本宮、埼玉県の金鑽《かねさな》神社など、拝殿だけで、ご神体をまつる本殿を持たない神社となって生きのびている。

その逆に、神常住の観念がそのままに生きて、本殿だけで拝殿のない春日大社のような神社形態ともなる。

神社の誕生とともに祭りも新しい形に変わった。神は村落に常住せず祈願に応じて他界から飛来すると観念される。その他方で、仏教や道教などの浸透により、仏像・神像・仮面・神仏図などを社寺内に飾る信仰が一般化すると、神は地域に常住するという、動く神とは矛盾する観念が生じた。

他界からの飛来と地域内常住という二つの矛盾した観念を調和させるため、既設の祭場で依代にいったん迎神し、その都度新設された祭場（お旅所）へ移送する二度の迎神の行事が一般となった。アジアの各地域で見られる前後二つの祭場で神下ろしをし、神木や神輿《みこし》で移送する祭りの複式構造の誕生である。

そして、能の複式夢幻能は中世以降の日本でさかんになった祭りの複式構造のなかで形成された。神霊の主人公はいったんこの世に現世の人間の姿で出現し、中入りをはさんで時と所を異にして再度神霊としての正体を現わし、前世の物語を演じたのちに姿を消す。

奄美大島の磐座《いわくら》。自然石の神。

山の神の移動(諏訪大社御柱の祭り：上図)と
動かない神の移動の神輿（東京富岡八幡)。

本殿のない奈良の大神神社拝殿（上図）と
拝殿のない春日大社四本殿。

6　五から三へ

翁猿楽の由来

能の冒頭に演じられる「翁」は「式三番」ともよばれる。能の翁の確実な最初の記録は、弘安六年（一二八三）の『春日若宮臨時祭礼記』*1に「児《ちご》・翁面《おきなおもて》・三番猿楽《さんばさるがく》・冠者《かじゃ》・父允《ちちのじょう》」とあるものであり、ついで貞和五年（一三四九）の『春日若宮臨時祭礼次第』では、「ツイハライ（露払）・ヲキナオモテ（翁面）・サンバサルガク（三番猿楽）・クワジャノキミ（冠者公）・チチノジョウ（父尉）」とあって、名称はすこし違っても、いずれも五番になっている。

これが三番に整理されてくるのは、世阿弥のころであった。彼の著わした『風姿花伝』では「翁面・三番猿楽・父尉《ちちのじょう》」の三者を「式三番《しきさんば》」と称し、『申楽談儀』では「露払・翁・三番猿楽」の三者をあげている。世阿弥の著作には千歳《せんざい》の名は直接にはあげられていないが、父尉や露払に代わって千歳が登場し、現行の翁の形がととのってくるのは、いろいろな資料を総合して

（1）**春日若宮臨時祭礼記**　参照8ページ「春日臨時祭記」

世阿弥のころであったとされている。

　児《ちご》は幼児、冠者は元服して冠をつけ一人前になった若者、父允《ちちのじょう》（尉）は老父を意味する。ここに登場してくる役柄は、翁と三番猿楽（のちに三番目の老人の意味で三番叟《さんばそう》の名で統一される）を別格の祖先神として、父、若者、幼児という家族構成が想定される。

　このように、別格の祖先神の翁が登場してくる例は、能以外にも日本の民俗芸能に例が多い。正月、小正月《こしょうがつ》*2のころに行なわれる田遊び*3、長野県新野《にいの》の雪祭り*4、愛知・静岡・長野の三県の天竜川沿いの花祭り*5などでは、翁と嫗《おうな》がコンビで、あるいは翁が単独で重要な役割を帯びて登場してくる。なかでも注目されるのは、鹿児島県串木野《くしきの》市の羽島崎《はじまざき》神社、深田《ふかだ》神社の田遊びで「チチョ」とよばれる老体の主役が太郎、次郎という息子をともなって登場する例である。これらの翁、嫗は能の翁の荘重な芸とはまったく異なる、滑稽なもどき芸*6や性行為を演じており、芸態は違うが、能の翁の家族構成の意味を考えるうえで重要なヒントを提供してくれる。

　のちに父尉や露払に代わる千歳《せんざい》は、少年の役であるが、この名称じたいは千年の寿命を持つ者の意味である。能の冒頭にこれらの長寿の役柄を登場させる意味を理解する鍵も中国にある。

　古い祖先神来訪の祭りを保存している中国では、はじめに別格の祖先神に

（2）**小正月**　陰暦の一月十五日、またはその前後数日。
（3）**田遊び**　稲の豊作を祈願する神事芸能。
（4）**雪祭り**　豊作を祈る祭り。雪のなかで行なわれる。
（5）**花祭り**　花は稲の花。豊作祈願の祭り。
（6）**もどき芸**　ものまねを中心とした滑稽演技。

ひきいられてその民族の祖先神たちが家族で登場する。貴州省のイ族のツォタイジ＊7、雲南省イ族の跳虎節＊8、湖南省土家（トゥチャ）族のマオグースー＊9、広西チワン族自治区ミャオ族のマンコウ＊10などなどである。

これらの祭りは共通して収穫の境目である正月または盆の時期に行なわれる。先祖の最高神がその部族の祖先の神々をひきいて現われ、彼らに、ことば、農耕、狩猟、結婚、学問などの文化をさずけた始原の時間を再現してみせたのち、集落の各家を祝福して廻る。最高神は、多くの場合に男女の夫婦神であり、ひきいられて登場する先祖の神々は家族の構成をとっている。しかも、その家族も千歳、千五百歳などの長寿者である。

たとえば、貴州省イ族のツォタイジに登場する役柄は、白い髭をつけ、面をかぶらない別格の山林の老人ルガアプ、白い髭の面をつけた千七百歳のアブモ、髭のない面をつけた千五百歳の女アダモ、黒い髭の面をつけた千二百歳のマホモ、髭のない面の千歳のフィプの五人で、ほかに幼い子のアアンが登場する。

能の「翁」に登場する千歳と同一の役柄がここにいる。中国の来訪神たちは、最高神から文化を伝授された始まりの時間を再現することによって、文化が子孫に正しく保存されていることを確認して、古い秩序を新しい秩序に改める。

（7）**ツォタイジ**　人類変化の祭りの意味。変人戯とも。
（8）**跳虎節**　民族のトーテミズムの神の虎の舞う祭り。
（9）**マオグースー**　全身長毛の祖先の意味。
（10）**マンコウ**　昔の祖先の意味。
（11）**跳曹蓋**　駆邪逐鬼の仮面舞踊。
（12）**耍変婆**　異装のお婆さんの意味。

中国の来訪神の義礼。右から順次に、千歳以上の祖先が子孫のもとに訪れてくる貴州省イ族変人戯、略奪婚を演じる湖南省土家族マオグースー、子どもを愛撫する広西チワン族自治区苗族マンコウ、祝福の舞踊を披露する四川省白馬族の跳曹蓋《ちょうそうがい》＊11、子孫に文化を授ける貴州省苗族耍変婆《じゅへんば》＊12、そして最後の二図は坂を駆け下りて街中を行く青海省の跳於菟（おと、虎のこと）。

表「日本の主要来訪神一覧」

	時期（旧暦）	役柄	神の性格	扮装・持物	目的	演じ手
アカマタ・クロマタ 沖縄県	旧暦6月　豊年祭 2日目	クロ(親神) シロ(子神)　アカ(子神)	人格神(蛇神)	仮面、木の葉 ススキの角　棒	稲の豊作	男性若者
パーントゥ 沖縄県	旧暦9月	親・中・子	鬼(人格神)	仮面、ツル草 泥、杖	除災、成員への教訓	男性若者
マユンガナシ 沖縄県	旧暦8月・9月	夫婦神	人格神	クバの蓑笠	神詞による作物の由来 豊作　酒肴供応	男性若者
アンガマ 沖縄県	旧暦7月15日の盆	老父・老母 子孫	人格神(精霊)	仮面、頬被り、衣服、クバ 扇　子孫はクバ笠	祖霊棚拝礼　念仏踊り、問答 酒肴供応	男性若者
フサマーラ 沖縄県	旧暦7月14日の盆	集団神	人格神	仮面、ツル草 頭上に葉	雨乞い、子供への教訓	男性若者
シヌグ 沖縄県	旧暦7月の収穫祭	夫婦神	人格神	草木、杖	杖で叩く除災 豊作	男性
ボゼ 鹿児島県	旧暦7月16日の盆	3体	人格神	樹木の蓑 棒	子どもたちへの威嚇・教訓 生殖と豊作促進	男性
トシドシ 鹿児島県	12月31日	集団神	人格神	仮面、槌 下駄	子どもたちを威嚇・教訓 餅をあたえる	男性
アマミハギ 石川県	1月6日	天狗面と覆面の供	人格神	仮面、すりこ木 覆面、槌	子どもへの威嚇・教訓 餅・金銭の供応を受ける	男性
カセドリ 山形県	1月14日から16日	集団	人格神	藁の蓑、藁の帽子と角 竿の先に笊	米・金銭の供応	男性若者
アマメハギ 新潟県	1月20日	獅子面・天狗面、狐面、ほかに提灯もち・袋もち	人格神、動物神	仮面、野良着、藁、脚半、藁靴、すりこ木、おろし金	除災・家人への威嚇・教訓 団子、お菓子などを供応	男性
アマハゲ 山形県	1月1日、3日、6日	赤鬼・青鬼・翁面、女面など、ほかに袋もちなど	鬼(人格神)	仮面、ケンダン（藁蓑）	子どもたちへの威嚇・教訓 餅・酒の供応	男性若者
ナマハゲ 秋田県	12月31日 1月15日	鬼夫婦　子鬼 赤鬼夫婦	鬼(人格神)	仮面、藁の衣裳　木製刃物 金棒、御幣	子どもたちへの威嚇・教訓 酒・餅・金銭の供応	男性若者
ナゴメハギ 秋田県	12月31日	8体の鬼が2組	鬼(人格神)	仮面、袴、タスキ　藁の蓑、刀、鈴、拍子木、マサカリ	子どもたちへの威嚇・教訓 酒・餅・金銭の供応	男性若者

この大陸の来訪神の儀礼は、中世の初めまでには、日本の沖縄に伝来し、北上して、九州、日本海沿いの各地に酷似する盆・正月・小正月の訪問神の儀礼をのこし、最後は秋田に到達して、ナマハゲやナゴメハギなどの行事となっている（諏訪春雄「除災の信仰と来訪神の信仰」『中国秘境　青海　崑崙』）。

秋田のナマハゲ。前掲『日本の祭り文化事典』より

山形県遊佐のアマハゲ。

トカラ列島悪石島のボゼ。

淡路島ヤマドッサン、主人が変身。

「翁猿楽」は、祖先祭祀で、先祖の神々がその家族、子孫のまえに出現し、この世の秩序の始まりに授けた文化が正しく伝承されているかどうかを確認する儀礼なのである。日本の来訪神儀礼で、各戸を訪問した祖先神たちが、その家の子どもたちにきびしく教訓をほどこし、学問を強いる行事の源流は大陸にあるのである。

白と黒の対比

祭りは祖先神の降臨のもとに行なう。能の「翁」にも表現された基本精神である。その「翁」に登場する役柄の翁と三番叟が、白色と黒色の仮面をつけ、白色尉《はくしきじょう》・黒色尉《こくしきじょう》ともよばれる一対の夫婦神と観念されるようになった遠因も中国にあった。

中国の仮面神が登場する祭りで最初に登場して祭壇に飾られる夫婦神の儺公《なこう》と儺母《なぼ》は、漢民族の始祖神であり、天を補修し、洪水を止め、八卦・文字・音楽・婚姻・漁猟・火などの文化の創造者であるとされている伏羲《ふっき》と女媧《じょか》を現わしている。

伏羲と女媧は、中国各地から出土している漢代の画像石では、互いに尾をからませた二匹の蛇体図として表現されている。多くの画像で、伏羲は鳥の

貴州省徳江県、最初に最高神儺公儺母を招く。

翁の古面
前掲『能の幽玄と花』より

太極図の原型ウロボロスの、漢代画像石の伏羲（鳥の絵の太陽を持つ）女媧（ひき蛙の絵の月を持つ）図、四川省。

三番叟の古面、文明九年（一四七七）在銘で厳島神社蔵と江戸期井伊家蔵。
前掲『能の幽玄と花』より

絵のある太陽を持ち、女媧はひき蛙の絵のある月を持ち、尾をからめた円として造形される。

この形態は白と黒のからむ太極図とつながる。

太極は『易経』*1に「易に太極あり、これ両儀（天地、陰陽）を生じ、両儀は四象（陰陽の変化）を生ず」とあり、『漢書』*2には、「太極は中央の元気なり」とあるように、万物・宇宙を生む根本のエネルギーである。この太極を図に表現したものが太極図である。通常は、白と黒の巴が二つ組み合わされた図として描かれる。中国の道教系の祭祀では、巫師の衣装、祭壇、天井、広場などに、かならずといっていいほどにこの模様を眼にすることができる。

中国文学の研究者中野美代子は、二匹の蛇がたがいに相手の尾を噛んでいる「ウロボロス」図（二匹の蛇が自分の尾を噛む図もある）に原形を求めている（『中国の妖怪』）。

ウロボロスは「尾を飲み込む蛇」の意味の古代ギリシア語に由来することばとされているが、中国でも、殷周時代の青銅器に二匹の蛇がたがいに相手の尾を噛む図や、二匹の蛇が頭部を中心において、丸く輪をつくって絡みあう模様が現われており、漢代になって出現する太極図の前身がこの絡みあう蛇にあるという推定は納得できる。

（1）**易経**　陰陽二気の変化を説く占いの書。紀元前三世紀ころまでに成立し、儒教の五経の一つとなる。
（2）**漢書**　前漢書とも。前漢時代の歴史を記した書で八二年ごろ成立。

蛇、さらにそこから展開した竜は、中国人にとっては、民族の祖先神であり、天地、生命、豊穣、陰陽などさまざまな象徴の体系をそなえていた。

この太極図と結びついて現われる白と黒の対比も神聖性を保持していた。白は天、陽を表わし、黒は地、陰を表わすという観念は、中国では古くからみられ、両者は統合されて天地、陰陽、宇宙などを象徴していた。

このような白と黒の観念は、白色尉と黒色尉という対比にも現われ、翁と三番叟は日本民族の祖先神という観念を超えて、宇宙・天地・世界の根源をも意味しているのである。

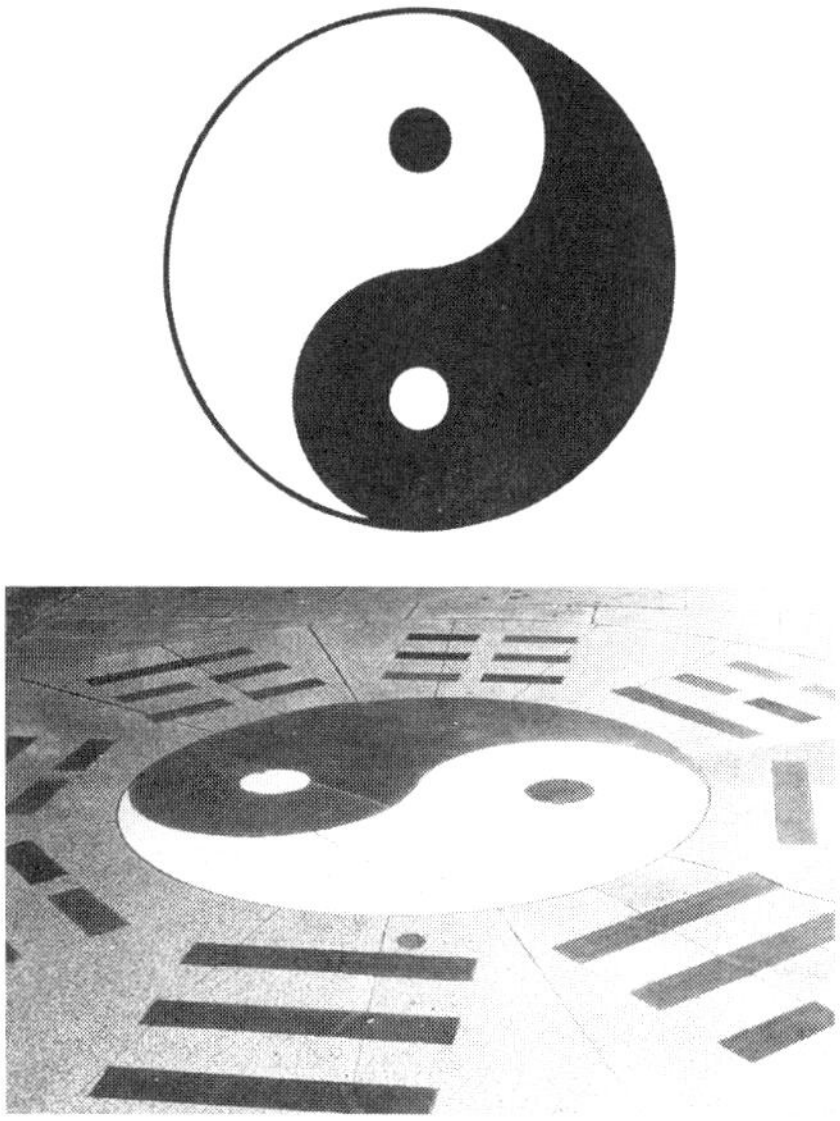

中国太極図と四川省成都道観前の地面に描かれた太極八卦図。

現行の能の「翁」。『幽玄の花』より

能を継承した歌舞伎の「翁渡し」と現行の能の「三番叟」。
鳥居清貞筆「大江戸しばゐねんぢうぎやうじ」（著者蔵）より

能面からいったん離れて、日本の民俗芸能や祭りに登場してくる白い仮面と黒い仮面の表現対象をさぐってみよう。能面の白と黒の意味を考えるうえでも参考になる。

白い仮面の表現対象
　翁神　嫗（老女）　若い男女　太陽
黒い仮面の表現対象
　翁神　道化神　嫗（老女）　若い女　海の神　田の神　山の神　月

共に神と人、老若、男女、天体を表現するが、黒い仮面はさらに、海、田、

陰陽合体のチベット女神仮面。チベットの白色仮面と黒色仮面。共に漁師・猟師を表現する。
前掲『中国民間美術全集　面具臉譜巻』より

山の神を現わしている。基本的に白は天、黒は大地を表彰するとみることができる。さらに、両者が共通性を持つことからも、白と黒の関係は絶対的対立ではなく、他に転化する相互転換の関係でもあることがあきらかである。

能の五番構成

一日に上演する能の数は、室町時代中期から桃山時代にかけては七番から十二番ぐらいの例が多く、十七番などの例さえみられた。それが江戸時代になると五番立てが正式の一日の番組となった。

その理由としては、江戸幕府の式楽となり、観世・宝生《ほうしょう》・金春《こんぱる》・金剛・喜多《きた》の四座一流に平等に演目を割り振る必要があったという説が一般に行なわれている。それに伴って、各作品は脇能から五番目までの五種に配置され、その曲の内容も、神・男・女・狂・鬼に整理されるようになった。

五という数値に番組構成が整理されたのは能に限られない。能が先行して、浄瑠璃、歌舞伎、幸若舞《こうわかまい》*1などの一日の番組構成も五に統一されていった。

なぜ日本の芸能は江戸時代の中期、元禄のすこしまえまでに、いっせいに五という数字を基本とした上演のかたちがととのえられてくるのか。これまでにいろいろな説が出されている。そのなかでもっとも有力な説が「序破急《じょはきゅう》」という、中国から伝わった音楽の理論で説明したものである。はやく、世阿弥がこの考えをのべていた。

序破急は、日本ではまず雅楽の用語として定着した。近世にまで降る書であるが、元禄三年（一六九〇）に成立した雅楽の術語辞典の『楽家録《がくかろく》』では、音楽の調子の緩急高低を表わす術語として規定し、楽にはこの序破急のそなわることが必要としている。これを、能一曲の構成や番組、演技の理論にまで深めた人が世阿弥であった。

世阿弥は能一曲を作るドラマツルギーを論じた『三道《さんどう》』でおおよそ次のよ

（1）**幸若舞**　曲舞の系統をひいて、室町時代に盛行した芸能。創始者幸若丸の名による名称。

うに説明していた。

序破急は序が一段、破が三段、急が一段で五段になる。典拠とした話の性質によっては、全体で六段になることもあろうし、あるいは、一段不足で四段になることもあろうが、基準的な形態として定めておくのは五段の形である。この序破急五段の基本構成に従って、序にはどのくらいの謡をうたうべきか、破の三段階に三種の音曲をどのように配分するか、急にふさわしい音曲をどの程度などと、一曲を組みたてる作業を能を作る、というのである。

世阿弥はまた『花鏡《かきょう》』では、序破急を上演番組の構成原理としてもとらえ、次のようにのべていた。

序というは、ものの初めのことであるから、能では本風の姿をもって序とする。即ち脇能が序に当たる。二番目の猿楽は、脇能とは変わった風体の曲で、曲の典拠正しく、強いところがあり、しかも閑雅なものでなければならない。

三番目からは破となる。序は巧まぬ自然の姿であり、破は序の姿を分かりやすく砕く意味である。したがって、三番目からは、技巧をつくしてものまねのおもしろさを豊富に盛りこんだ能でなければならない。この三番目が当日の肝要な能である。それ以降、四番目、五番目までは破の領域であるから多彩な技をつくさなければならない。

急は、揚句《あげく》・ものごとのおしまいの意味である。当日の催しのなごりであるから、破のゆきかたを押しつめて、激しく身を使い、急速な舞や動きを見せなければならない。

以上の世阿弥の五についての考えは説得力があるが、しかし、なぜ、本来三段である序破急が五番になってくるのか。その根底に働く原理は何か。さらに、能に限らず、中世から近世にかけての祭りや芸能の構成がひとしく五という数値に支配されていった状況を序破急の理論だけで説明しきることはむずかしい。

五は中国の陰陽五行思想に由来する。

陰陽五行思想は古代中国の世界観である。もともと陰陽思想と五行思想は、発生の違うべつの思想であったが、紀元前三世紀の戦国時代末以降、一つに融合して陰陽五行の思想となって漢代以降の思想界に大きな影響をあたえた。

陰陽と五行が結合したことによって、万物の生成は以下のように説明されるようになった。

遠いむかし、唯一絶対の存在であった混沌＝太極から生じた陰と陽の二気が交感・交合して、天上には日月を始めとする五惑星そのほかの星が生まれ、地上には木火土金水の五元素が発生した。この五元素は五気として運行し、色としては青赤黄白黒の五色となり、方位としては東西中南北、五時として春夏土用秋冬になる。

日本の芸能に五がマジックナンバーとして機能するのはこの陰陽五行思想によることは確実であるが、さらに能の誕生に先行して、その劇性の開発に大きな影響をあたえていた大陸の演劇が全体で五段の構成をとっていたことは注意される事実である。日本に先行して大陸で芸能が五に整理されていたのであった。

すでに説明したように（3中国の亡霊追善劇）、中国宋代の発達した演劇の雑劇《ざつげき》は、艶段《えんだん》、正雑劇二段、雑扮《ざつふん》の四段の構成をとっていた。艶段は前座、正雑劇は正式の演目、雑扮は散段つまり客を追い出す場であったという。この四段のまえにさらに神事芸能とのつながりを示す儀礼的場が演じられ、全体として五段の構成になっていた。

これまでもたびたび引用した『東京夢華録』の十月の個所に皇帝の誕生を祝う祝賀の宴の記述がある。盃のあいだに、舞、百戯、群舞、大曲*2、雑

（2）**大曲**　宋代に行なわれた大型の組曲。

劇などさまざまな芸能が演じられていた。注意されるのは、四回目、五回目の盃のあと、大曲や群舞が演じられるまえに「竹竿子《ちくかんし》」とよばれる役柄が登場していたことである。この役柄は竹の柄の払子《ほっす》即ち竹冠子を持って登場し、祝言をとなえると説明されている。ほかの資料（南宋の史浩《しこう》『鄮峰真隠大曲《ぼうほうしんいんたいきょく》』）によると、

1　上演前の演目、装束、舞の所作などの紹介
2　歌舞の舞手との問答
3　歌舞隊の送り出し

などの役割をはたしていた。朝鮮版『楽学規範』などの楽劇書によると楽器の一種でもあり、舞台を浄化して神の降臨を準備する祭司的役目を帯びていた。こうした、大陸の演劇の五段構成が能の五番に影響をあたえていた可能性が考えられるのである。

日本に陰陽五行思想が伝来したのは、七、八世紀にまで遡る。そのころに作成された高松塚古墳の壁画には、東青竜・西白虎・北玄武・南朱雀（喪失）の四神が描かれていたことはひろく知られている。『古事記』冒頭のイザナギとイザナミの国生み・神生み神話で誕生した神のなかには、水の神・木の

宋雑劇の役柄墓壁彫刻。前掲『中国戯劇図史』より

神・土の神・火の神・金の神が存在した。八世紀始めに成立した『丹後国風土記』*3には五色の亀、『播磨国風土記』*3には五色の玉が登場する。

また、桓武天皇の延暦《えんりゃく》二十三年（八〇四）に伊勢大神宮宮司から朝廷へ献上された『皇大神宮儀式帳』*4には、山口の神の祭りに用いる物として、「五色の薄絁《うすきぬ》五尺」が記されていた。

そして、中世に、中国地方を中心に四国、九州、さらに東北にまで広く流布した民間の神楽舞の演目に、「五竜王」「五神」「五行」「五郎」などが頻出していた。たとえば、その一つ文明九年（一四七七）の「五竜王」で唱えられる「五竜王祭文《さいもん》」には、

太郎ノ王子ハ東方青竜王
次郎ノ王子ハ南方赤竜王
三郎ノ王子ハ西方白竜王

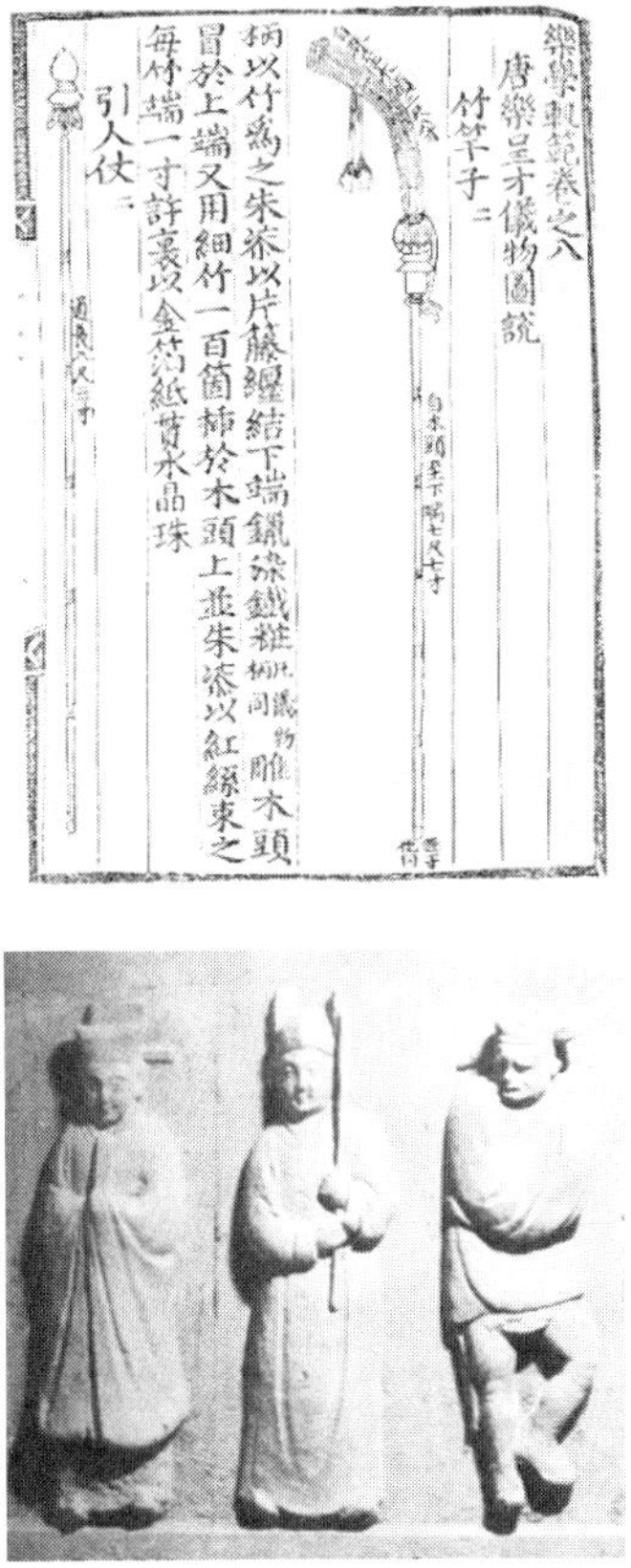

舞台を浄化する竹竿子、
朝鮮版『楽学規範』と金代墓壁彫刻。
前掲『中国戯劇図史』より

（3）**風土記**　奈良時代、元明天皇の勅によって編纂された地方の文化・地誌を記した書。五か国の書が現存する。

（4）**皇大神宮儀式帳**　行事・儀式などを説明した文書。

四郎ノ王子ハ北方黒竜王
中央ニ五郎ノ王子

という文句が出てきている。五行思想に基づく五方五色観である。芸能に、五が基準数値の位置を占めていたのである。

能一日の番組が五番に整理され、幸若舞、浄瑠璃、歌舞伎などが遅れて五番となっていった理由はこの五行思想の浸透にあった。しかし、能が、五番の最初に式三番と「神」の主題の作を据え、最後を「鬼」の能で結んだのは、祖先神を初めとするもろもろの神々を招き、その神々の力を借りて悪霊、悪鬼の類を追い払った追儺の精神がのちのちまで生きていたからであった。そして、招かれた神々を送り返す「半能」*5を演じて、一日の番組を終了したのも、保存された祭祀性の力であった。

（5）**半能**　その日の番組で上演された脇能の後半を上演して、舞台に迎えた神々を送り返す能。能の祭祀性の象徴。

五から三へ

能の冒頭に演じられる「翁」は五種の役柄としてひとたび定着しながら、のちに千歳・翁・三番叟の三種に限定され、「式三番《しきさんば》」とよばれるようになった。そこには、五から三への推移があった。五はすでにのべたように、大陸から伝来した陰陽五行思想による。それに対し、三は日本の伝統的聖数である。日本文化に普遍的な新旧の融合現象がここにも発動していたのであった。

五行思想の影響が顕著にみられるようになる以前、日本人は三という数値を重視する傾向がつよかった。『古事記』の「神代」の巻の冒頭の記事によると、天地が出来たてのころ、高天原に最初に出現した神は、アメノミナカヌシであり、つづいてタカミムスヒとカミムスヒが出現した。日本の原初に造化の神として三神がセットになって出現していた。

この三種セット観はさらに日本神話から数多くの例を取り出すことができる。アマテラス・ツクヨミ・スサノオは三貴子としてセットになっており、イザナギが火の神カグツチを三段に斬ったときに、一段ごとに生じた神は、イカヅチ・オオヤマツミ・タカオカの三神であり、誓約*1のときにスサノオの太刀から生まれた女神はタゴリ・タギツ・イチキシマの三柱であったし、ニニギとハナサクヤヒメとのあいだには、ホデリ・ホスセリ・ホヲリの三人の子が誕生した。

古代日本の神話のパンテオンに活躍する神は天津《あまつ》・国津《くにつ》・自然の三神であり、宇宙像じたいが、出雲・日向・高天原の三つから成る。海幸山幸《うみさちやまさち》神話には、天・海・山という対比があり、古くから神宮の称をもってよばれる神社は、伊勢・鹿島・香取の三社である。

（1）**誓約**　スサノオとアマテラスが天安河をはさんで行なった互いに異心のないことを誓った約束。

神話時代以降にも、日本社会には、三種セット観がいきわたっていた。あるいは、五をセットとする思考法より優勢であったといえるかもしれない。すこし例示する。

三種の神器（玉・鏡・剣）
三阿弥（室町時代の水墨画家、能阿弥・芸阿弥・相阿弥）
三猿（見ざる・聞かざる・言わざる）
三社（伊勢神宮・石清水《いわしみず》八幡宮・春日明神）
三夏（夏季三か月）
三筆[＊2]（空海・嵯峨天皇・橘逸勢《たちばなのはやなり》）
三国[＊3]（日本・唐・天竺）

このように三を優越させる思考法がひろく、ふかく浸透していたために、いったん五として成立した数が三に変わっていく例がみられた。日本の中国地方の神楽舞の台本「大土公神経《だいどこうしんきょう》」[＊4]の文句を承応《じょうおう》二年（一六五三）の写本と延宝七年（一六七九）の写本によってその変化を比較してみる。

黄ナルヲモッテ仏ト崇メ、赤キヲモッテ神ト崇メ、白キヲモッテ人間ト定

（2）**三筆**　三人の書道の名手。
（3）**三国**　古代における世界全体。唐は中国、天竺はインド。
（4）**大土公神経**　土公神は中国では土地を司る神。日本では陰陽道に取り入れられる。その神を称える経典。

メ、黒キヲモッテ畜生獣ト定メ、青キヲモッテ草木ト定メ

と五色観をきちんと語っていた承応本文が、のちの延宝本文には

身ヲハ五色ニ変ジ、赤キハ神ト祝イ、白キハ人ト定メ、黒キハ畜生ケタ物ト定給フ

と三色に変わっている。

歌舞伎小屋の定式幕《じょうしきまく》*5が三色に統一されていったところにも五から三への推移を認めることができる。

江戸の芝居小屋で、幕を舞台の上手から下手へ引く引幕の誕生は、歌舞伎に多幕劇（続狂言）が誕生した天和、貞享のころ（一六八一〜一六八八）であった。それ以前の、たとえば女歌舞伎の舞台の幕は五色であり、また、舞台から楽屋に入る楽屋幕は現代まで五色幕が使用されている。しかし、それとはべつに幕府によって公認された江戸時代の芝居小屋の定引幕は、多少の揺れをともないながらも、

中村座　紺・柿・白

（5）**定式幕**　江戸時代は幕府公認の芝居小屋の正式の引幕。明治以降は国立劇場の正式の引幕。

森田座　紺・柿・白
市村座　柿・紺・萌黄《もえぎ》
河原崎座　柿・紺・萌黄

の三色に統一された。現代の国立劇場の定式幕は、緑・柿・黒となっている。能の翁が五から三に変わるのと同じ現象がここにも現われている。

能の鏡の間の幕

歌舞伎揚幕

国立劇場定式幕、緑・柿・黒の三色。朱は神聖、柿色は非人・山伏・刑吏・囚人・遊女屋・色茶屋など零落した神の色。

奈良長谷寺修二会（だだおし）垂れ幕。

7　猿楽の身分

中国楽戸《がくこ》と日本楽戸

これまで大陸との関係を重視しながら能と狂言の誕生の過程をさぐってきた。ここでさらに視点を変えて新しい問いを発し、観世座を中心とした大和四座が当時の芸能界の熾烈な戦いをなぜ勝ち抜くことができたのか、考えてみよう。

第一の問いは、なぜ多くの猿楽座の中から大和四座だけがのちに生きのびたのか、である。

予想される答えの一つは、大和の大寺社興福寺と春日神社に奉仕して保護を受けたからである。しかし、これには容易に反論ができる。当時、活動していたことがあきらかな、近江、摂津、伊勢、丹波、宇治、越前などの各地の猿楽座はすべて社寺・権門の庇護を受けていた。次に予想される答えは、大和四座の結崎座のちの観世座には、観阿弥・世阿弥のような天才が現われたからである。しかし、反論は簡単にできる。観世以外のほかの大和三座にすべて天才がいたわけではない。

第二の問いである。なぜ同じ興福寺・春日神社に奉仕した新座の奈良田楽座を圧倒して猿楽四座が興隆したのか。

予想される答えの一つは、大和四座が新しい時代に適応できたから。しかし、当時はむしろ田楽の方が隆盛を誇っていた。ここでも予想される次の答えは、名人・天才が出現したから、である。しかし、田楽新座*1の亀阿弥《きあみ》・増阿弥《ぞうあみ》は、世阿弥がその著書で賞賛のことばを惜しまなかったほどの名人であった。

いま、われわれは、当時の芸能人の身分制度という重大な問題につきあたっているのである。楽戸《がくこ》*2という制度である。

大宝元年（七〇一）に宮廷内に雅楽寮*3が設けられた際に、下部機関に楽戸が組みこまれ、伎楽*4・腰鼓《ようこ》*5などの楽生の養成に当たっていた（養老令）。また天平三年（七三一）に雅楽寮の定員を定めたときには、度羅《とら》（済州島）楽生六十二人、諸県《もろかた》（日向国諸県郡）舞八人、筑紫舞二十人は楽戸からあてるとされていた（続日本書紀）。楽戸は大陸をまねた制度であったが、そこで養成される楽生の習得楽舞は渡来芸能に限られず国風芸能にまで拡大されていた。

楽戸の人たちはどこに住んでいたのか。『延喜式』が規定する「雅楽寮式」

（1）**田楽新座**　古くからあった本座に対して新興の座。当時の京都には、本座と新座の二つの田楽座があった。
（2）**楽戸**　音楽を担当する専門技術者集団。
（3）**雅楽寮**　治部省下におかれた音楽教習機関。
（4）**伎楽**　大陸から伝来した仮面舞踊。
（5）**腰鼓**　呉鼓（くれつづみ）とも。伎楽などで用いた鼓の一種。ひもで首から腰のあたりに横につるして両手で打ち鳴らす。

の部の「伎楽」の「楽戸郷」の原注に、「在大和国城下（読みは、しきのしも）郡杜屋《もりや》」とある。また『雅楽寮式』では、「斎会《さいえ》の折の伎楽人を、杜屋にある楽戸郷から選びあてる」とある。杜屋は現在の磯城郡《しきぐん》の田原本町《たわらもとまち》であり、のちに村屋に変化し、村屋坐弥富都比売神社《むらやにますみふつひめじんじゃ》が古代楽戸郷跡と伝えられて現存する。

さらに、『日本書紀』推古天皇二十年（六一二）に「百済《くだら》の人味摩之《みまし》帰化せり。曰く呉《くれ》に学びて伎楽の舞を得たり。即ち桜井におらしめて、少年を集めて伎楽舞を習わせた」とある記事を考慮すると、田原本町のほかに現在の桜井市など、奈良県の磯城郡を中心とした地に伎楽を始めとする楽舞教習所の楽戸がおかれ楽生を養成していたことが分かる。

猿楽の連中がこの楽戸身分と関わりがあったことはこれまで研究者によって問題とされてきた。能勢朝次『能楽源流考』などを先駆として、林屋辰三郎『歌舞伎以前』、同『中世芸能史の研究』、後藤淑『日本芸能史入門』、山路興造『翁の座』などの業績で、直接、間接に楽戸と猿楽の関係が指摘されてきた。ただ、源流としての中国の楽戸についての研究が当時は不十分であったために、日本の楽戸の実態把握がいきとどかず、猿楽との関係もあきらかにはならなかった。

『風姿花伝』「第四神儀」に「大和国春日の御神事に相随う申楽四座」とし

て列記する「外山《とび》・結崎《ゆうざき》・坂戸《さかど》・円満井《えんまんい》」の四座が通説で大和猿楽四座とよばれる。この四座が、順に後代の「宝生《ほうしょう》・観世・金剛・金春《こんぱる》」の前身とされてきた。これには異説もあり、慶長十一年（一六〇六）八月二日・三日の両日、京都二条城で観世大夫・金春大夫立合の能が行なわれた際、京都相国寺《そうこくじ》鹿苑院《ろくおんいん》主の日記『鹿苑日録』は、「坂戸（クワンセイ）・外山（コンハル）両大夫立合」と記していた。坂戸座を観世、外山座を金春としていたが、こちらは、記録の誤りと考えられる。

大和四座はすべて楽戸の郷であった奈良県桜井市・田原本町か、その周辺に集中して住んでいた。

奈良県川西町には、まえにもふれた観世発祥之地と面が降ったという面塚の記念碑がある（「4の中国仮面劇の伝来」）。同様に、桜井市外山《とび》には、宝生流発祥之地の、斑鳩町《いかるがちょう》には金剛流発祥之地の、田原本町西竹田には面が降ったという伝説の地に十六面の記念碑と金春屋敷跡がある。観世（川西）・宝生（櫻井）・金剛（斑鳩）・金春（田原本）の四座が田原本町・桜井市とその周辺に住んでいたのである。

さらに桜井市と田原本町周辺には注目される遺跡が多い。

田原本町秦庄《はたしょう》にある真言律宗の寺院秦楽寺《じんらくじ》は、大和猿楽の人たちが自分たちの祖先と主張した渡来人秦河勝《はたのかわかつ》が創建した寺である。河勝は聖徳太子の家臣であった。本尊千手観音像の脇侍《わきじ》に聖徳太子像と秦河勝像を祀る。

　また、観世発祥の地といわれる磯城郡川西町大字結崎にある糸井神社はまえに紹介した中国古代の織物集団綾羽《あやは》と呉羽《くれは》を主神とした神社である。

　桜井市山田は観阿弥が若年のときに養子入りしたと伝えられる山田猿楽があった場所である。田原本町には世阿弥が禅の修行した禅寺補巌寺《ふがんじ》があった。現在は児童公園となっているが奥に山門が保存され、その脇には「世阿弥参学之地」の碑が建立されている。この寺は世阿弥夫妻の菩提寺でもあり、寺に所蔵されていた過去帳には夫妻の法名がみられた。遺著『花鏡』などに顕著に見られる世阿弥の禅についての教養は当寺二代の住職竹窓智厳《ちくそうちごん》らについて参学した結果と考えられる。

　さらに葛城市笛吹《ふえふき》に存在する葛木坐火雷《かつらきいますほのいかづちじんじゃ》神社は、通称笛吹神社の名で知られ、楽人たちの信仰を集めた神社であった。笛吹は『雅楽職員令別記《しきいんりょう》』*6 に楽戸について「伎楽四十九戸、木登《きのぼり》*7八戸、奈良笛吹九戸」と記す三楽戸の一つである。

　楽戸の連中が居住していた桜井市・田原本町とその周辺の地に大和四座とのゆかりをさぐってきた。みえてきたものは大和猿楽四座は楽戸の子孫であったというまぎれもない事実である。金春は直系であり、ほかの三座はそこから派生した。

（6）**雅楽職員令別記**　養老令内の職員令の規定。
（7）**木登**　高足系の曲芸。参照100ページ「高足」

四座の本拠地は楽戸郷のあった地かその周辺に存在する。四座のうちもっとも歴史の古い金春座(円満井)は田原本西竹田を本拠とし、観世は川西町、宝生は桜井市、金剛は斑鳩町を本拠としていた。

金春・観世・宝生は縁戚関係にあった(申楽談義)。四座ともに奈良の春日神社・興福寺に奉仕し、秦河勝を遠祖とする(風姿花伝ほか)。四座ともに翁猿楽の家筋で鬼能を得意とした。

猿楽は被差別芸能民(非人)であった。奈良興福寺門跡の『大乗院寺社雑事記《ぞうじき》』には、被差別の雑芸能者である「七道者《しちどうもの》」*8として「猿楽・アルキ白拍子《しらびょうし》・アルキ御子《みこ》・金タタキ・鉢タタキ・アルキ横行《おうこう》・猿飼」を列記し、宣教師ロドリゲスの編纂した日本語事典『日本大文典』には「七乞食《しちこじき》」として「猿楽・田楽・ささら説教・青屋*9・河原の者*10・革屋・鉢こくり*11」をあげていた。中世では同じ被差別芸能民の「声聞師《しょうもんじ》」*12の支配を受けていた人たちであった(大乗院寺社雑事記)。

では、楽戸の民であった大和四座の身分はどのような扱いを受けていたのか。かんたんに、猿楽であったから被差別民であったとはいいきれない。こ

田原本町の補巌寺《ふがんじ》跡の世阿弥参学之地の碑。

(8) **七道者** 中世の被差別民の放浪芸能者七種。
(9) **青屋** 染色業者。
(10) **河原の者** 屠畜業者や皮革業者など河原に住んだ被差別民。
(11) **鉢こくり** 鉢叩きの別称。鉄鉢を叩きながら念仏を唱えて物乞いした集団。
(12) **声聞師** 中世、呪術的な雑芸能に従事していた被差別民の呼称。室町時代には興福寺に座が結成さ

の重要な問題を解明するために、中国の楽戸と比較してみよう。

中国の楽戸についての研究は二十世紀の末から格段に進展した。日中の研究者によってすぐれた研究があいついで世に問われた。

田仲一成『中国演劇史』、寒声『上党儺文化と祭祀戯劇』、喬健・劉貫文・李天生『楽戸―現地調査と歴史研究―』、沖浦和光・寺木伸明・友永健三『アジアの身分制と差別』、項陽著・好並隆司《よしなみたかし》訳『楽戸　中国伝統音楽文化の担い手』などである。

これらの研究からあきらかになる中国の楽戸はあきらかに被差別民であった。

北魏《ほくぎ》（五世紀）の時代に刑罰をうけた者や戦争の捕虜などが楽戸に編入され、楽戸の制度は清朝末まで固定していた。完全な解放は人民共和国成立以降であったが、山西省などでは現在も被差別民としての楽戸が存在する。

彼らは、平民との通婚はできず、国家官吏登用の科挙《かきょ》の試験を受けることもできなかった。服装は緑衣《りょくい》に限定され、住居は門楼を造れず屋根に魔除けの獣頭をおけない。居住地域はきびしく制限され、車や馬に乗ることは禁じられていた。楽戸に編入されると死んでからも同族の祠堂*13や墓には入れなかった。子女は多く娼婦となった。雨が降っても平民の軒下に入れず、道の中央を通れず、平民に道をゆずった。もし官吏が楽戸の女を娶るようなこ

れ、これに属する者は寺の権威によって他の雑芸者を支配した。

（13）**祠堂**　先祖代々の位牌を祀る堂。

とがあると杖六十の罰をうけて離婚させられた。

しかし、楽戸は日本の被差別民のえた*14のような永代身分ではなく、権力者の保護で脱出可能な非人*14身分であった。

そして、中国の楽戸はまず第一に芸能者であった。

宮廷では礼部の管轄をうけ、太楽署《たいがくしょ》（宗廟儀礼）、鼓吹署《こすいしょ》（鼓や笛）、教坊（歌舞の教習）の仕事をしていた（律令規定）。地方では音楽の神である咽喉神《いんこうしん》を奉戴し祭祀の楽舞を担当した。花柳界・軍隊・寺廟・民間の歌舞管弦の担当者も楽戸であった。結婚式での音楽演奏なども彼らの役割であった。宋代以降の中国演劇・音楽・祭礼の主要な担い手は楽戸であった。

きびしい教習をうけ、考査をうけた。礼楽と俗楽*15の双方の継承者であり、創造者でもあった。そのために課税は免除され、応分の給付をうけていた。

田仲一成は前掲の著書『中国演劇史』で次のようにいう。

彼らは地方の神社の大祭を主宰し、迎神儀礼・奉納音楽・奉納舞踏・奉納演劇・送神儀礼を執行した。たとえば、明代の資料によると、迎神儀礼では黄道二十八宿*16の星神を祭場に迎えることから始まり、その際には仮面、人形、化粧、衣裳を駆使してみずから神々に扮した。以降、迎えた

(14) **えた、非人**　ともに被差別民。区別するときは、えたは永代身分、非人は脱出可能な身分。

(15) **礼楽と俗楽**　宮廷・寺社などの公的音楽と民間音楽。

(16) **黄道二十八宿**　黄道は太陽が天球上を一年かかって一周する大円の経路。星の位置を示すために、黄道付近で天球を二十八に区分し、それぞれを一つの宿としたもの。

神々の前で音楽、舞踏、演劇を演じて神々を送り返した。上演される演劇種目は神仙劇、歴史劇、現代劇など演劇の全分野にわたって百七十四種に及ぶという。

この中国における楽戸と儺戯の関係について考える。

中国の地方楽戸の存在は二十省を超え、永代身分ではなく、権力者の保護によって一般人になる道が開かれていたことを考慮すると、儺の祭祀・芸能活動の重要な部分を楽戸もしくは脱楽戸者が担っていた可能性がつよい。

山西省の現在の楽戸の重要な任務に悪鬼払いの儺の活動があることはすでに研究者の指摘がある。また、儺戯の担当者は民間巫覡《ふげき》・道教道士・仏教僧侶であり、現在は、そのほかに農民・教師・公務員などの一般人である。これらのなかで、巫覡、一部一般人などは、古代楽戸の系譜を引く人たちが多かった。そう考えることによって、宋代以降の儺戯が祭祀活動と合わせて、高度に洗練された演劇を上演しつづけてきた事実が説明できる。たしかに、楽戸と儺は源流は異なる。楽戸は被差別民であり、儺戯はシャーマンである。しかし、楽戸が階級離脱して儺となる例は多かった。

中国楽戸は仮面芸能をも演じていた。喬健ほか著『楽戸―実地調査と歴史研究―』は次のように指摘する。

楽戸は仮面をつけてさまざまな神々に扮した。また「八仙慶寿」*17「猿猴脱売」*18「真武降十帥」*19「月明和尚度駄柳翠」*20「加官」*21「封相《ふうしょう》」*22などの演目で仮面をつけた。つよい仮面信仰を持ち、彼らにとって仮面は神霊であった。神霊に扮する際は仮面をつけ、平時も神霊として仮面を祀った。仮面をつけるときは香を焚き爆竹を鳴らした。終わって箱に納める際にも香を焚き爆竹を鳴らして感謝した。夏には一定時間仮面を取り出して晒《さら》した。その際にも香と爆竹と祈願を怠らなかった。病にかかったときにも仮面に香を焚いて祈願して薬を求めた。この信仰は楽戸から一般人にも影響し、彼らも同様に病気の際には仮面に祈祷した。

仮面に祈願を籠め、仮面を着けて行進する山西省長治市の楽戸。『魅力長治　寒社と楽戸文化手冊』より。

(17) **八仙慶寿**　演劇の最初の舞台開きに、民間に信仰された八人の神仙を登場させ、祈願を籠める演出。日本の能や歌舞伎の「式三番」に相当する。

(18) **猿猴脱売**　猿が見世物に売られる危機を脱する物語。『西遊記』の筋による。

(19) **真武降十帥**　道教最高神の真武大帝が十人の武将と闘う物語。

(20) **月明和尚度柳翠**　元代雑劇の作品。南海の観世音浄土の柳が、枝が汚れた罰で下界に追われ、柳翠という名の妓女に生まれ変わった。三十年後、羅漢尊者の月明和尚が下界に降って説法で妓女を救済して昇天させる。

(21) **加官**　加官は、本来の官職に他の官職を兼ねること。古代、加官によって皇帝の側近となった官吏の物語。

(22) **封相**　六国封相という戦国時

代の故事。戦国七国のうち、六国が同盟して秦に対抗した歴史による。その同盟策を説いた蘇秦という人物を丞相（最高位の皇帝補佐官）に封じたところから、この題名がある。

一〇世紀末五代の韓熙戴画「夜宴の図」の楽戸、緑衣強制。明代「憲宗之宵」行楽図の楽戸。『楽戸 中国・伝統音楽文化の担い手』より。

山西楽戸の神咽喉爺（神）と祭礼における楽戸行進。『楽戸―現地調査と歴史研究―』より。

楽戸の仮面に対する信仰はきわめて古い歴史を持ち、宋代の『萍州可談《へいしゅうかだん》』*23という書に、「祭礼に仮面をつけて演じた。上演のまえに紙銭を燃やし、香を焚いて祈祷した。仮面を神のようにあがめて祈祷し、その後で仮面をつけ、種々の演技をした」とある。

(23) **萍州可談** 宋朝代の朱彧著。十二世紀に成立。宋代の詩人、学者、政治家などの評伝。

仮面は、神霊の象徴、神霊に扮する道具、の二つの機能を持ち、楽戸の仮面信仰は、儺戯の深遠の信仰の歴史に由来し、一種の汎神の信仰である。

このような中国の楽戸と比較してみると、日本の大和の猿楽四座に受け継がれた楽戸身分は被差別民ではなかった。その理由はいくつかあげられる。

第一に日本の楽戸は楽舞教習のために国家から選抜された少年たちであって、中国楽戸のような刑罰をうけた者や戦争の捕虜などではなかった。

第二に日本の楽戸は中国楽戸のように服装の色を決められ、居住地を制限されるなど、被差別民の扱いを受けていたという事実は認められない。

第三に日本楽戸が担った歌舞は伎楽に代表される大陸伝来の楽舞が中心であった。日本の古代国家が国をあげて学習しようと尽力していた海外文化の一環であった。国が国家機関を設立してまで学ぼうとした楽部の伝習者が被差別民であったとは考えられない。

「七道者」「七乞食」に組み込まれて被差別民視された猿楽の連中は定住する楽戸身分と関わりのない放浪芸能人であった。

しかし、同じ猿楽の徒を名乗ることによって楽戸も被差別民視される機会も多かったはずである。世阿弥が『風姿花伝』で「もともと神楽であり聖徳太子が後世のために「神」の扁を除いて「申」という字を残した」とのべ、自己の著書で「猿楽」という文字を避けて「申楽」と記したのは、被差別民視されることを嫌ったからであろう。

楽戸という視点で大和四座を見ると以下の諸点があきらかになる。

卓抜な芸の修練は楽舞の教習を職とした楽戸の伝統を継承していた。結崎座をはじめとして大和四座が、中国からの渡来人であった秦河勝《はたのかわかつ》を祖先と主張した理由があきらかになる。彼らがつよい集団性を維持して宮廷の楽戸から寺社奉仕の座へ円滑に移行できた理由も納得でき、音楽と雑芸の集団から演劇集団への移行を果たし、能の作品を創造したことなども説明がつく。

さらに、大和四座が翁猿楽《おきなさるがく》を専門とし、鬼能を得意としていたことも説明できる。彼らの専門芸の翁猿楽は寺社の修正会、修二会で演じられた追儺の儀礼つまり儺戯であった。翁を中心に家族の神々が仮面で登場し、鬼をはらい、祝福する。この芸態を演じたのは、儺戯と併せて、中国の楽戸の伝統をも引いていたからであった。

Ⅳ 能の誕生

8 能の誕生と誕生地

能の誕生――「白髭の曲舞《くせまい》」――

中国や朝鮮との関係を考察したことによって、日本列島内部だけでは説明のつかないことや、あきらかにできないことが能と狂言について解明できた。いよいよ、なぜ、いつ、だれによって、どこで能は誕生させられたのか、という直接の誕生のいきさつについてのべるときがきた。これまでの叙述によって周辺の状況は解明できた。直接の原因を説かなければ、能の誕生の全体はまだあきらかになったとはいえない。

分かりやすい譬えを使おう。

家を建てるとする。木材、瓦、壁土、畳、襖などの建築材料はすべてそろった。しかし、材料だけで家は建たない。だれが、いつ、どこで、なぜ、どのようにして、それらの材料を使って一軒の家屋としたのか。

あるいは以下のように考えることもできる。

身体が疲労している、寒い日が続いた、睡眠不足が重なった、などなどは、病気になるための条件である。しかし、ウィールスに感染するという原因が働かなければインフルエンザにはならない。

能の誕生の条件はそろった。原因は何か。

能の誕生を示す根本資料は世阿弥の『申楽談儀』の次の記載である。すべてはこの短い記事から始まる。原文通りに引用する。

観阿、今熊野の能の時、申楽といふことをば、将軍家、御覧じはじめらるるなり。世子、十二の年なり。

観阿弥が今熊野で演じた申楽*1を三代将軍足利義満《よしみつ》が始めて御覧になったという記事である。そのとき、世阿弥は十二歳であったという。世阿弥の生年は貞治《じょうじ》二年（一三六三）とするのが定説になっている。とすれば世阿弥が十二歳となった年は、当時の計算法に従って応安七年（一三七四）に当る。そのときに義満は十六歳であった。

この記事に注目した理由は、観世座の創始者であった観阿弥、能の完成者であった世阿弥父子と、その庇護者となって観世座の能界制覇を成就させた足利三代将軍義満《よしみつ》の三人が関わる、信頼できる最初の史料であり、しかも、この記事が能の誕生を示していることが立証できるからである。

（1）**申楽** 世阿弥は猿楽を申楽と記した。参照「7の中国楽戸と日本楽戸」

ここで

1　このとき演じた「申楽」とはどのような作品であったか

2　上演場所の今熊野とはどこか

という二つの重要な問題が生じる。まず上演された申楽の作品から考えていこう。

　このとき演じられた「申楽」は観阿弥が作詞・作曲した最初の作品であり、世阿弥十二歳の応安七年（一三七四）までに唯一、制作されていた「白髭《しらひげ》の曲舞《くせまい》」であった。観阿弥はこの作以外の申楽を応安七年までに制作した記録がない。

　世阿弥の芸論『五音《ごおん》』では、応安年間以降、観阿弥が亡くなった至徳元年までのあいだに、申楽の曲として作られた曲舞は「白髭」（観阿弥作曲と作書）、「由良湊《ゆらのみなと》」（観阿弥作曲と作書）、「地獄」（南阿作曲・山本作書）、「海道下《かいどうくだり》」（南阿作曲・玉林《たまりん》作書）、「西国下《さいごくくだり》」（観阿弥作曲・玉林作書）の五曲であり、観阿弥が作文と作曲の両方を担当した曲舞は「白髭」「由良湊」の二曲だけと明記されている。

　また、同じ世阿弥の芸論『音曲声出口伝《おんぎょくこわだしくでん》』には、「亡父申楽の能に、曲舞を謡いだしたりによって、この曲あまねくもてあそびしなり。白髭の曲舞の曲、最初なり」とあって、観阿弥が中楽にとりいれた曲舞の最初の作が「白髭の曲舞」であったことがあきらかである。

「白髭の曲舞」が応安年間成立の唯一の観阿弥作品であったことは、以上の世阿弥の二種の芸論を組み合わせることによって確認できる。

この「白髭の曲舞」上演がきっかけとなって、曲舞が観世流に代表される大和中楽の本質を形成していったことは、前掲の『音曲声出口伝』で世阿弥が次のようにいいきっていた。

近代曲舞を和らげて、小歌節をまじえて謡えば、ことにことに面白きなり。面白く聞こゆるゆえに、当時は殊更、曲舞のかかり、第一のもてあそびとなれり。これは亡父中楽の能に、曲舞を謡い出したりによりて、この曲あまねくもてあそびしなり。白髭の曲舞の曲、最初なり。さる程に、曲舞がかりの曲をば、大和音曲と申したり。

大和中楽が当時の芸能界で覇権を確立できた楽舞上の理由は、観阿弥が曲舞をとりいれて新風を確立したからであり、曲舞風（曲舞がかり）の曲をば大和音曲と世にいいはやした。

世阿弥のこのことばを証明して、現行の能に、「クセ」とよばれるもっとも重要な曲節が存在する。能の根源である神々が主役となる脇能（初番目もの）の中心部にはかならず「クセ」の箇所があり、脇能以外でも「松風《まつかぜ》」*2「海人《あま》」*3「歌占《うたうら》」*4「百万《ひゃくまん》」*5などなど、能を代表する名曲に見られる。一曲の根幹部分を形成する、長大な、七五調を基調とした叙事的韻文である。この問題は重要なので、のちの「9　曲舞と能」でさらに詳説する。

この『音曲声出口伝』の記事の重要性をはやく見出した能の研究者は能勢朝次であった（『能楽源流考』）。能勢は『音曲声出口伝』や『五音』の前掲の記事を引用し、能の新風に曲舞のはたした役割を強調した。しかし、惜しいことに、観阿弥が能に曲舞をとりいれた時期は応安年間の今熊野上演以前であったと能勢は判断した。せっかく、大和中楽の芸風の確立と曲舞の関係を認定していながら、今熊野中楽の意義をとらえそこねていたのである。

現行「白髭」と「白髭の曲舞」

「白髭の曲舞」はのちに増補された各流の現行曲「白髭」（観世流は「白鬚」と記す）の前半のクセの部分にのこされている。現行「白髭」は次のように展開する。

（2）**松風**　三番目物。
（3）**海人**　五番目物。
（4）**歌占**　四番目物。
（5）**百万**　四番目物。

現行の「白鬚」の明神、天女、竜神の三神出現の場面。『御能狂言図巻』より

江州白髭明神に参詣の勅使（ワキ）が、老若二人の漁師に出逢った。釣りをしていた老漁師（前シテ）は本地垂迹思想*1に基づく白髭明神の縁起を語って聞かせた。（中入り）深更、明神（後シテ）が出現して舞い、つづいて天女と竜神が現われ、相舞《あいまい》をくりひろげた。

（1）**本地垂迹思想**　仏を本体（本地）、神を化現（垂迹）とする仏神融合思想。ここでは、薬師如来と白髭明神との関係を主・従として説いている。参照190ページ「白髭明神縁起」

観阿弥原作を増補して現行の「白髭」とした作者は不明である。脇能（初番目もの）で、観世・金春は現行曲、宝生・金剛・喜多は以前に上演記録がある。

現行「白髭」のクセが観阿弥の作詞・作曲をとりこんでいることは、世阿弥が『五音』に引用した観阿弥の原作の冒頭「夫《それ》此国ノヲコリ家々ニツタウル所」の文が現行「白鬚」の本文と一致することであきらか容である。

である。

「白髭の曲舞」で前シテの老漁夫が語る「白髭明神縁起」は次のような内容である。

釈迦が仏法流布の地を求めて娑婆を飛行し、琵琶湖周辺に注目された。入滅後、身を変えて滋賀に来られ、釣り糸を垂れる翁に仏法結界の地として琵琶湖周辺を与えよと求められた。翁は「自分は湖が七度葦原になったのを見た。仏法結界*2の地となれば釣りする場所が無くなる」と惜しんだ。そのとき、薬師如来*3が出現し「釈尊よきかな。我、太古よりこの地の主たり。老翁我を知らず。はや仏法を開き給え。我、後五百年の仏法を守らん」と誓い、二仏は東西に去られた。翁も白髪明神と祀られている。

この物語は、当時世に行なわれていた「比叡山縁起」から白髭明神関係だけを抜き出して利用していた。「比叡山縁起」は『太平記』巻十八に引用されていてその全貌が分かる。

釈尊が仏法流布のため葦原中つ国*4を遍歴し、比叡山の麓志賀の浦のほとりに釣糸を垂れる老翁を見て「この地の主《あるじ》ならこの山を我に与えよ。

（2）**仏法結界の地**　仏法が独占し、悪鬼邪神の侵入を遮断する地。

（3）**薬師如来**　天台宗比叡山延暦寺の本尊仏。

（4）**葦原中つ国**　日本国。

仏法結界の地にせん」と声をかけた。老翁は「我はこの地の主としてこの湖が七度まで葦原と変じたのを見た。この地を結界とすれば釣の場所をうしなう」と断った。老翁は白髭明神であった。そのとき薬師如来が出現し「我は人寿二万年*5の始めからこの国の地主《じしゅ》である。老翁我を知らず。釈尊、教えを伝える大師となってこの山を開闢《かいびゃく》し給え。我、山の主となって仏法を守らん」と告げた。千八百年後、釈尊は伝教大師となって比叡山を創建された。

観阿弥原作の「白髭の曲舞」は、この「比叡山縁起」の最後の箇所、薬師如来が釈尊にむかってこの山を開くよう勧め、千八百年のちに、釈尊がその勧めに従って伝教大師となって比叡山を創建したという比叡山関係の内容をそっくり省いている。この省略は「白髭の曲舞」が白髭明神社を主題としているからには当然の配慮であった。『太平記』よりも成立年代の降る『曽我物語』の巻六「比叡山のはじまりの事」の本文はこの「白髭の曲舞」と同一である。観阿弥の「白髭の曲舞」に始まって能の「白髭」に受けつがれた「白髭明神縁起」が比叡山の縁起としても世に流布していたことが推測される。

しかし、ここで大きな疑問が湧いてくる。じつは、白髭（いまは白鬚と表

（5）**人寿二万年**　人間の年齢の数え方で二万年。

記）明神社には神社独自の「白鬚明神の縁起」がべつに存在していたのである。現在、宮内庁書陵部に所蔵されている『神社　仏閣　縁起集』のなかに「近江州白鬚大明神大略縁起」が収められている。日本各地に存在する白髭（鬚）神社の縁起の原典である。筋は次のように展開する。

天孫ニニギが降臨されたとき天の八衢《やちまた》に迎えて道案内した猿田彦大神《さるたひこおおみかみ》は、のち伊勢の五十鈴《いすず》の川上に住み、垂仁《すいにん》天皇の御世に伊勢神宮が建立された際に出現し「この地を守る神」と名乗った。のち国々を巡り近江の湖に釣り糸を垂れ、湖が三度桑原に成るのをご覧になった。白髪の翁となって白髭大明神と申しあげ、比良《ひら》の山に移って比良の明神、幸福をあたえるゆえに太田命《おおたのみこと》、寿命を授けるゆえに奥玉《おきだま》の神などの神号もある。東大寺造営の際に、勅使に、奥州金華山から黄金出現を予言し、龍灯＊6のあがる不思議などがあった。

以上の通りである。なぜ観阿弥はこの「白鬚明神縁起」を利用せず、わざわざ「比叡山縁起」を、改訂と省略を加えてまで利用したのか。

そこから観阿弥作「白髭の曲舞」の上演の場所、今熊野を確定するヒントが浮かびあがってくるのである。

（6）**龍灯**　竜神のささげる灯火。

上演の場所の今熊野とはどこか

上演の場所の今熊野は現在の京都市東山区今熊野椥《なぎ》ノ森町に実在する新熊野《いまくまの》神社境内であった。

観阿弥が「白髭の曲舞」を作成したときに、「白髭明神の縁起」があるにもかかわらず、「比叡山の縁起」を利用したのは、理由があった。「比叡山の縁起」には重要な役割をになって薬師如来が登場する。しかし、「白髭明神の縁起」には登場しない。薬師如来は熊野三山新宮大社の本地仏である。熊野信仰をそのまま京の地に移した新熊野神社の本地仏でもあった。観世の一座が新熊野神社で猿楽を演じたとき、興行の地である神社と関わる熊野信仰の仏の薬師如来の登場する「比叡山の縁起」を利用する必要があった。

さらに、「白髭明神の縁起」では、白髭明神の本体は猿田彦である。熊野信仰を伝える新熊野神社とは何の関係もない神である。この神を除く必要があったのである。

薬師如来を登場させ、猿田彦を除く。この二つの操作が必要なために、「比叡山の縁起」が選択された。そして、そのような操作を加える必要があったのは、上演の場所が熊野信仰を伝える京の新熊野神社境内であったからである。
しかも、比叡山延暦寺は仏教寺であり、縁起は利用しても、神道系の新熊野神社で仏教の寺院の縁起をそのままに演じることはできない。「白髭の縁起」に仮託したのはそのためである。

また、『太平記』の伝える「比叡山縁起」、「近江州白鬚大明神大略縁起」のいずれでも、釣りをしている翁は一人である。しかし、現行「白髭（観世は白鬚）」の能に組みこまれている観阿弥の「白髭の曲舞」では、老若二人の釣りの漁師が登場する。このような改訂を行なった理由は、当時十二歳の世阿弥（幼名鬼夜叉《おにやしゃ》とも鬼若とも）を父観阿弥とともに舞台に登場させたからであった。

世阿弥のいう今熊野を東山区の新熊野神社と考える理由はまだある。「白髭の曲舞」は琵琶の湖の岸の白髭神社の縁起をのべ、湖の描写がつづき、漁夫が重要な役を演じている。この立地条件は熊野の那智の海岸とその傍に立つ熊野大社に一致する。京都に新熊野神社が建立されたときに、熊野の那智の浦の青白の小石を運んで境内に撒き、熊野の海岸を再現したと社伝にある。

新熊野神社が所蔵している江戸時代のこの神社の古地図によると、当時の新熊野神社の神域は現在の東山区の北部に広がる広大な地域を占めていた。東山連峰、園池《そのいけ》などに隣接し、熊野の山と海の地勢を京の地に再現し、「白髭」の舞台となった比叡山、琵琶湖とも相似する地形であった。園池は現在は埋め立てられたが、新熊野神社の東北に拡がる広大な池であった。埋め立てた跡地には人家が建ちならぶが周辺と比較して低地が広がっていて、むかしの忍ばれる地形である。私は自分の足で歩き廻ってこの地勢を確認している。

新熊野神社は、永暦《えいりゃく》元年（一一六〇）に平清盛によって造営された。熊野を深く信仰する後白河法皇が、その御所の法住寺殿近くに熊野神を勧請して、日常に参詣する神社にしようと意図されて、清盛に命じたのであった。以後、後白河・後鳥羽両院の篤い信仰を受け、後白河院は百余度、後鳥羽院は百五十余度の新熊野社参籠を行なったという。また京都の権門勢家が熊野参詣を志すときは、まず新熊野神社に参詣してから出立するという慣行が生まれた。同社がいまも神木と崇める樟《くすのき》は創立当初に紀州から移植されたものといわれている。

歴代の朝廷・室町幕府と新熊野神社の関係は深かったが、応仁の乱以降、廃絶状態になってしまい、多くの資料がうしなわれた。それでも、当時の資料として以下のようなものがのこっている。現在の新熊野神社宮司尾竹慶久《おたけよしひさ》氏からの教示である。

後光厳天皇　宣旨……四通（主に荘園や敷地・物品等の寄進に関するもの）
足利義澄（十一代将軍）御教書……一通（荘園、近江国石田郷に関すること）
　同　禁制書……一通
足利義晴（十二代将軍）御教書……一通（荘園、播磨国浦上郷に関すること）
後醍醐天皇　綸旨……一通

むかしの同神社の栄光の歴史を忍ぶに十分な残存資料である。

新熊野神社所蔵の古地図、中心が園池。

新《いま》熊野神社の能興行

京都には、現在の東山区今熊野の新熊野神社のほかに、もう一社、左京区の聖護院《しょうごいん》に新熊野社があった。聖護院は天台系山伏（本山派）の総本山として、平安時代末の寛治四年（一〇九二）に白河上皇の命令で建立され、園城寺（三井寺）の僧増誉《ぞうよ》*1に賜った寺であった。その折、増誉は熊野三所権現をも勧請し、鎮守社にした。これが、現在、左京区聖護院山王町に鎮座する熊野神社である。そのあと、さらに康和五年（一一〇三）に増誉は左京区の白川辺に熊野権現を勧請した。この社はさきの熊野社に対して新《いま》熊野社とよばれた。こちらは、のちに滋賀県大津の三井寺園城寺に移され、境内に熊野権現社として鎮座し、京都には現存しない。

現在の新熊野神社が東山区今熊野に後白河院の意向で建立されたのは、この聖護院鎮守の新熊野社建立に半世紀遅れる永暦元年（一一六〇）のことであった。法住寺の東南の地に現在の新熊野神社が勧請されたとき、併せて、東北の地には琵琶湖ほとりの日吉《ひよし》社も分祀され新日吉社が建立された。

新日吉社はのちに東山区妙法院前側町《みょうほういんまえがわちょう》、阿弥陀が峯山麓に移ったが、当時は現在よりもっと南の方角、新熊野神社に接近した対称の地にあって、

（1）**増誉**　平安末期の園城寺の僧。白河上皇の護持僧となり、上皇第一回の熊野参詣の先達を務めた。

「今比叡（日吉）・今熊野」と『平家物語』などに二つの神社はしばしば併称されていた。世阿弥が『申楽談儀』で新熊野神社を「今熊野」と記したのは、当時の一般のよび方と表記に従ったものであり、また、琵琶湖周辺の神が登場する「白髭」上演の意図が琵琶湖にゆかりのある新日吉社との関係からも、より明確に見えてくる。

中世、能役者が勝手に入場料を取って興行することは許されず、武家や貴人、権力者などの許可と後援が必要であった。そのために、寺社の建立・修復、橋梁・道路の整備などに必要な寄付金を集めるという名目で行なう勧進興行という方法がとられた。また、大勢の人を集めるために、河原や大寺社の境内が興行場所に選ばれた。

京都東山区妙法院前側町の新日吉神宮。

それとはべつに、大寺社に所属して、その庇護下にその寺や神社の祭事、神事に奉仕して猿楽を興行することもあった。

当時の芸能集団の興行形態は、興行場所が、大寺社か、それ以外の場所か、さらに興行場所の大寺社に所属する集団か、しない集団か、を目安に分類すると、以下の四つの型があった。

A　寺社所属の座が所属する寺社で興行
B　その寺社に所属しない座が寺社で興行
C　寺社所属の座が所属する寺社以外の場所（河原、御所など）で興行
D　寺社に所属しない座が寺社以外の場所（河原、御所など）で興行

応安四年（一三七一）に摂津の須磨で、さらに、ほぼ同じころ、醍醐寺清滝宮で、観阿弥は勧進能を公演した記録がある（能勢朝次『能楽源流考』）。前掲のC型、B型である。

新熊野神社は、当時、定期的に六月会《みなつきえ》という祭礼を催し、そこで能の上演も行なわれていた。この事実は最初に表　章《おもてあきら》が指摘し（「観阿弥清次と結崎座」）、そのあとを受けてさらに発展させたのは天野文雄であった（『世阿弥がいた場所』）。新熊野神社が専属の芸能座を抱えていた記録はないので、一種の勧進興行であった。

表は、幕府の有力武将であった佐々木（六角）氏頼と佐々木高氏（京極道誉）が、今熊野申楽よりおよそ二十年を遡る文和四年（一三五五）に新熊野

神社の六月会《みなつきえ》という神事で猿楽を見物したことを伝える『賢俊僧正《けんしゅんそうじょう》日記』をとりあげ、この六月会が『申楽談儀』の今熊野猿楽興行の場であったと論じた。

天野は、さらに、今熊野申楽興行の前後に新熊野神社の別当職を務めていた覚王院宋縁が将軍足利義満の厚い信任を得ていた事実を多くの資料によって検証、さらに、新熊野神社の六月会が同社創建以来の神事であったことをあきらかにし、今熊野申楽はこの六月会で興行された可能性は高いと結論した。前掲のB型である。

ただ、惜しいことに、表は上演年次を確定せず、天野はその年次については、応安六年、七年の両年、別当職＊2宋縁が奈良の興福寺の僧侶たちの起こした訴訟事件に巻き込まれて京都を追われていた事実から、応安七年（一三七四）ではなく、翌年の永和元年（一三七五）とした。

しかし、今熊野申楽興行が永和ではなく応安であったことは世阿弥の指摘の数々を論拠にこれまで論証した通りである。

（2）**別当職**　大寺寺に置かれた僧官で、その寺社を総括した。

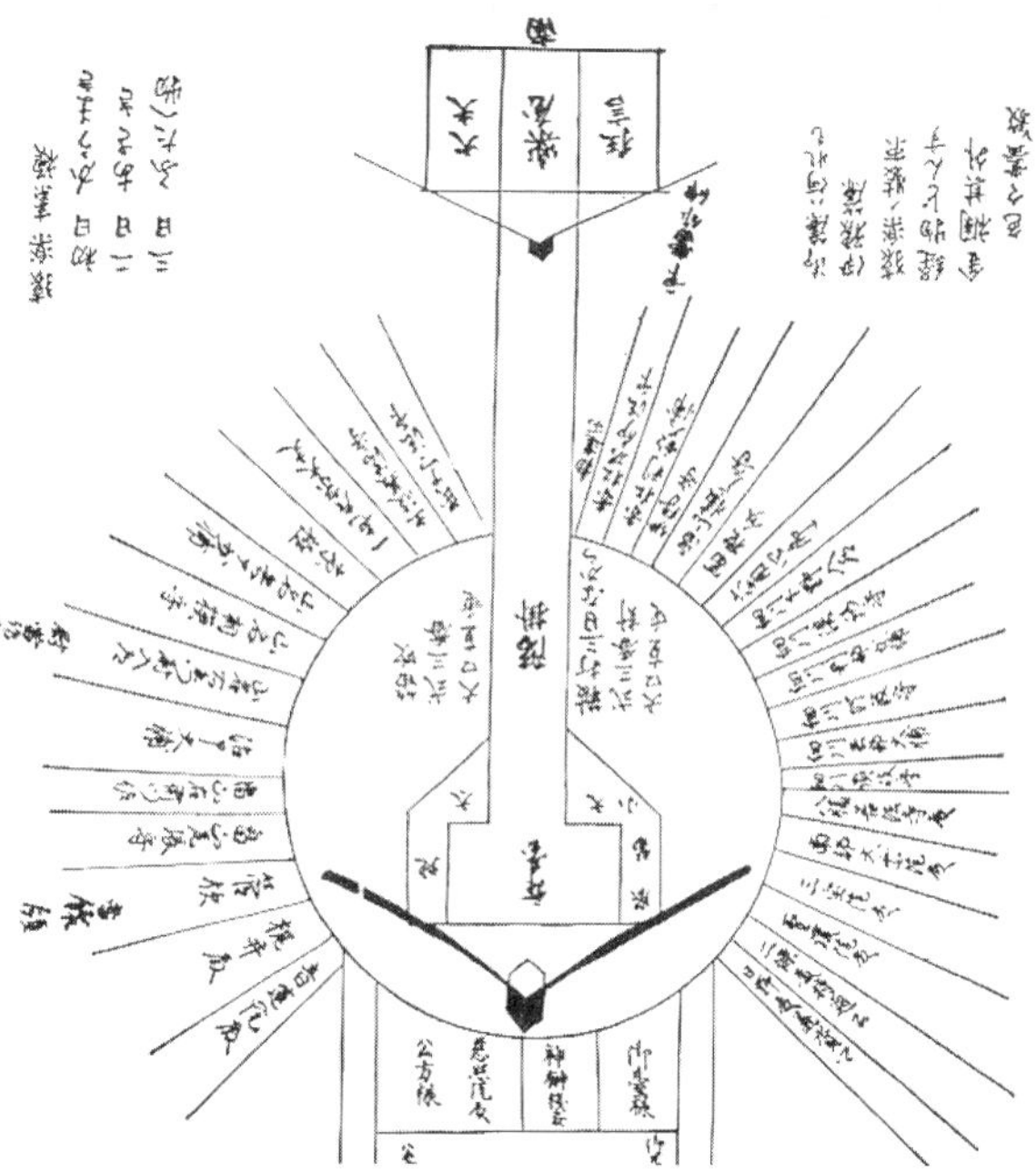

『日本庶民文化史料集成第三巻　能』より

右は寛正五年（一四六四）、八代将軍足利義政を迎えて演じられた猿楽能の舞台図（『日本庶民文化史料集成第二巻』）。舞台の正面の桟敷席に、両側の将軍夫妻に挟まれた神の降臨する「神榊桟敷」がある。応安七年（一三七四）、「白髭の曲舞」が上演されたとき、公方の席には三代将軍足利義満が、神の席には白髭明神が、招かれていた。

9　曲舞と能

猿楽を変えた曲舞《くせまい》

世阿弥が自作にとりいれた曲舞は、それまでの大和中楽の能の欠落を補い、劇的に変化させた楽曲であった。

久世舞・口宣舞とも記し、舞々ともいったが、正式な表記は曲舞である。舞楽などの正舞に対して、正式ではない変化のある舞の意味である。平安末期以来流行した白拍子《しらびょうし》の芸系を引き、南北朝ごろに新風に転じた。のち、幸《こう》若舞《わかまい》を生んでいた。幸若舞は、民俗芸能として、福岡県大江《おおえ》の天満宮に保存されている。曲舞の装束は白拍子と同じで、女は立烏帽子《たてえぼし》＊1に水干《すいかん》＊2で鼓・扇を持つ。男は直垂《ひたたれ》＊3・大口袴《おおぐちばかま》＊4をつけ、稚児《ちご》は水干・大口袴で立烏帽子をかぶった。

曲舞の摂取が大和猿楽を大きく変えたことについて、世阿弥は前掲『音曲声出口伝』で次のようにのべていた。

（1）**立烏帽子**　頭部を立てたままにして折り曲げない烏帽子。
（2）**水干**　糊を使わず水張りにした布で作った狩衣風の衣装。
（3）**直垂**　袴と合わせて着用し、裾を袴のなかに入れた上着。
（4）**大口袴**　裾の口の大きい下袴。

曲舞は拍子が躰を持つゆえに舞という文字を曲に添えたり。さる程に曲舞というなり。立ちて謡うわざなり。風躰よりいずる音曲也。しかれば昔は格別の事にて、曲舞は曲舞の当道にて、あまねく謡う事はなかりしを、近代曲舞を和らげて、小歌節をまじえて謡えば、ことにことに面白きなり。面白く聞こゆるゆえに、当時は殊更、曲舞のかかり、第一のもてあそびとなれり。これは亡父猿楽の能に、曲舞を謡い出したりしによりて、この曲あまねくもてあそびしなり。白髭の曲舞の曲、最初なり。さる程に、曲舞がかりの曲をば、大和音曲と申したり。

能、曲舞、そして曲舞をとりいれた能の三者の芸態についてのべた重要な文である。ここでは、次の四点が指摘され、曲舞が能楽に取り入れられ、能楽に大きな変化が生まれたことが強調されている。

1 曲舞は拍子に合わせて立って舞う、舞を基本とした芸である。そのために「舞」という文字を「曲」という字に添えた。立って謡う芸で、舞の姿を基にしてその姿に伴う音曲なのである。

2 曲舞は、むかしは専門の曲舞芸人（道の曲舞）の音曲であり、能楽とは関係なく、能楽で謡うことはなかった。

3　曲舞に小歌節を加えて柔らかく、おもしろく謡うようになったのは、亡父観阿弥の「白髭の曲舞」が最初である。

4　その結果、曲舞がひろく賞玩されるようになり、曲舞風の音曲を大和音曲とよぶようになった。

世阿弥は、つづけて同じ『音曲声出口伝』、さらに『五音』、『申楽談儀』などでくりかえし能の謡と曲舞の違いを説明している。重要な指摘なので、該当の文をさらに引用して検討を加えてみよう。

音曲に、曲舞とただ音曲との分け目知る事。曲舞と申すは、一道より出でたるゆえに、ただ音曲には黒白の変わり目あり。しかれば文字にも曲に舞を添えたり…この変わり目というは、拍子が体を持つなり。ただ謡は声が体を持ちて、拍子をば用に添えたり。（『音曲声出口伝』）

ムカシ白髭ノ曲舞ヲ、亡父申楽ニ舞出シタリシヨリ、当道ノ音曲トモナレリ。シカレバ、白髭・由良ノ湊・地獄、コレハ申楽ノウチナガラ、押シ出シタル道ノ曲舞ノゴトクナリ。（『五音』）

曲舞と小歌との変わり目。曲舞は立ちて舞うゆえに、拍子が本《もと》なり。曲舞には、横竪《おうじゅ》と分けて謡うと心得べし。ただ謡はふしを本にす。相音《あいおん》と謡うとまず心得て、ふしをも付くべし。（『申楽談儀』）

これらの文で指摘されていることを抜きだして検討してみよう。

曲舞とただ音曲（通常の能の謡）との違いを知ることはきわめて重要である。曲舞について世阿弥のもっとも強調する点である。その違いは曲舞が立って謡うところからきている。さきに引用した『音曲声出口伝』には「立ちて謡うわざなり」とあり、『五音』には「白髭ノ曲舞ヲ、亡父申楽ニ舞出シタリシ」とあり、『申楽談儀』には「曲舞は立ちて舞う」とある。曲舞が立って舞いながら謡うことを世阿弥はくりかえし強調している。

「曲」は曲者《くせもの》、曲事《くせごと》などの用例から判断して片寄ったこと、正しくないことを意味する。癖と同意語とされる（『日本国語大辞典』）。つまり「雅楽」の雅に対する「散楽」の散に通じる規格はずれ、自由奔放な動きを表わしている。世阿弥がいうように拍子、リズム重視の動きであった。

それに対して「まふ」ということばは「まはる」と同じ意味で、平面上を旋回することである。同義語の「お（を）どる」が上下の跳躍運動であることと対比されて使われてきたことばである。世阿弥が「曲舞」は「曲」に

「舞」を添えたというとき、「曲舞」が立って旋回運動をすることをいいたかったのである。

従って、曲舞の謡は通常の能の謡と異なる。その違いは拍子重視の曲舞に対するふし（声ともいう）、つまり旋律重視の通常の能にあり、リズム重視とメロディ重視の違いである。『申楽談儀』に「横の音と縦の音を分けて謡え」とある。曲舞の拍子は横の音と縦の音を分けて謡い、ふつうの能の謡は旋律を中心にして、異質の音が一つになるように謡えといっている。観阿弥の作曲、作文した「白髭の曲舞」が能楽一般とは異なり、「押シ出シタル道ノ曲舞」つまり世間に行なわれている専門職の曲舞と同様であったことも世阿弥はのべている（『五音』ほか）。

世阿弥がのべているところによると、父の観阿弥が学んだ曲舞の師は大和の乙鶴《おとづる》*5という女曲舞師であった（『五音』『申楽談儀』）。乙鶴は賀歌《かが》、百万の流れを汲んだ名手であったという。

この専門の曲舞は白拍子《しらびょうし》から生まれたといわれているが、その先は確定していない。白拍子ということばは、平板な拍子という意味で、声明の「只拍子」を指す白拍子からとった。白拍子は、平安時代末に歴史に登場し、鎌倉時代に活躍した女芸人たちであり、その舞の名でもある。

白拍子の舞について、世阿弥は『三道』の、白拍子の静御前・祇王・妓女

（5）**乙鶴**　十四世紀中ごろの曲舞の女芸人。奈良の百万を芸祖とし賀歌に継承された女曲舞の流れを汲む。

などを主人公とした作曲法をのべた文で、

白拍子らしい風体は、和歌を上げ、一声《いっせい》を長々と謡い、八拍子《やつびょうし》＊6にかかりて、三重の声曲をなし、責めを踏んで舞い納める。

と説明している。「和歌を上げ」は現在、能の曲節「ワカ」として伝えられる短歌形式の詩形で謡う小段であり、「一声」はリズミカルで高潮感のある囃子事、「三重の声調」は高オクターブで謡うことである。全体として高潮した囃子のなかで、責め、つまりこまかな足拍子を踏むこ

室町時代成立「七十一番職人歌合」に描かれる白拍子・曲舞。

曲舞の源流となった巫女舞
奈良県春日若宮の巫女舞

（6）**八拍子**　謡の基本となるリズムで地拍子ともいう。謡は原則として八個の拍（はく、音楽のリズムの単位）で構成されているため、八拍子という。

とに特色があったようである。この白拍子の芸を継承した曲舞について、世阿弥が『申楽談儀』で「曲舞は立ちて舞うゆえに、拍子が本《もと》なり」といっていることにもつながる。

白拍子も多様な先行する芸能を摂取しており、その後継芸能の曲舞もまた多様な芸系を継承していた。そのなかで注意される芸系は神楽舞《かぐらまい》である。

神楽は神遊びともいい、神招きをする巫女の舞に起源がある。神楽はのちに多様に分岐したが、中心は巫女（神子）神楽であった。巫女神楽は神社に奉仕する巫女の舞う神楽で、神祢宜《かんねぎ》*7の奏する笛、大小鼓、太鼓などに合わせて舞った。

能で使用される楽器の四拍子《よつびょうし》が神楽のこの四種の楽器に由来することとも合わせて、神楽舞から、白拍子を介して曲舞への芸系を考えることができるのである。

この芸の流れについてさらに検討してみよう。

曲舞の後継芸能である現行福岡県みやま市大江の幸若舞。前掲『日本の祭り文化事典』より

（7）**神祢宜**　神官。

巫女神楽・白拍子・曲舞・猿楽能

観阿弥が京都で「白髭の曲舞」を演じる以前、猿楽能はどの程度の成熟を示していたのか。

それを考える絶好の資料がある。能勢朝次が『能楽源流考』に、「巫女の猿楽能」として紹介している二つの文書である。能勢じしんもこの文書について詳細な考察を加えていたが、さらに井浦芳信《いのうらよしのぶ》が『日本演劇史』で、能勢の論を踏まえて説を展開している。二人の論を参照して、観阿弥が「白髭の曲舞」を興行する以前の猿楽能の成熟度について検討してみよう。それがあきらかになれば、以前と以降の能を比較することによって、「白髭の曲舞」上演の意義がよりつよく納得されるはずである。

問題の資料の一つは、『興福寺東金堂細々要記抄録《ひがしこんどうさいさいようき》』*1 の貞和《じょうわ》五年（一三四九）二月十日の記録である。当時、観阿弥はまだ十七歳、猿楽能の将来を決定できるような立場にはいなかった。この記録に次のようなことが記されていた。

春日《かすが》の巫女たちが臨時の祭りで近隣の群集の耳目を驚かした。午《うま》の時刻

（1）**興福寺東金堂細々要記抄録**　南北朝時代の興福寺東金堂の僧の金勝院実厳・禅実の日記。

に渡御があり、終日猿楽を演じた。神官たちが田楽を演じた。興福寺の僧たちは素頭《すあたま》のままで衣服を重ね、墨染《すみぞめ》の袈裟《けさ》などで見物した。

春日大社の臨時の祭りで、巫女たちが猿楽を、神官たちが田楽を演じたという興味ぶかい記事である。この記事だけでも貴重であるが、さらに、このときの猿楽や田楽の詳細な内容を補足して知ることのできる資料がべつに存在していた。能勢が紹介した『鈴鹿家文書《すずかけもんじょ》』＊2のなかの「貞和五年二月十日拝殿臨時《りんじのまつりしだいのこと》祭次第事」である。

この資料によると、この臨時祭＊3は前年の十一月十七日に行なう予定であったが、法皇崩御の諒闇《りょうあん》のために延期されてこの年の二月八日となり、さらに猿楽を演じる巫女たちの都合によって二日延期されて十日に実施された。井浦はこの三か月におよぶ延期を諒闇のためだけではなく、猿楽の稽古のためであったという。

春日社の臨時祭に奉仕した巫女は若宮＊4拝殿所属の巫女で南北両座に分かれていた。両座の下に、さらに、左《ひだり》、権《ごん》、八乙女《やおとめ》などが配され、全体として巫女座を形成して興福寺の支配を受けていた。出身は、春日社の社家《しゃけ》や神人《しんじん》の出のほかに社外の一般人の家から職についた女たちもいた。従って神楽の歌舞の修練にもかなり差があった。

（2）**鈴鹿家文書**　京都吉田神社の旧社家で春日大社の神官でもあった鈴鹿氏に伝来した文書類。

（3）**臨時祭**　春日大社の臨時の祭り。

（4）**若宮**　春日若宮神社。春日大社の境内摂社。この神社が伝える春日若宮おん祭は春日大社の祭りと構成が酷似していた。そのために、若宮拝殿所属の巫女が春日大社の臨時の祭りに奉仕した。参照133ページ。

彼女たちは、神楽男《かぐらお》（男性神楽師）とともに神楽の歌舞を演じ、当時は、神楽の一種でもあった白拍子も演じていた。これは、井浦が『文保三年記』*5という資料に、巫女が白拍子ともよばれていた記録を見出して主張した事実である。白拍子の芸の源流に巫女の神楽舞を想定する私の論の保証にもなっている。

　この巫女たちが猿楽を演じた際に、前年十月二日から藤大夫《とうだゆう》という専門の猿楽師の稽古を受けたことも『鈴鹿家文書』に記されている。専門職の指導を受けながら、当初の予定でも一か月半の準備股間を必要としたことに、井浦は当時の猿楽能の成熟ぶりを推測していた。

　臨時祭の当日、白杖《はくじょう》・御幣持ち以下、細男《せいのう》*6・練り法師*7から流鏑馬《やぶさめ》*8・馬長《うまおさ》*9などまで、渡御行列のすべての役には巫女が扮して、拝殿に入って猿楽能を演じた。この渡御行列は、現在まで受け継がれ、年の暮れの若宮おん祭りに見ることができる。ただ、現在の若宮おん祭りの風流行列はそれぞれの専門職が演じて巫女の役割ではない点に大きな違いがある（参照5の「複式夢幻能の中入り」）。

　二月十日当日の演目は「翁」のほか能二番と間《あい》の芸としての乱拍子《らんびょうし》*10の計四番であった。番組は以下のように進行した。

（5）**文保三年記**　黒川春村編『歴代残闕日記』第十八冊所集。
（6）**細男**　平安時代ごろから寺社の御霊会などで歌舞を演じた芸能者。白い布で面を覆うのが特徴。
（7）**練り法師**　行列して歩く法師。
（8）**流鏑馬**　馬に乗って弓を射る武技。
（9）**馬長**　馬に乗って社頭の馬場を練り歩いた人。
（10）**乱拍子**　足遣いを主とした特殊な拍子の舞。

「翁」　露払い・翁舞・三番猿楽《さんばさるがく》・冠者公《かじゃのきみ》・父尉《ちちのじょう》
「猿楽・憲清《のりきよ》」
「乱拍子《らんびょうし》」
「猿楽・和泉式部《いずみしきぶ》」

「翁」は五番であって、まだ三番にはなっていない。翁舞を演じた女は「乙鶴《おとずる》御前」であった。彼女は曲舞の名手として世に知られ、観阿弥に曲舞を教えた乙鶴と同一人である。しかも、春日大社の巫女でもあった。この資料を介して、巫女の神楽舞と白拍子、曲舞の三者が一つにつながる芸であったことがあきらかになるのである。ここでは、当然、仮面が使用されていた。

間《あい》の出し物の「乱拍子」は、「この猿楽（憲清《のりきよ》）の間《ま》が延びたので乙鶴御前が翁面の姿で舞わる」と説明されている。このときの間狂言はのちの能と狂言の組み合わせではなく、臨時の場《ば》つなぎであった。

二番演じられた猿楽についても参考になる記事が認められる。

第一番の猿楽は、「憲清が鳥羽殿にて十首の歌詠みてあるところ」とあり、演じた巫女の名と役名が列記されている。憲清のちの西行法師が鳥羽院に召されて経信《つねのぶ》、匡房《まさふさ》、基俊《もととし》、家隆《いえたか》*11ら、当時の名だたる歌の名手をおしのけて、障子絵に「降り積みし高嶺《たかね》のみ雪とけにけり清滝川《きよたきがわ》*12の水の白浪」以

（11）**経信、匡房、基俊、家隆**　源経信、大江匡房、藤原基俊、藤原家隆。
（12）**清滝川**　京都の北部を流れる淀川水系桂川の支流。

下十首を詠んで面目を施したという西行伝説を作劇している。のちの『西行物語』*13や『西行物語絵詞』*14などに伝えられる和歌説話である。登場人物は全部で六名、演能時間は井浦の計算によると一番は五十分程度であった。かなり本格的な劇能であった。

第二番の猿楽は、「和泉式部が病となり、紫式部が見舞ったこと」とある。和泉式部と紫式部は同時代人であり、二人のあいだに交渉があったことは推定されるが、和泉式部の病気を紫式部が見舞ったという話は、通常の物語、説話集には登場してこない。しかし、井浦は執拗に探索の手を延ばし、お伽草紙の『小式部《こしきぶ》』という作品を発見した。この作では、和泉式部は紫式部の子とされている。紫式部が『源氏物語』執筆のために石山寺に籠ったとき、娘の和泉式部を継母にあずけておいたところ、和泉式部が病気となったが、一首の歌の徳によって治癒したという歌徳説話である。当時、この第二番の猿楽にしくまれたような伝承が存在したのである。

この「和泉式部」の猿楽には両式部のほかに花の精二人と《結ぶの神》が登場する。《結ぶの神》は、縁結びの神ではなく、井浦は「産霊《むすひ》の神」「造物主」即ち豊穣の神と解釈している。花の精霊に関係づければ従うことのできる見解である。

以上、二番の猿楽は、単なる呪術芸としての追儺でもないし、平安時代の

(13) **西行物語** 作者未詳。西行の生涯を記した鎌倉時代の歌物語。
(14) **西行物語絵詞** 『西行物語』を基に挿絵を付した作品。狩野晴川院養信絵。江戸時代成立。

藤原明衡《あきひら》の『新猿楽記』などが描写する奇術や曲芸を中心にすえた滑稽芸の域もすでに脱出していた。直接に、のちの能につながる説話・伝説の類に取材した劇的筋を持った本格的な劇にしあがっていた。しかも、神や精霊、男性の役柄が登場するところから判断しても仮面劇であった。

この猿楽に使用された楽器類についても『鈴鹿家文書』に「御前たちの猿楽のときの桟敷のこと」という小題で記述がある。

地謡は巫女たちが務め、拝殿の南面の東側の桟敷に座っていた。四名の囃子方を務めたのは春日社内の男性神楽師であった。小鼓役一名、笛の役一名は演奏した人名が記されており、ほかに楽器名未詳の二名の囃子方が詰めていた。

この二名について、能勢は太鼓、大鼓の役とし、井浦は銅鈸子《どうばっし》*15を想定している。中国宋代の墓壁に描かれた「大曲図」によると、楽器としては、太鼓・鼓・笛・琵琶・笙*16・ひちりき*17・びんざさら*18、などが使用されていた。それらの楽器が楽戸に継承されて伝来し、さらに、巫女神楽で、神祢宜《かんねぎ》がすでに笛、大小鼓、太鼓を伴奏楽器として使用していたことを考えれば、能勢説に従うべきであろう。

(15) **銅鈸子** 二つの銅製円器を両手で打ち鳴らす打楽器。
(16) **笙** 管楽器の一種。鳳笙とも。
(17) **ひちりき** 縦笛の一種。
(18) **びんざさら** 打楽器の一種。数十枚の短冊型の木片を紐で連ねたもの。

中国宋代の墓壁大曲（雑劇の音楽を長大化、器楽演奏・歌唱・舞踏の総合芸能）図。
前掲『中国戯劇図史』より。

小鼓役は床几に腰掛け、ほかの三名は薄縁《うすべり》に座り、身につけた衣装にも違いがあった。囃子方に身分の差があったのである。

春日若宮臨時祭で演じられたこの巫女猿楽を整理しておこう。

和歌説話などの筋のある物語を五十分程度の仮面劇に仕組んで演じていた。

演じる巫女たちは神楽、白拍子、曲舞、猿楽などの複数の先行芸能をすでに身につけていた。

伴奏音楽は地謡・小鼓《こつづみ》・笛・大鼓《おおつづみ》・太鼓《たいこ》などののち

の能の音楽がそろっていた。

舞台は臨時の拝殿であった。

猿楽能は、観阿弥が京都で「白髭の曲舞」を演じる以前、囃子方、地謡、そして劇種がここまでに発達していた。能の誕生まであと一歩であったといえるが、しかし、その一歩は天才でなければ越えることのできない一歩であったことも疑いのない事実である。

その一歩を歩むことができた人たちが観阿弥・世阿弥父子であったのである。

10　観世座の能楽界制覇

近江・丹波猿楽への挑戦―能楽界戦国乱世の終焉―

奈良の春日神社・興福寺に奉仕し、翁や鬼の役を演じていた結崎座にとって、京都へ進出し、新しい時代の権力者となっていた足利将軍家の保護下に入ることは、結崎座の発展にとって、大きな念願の達成であった。そのためには、すでに京都で活躍していた田楽座はもとより、地理的に京都に近い近江や丹波を拠点にして活動していた近江猿楽、丹波猿楽の諸座ともしのぎを削って戦う必要があった。

近江では室町時代の初めに上三座《かみ》・下三座《しも》の六座の猿楽が活動していた。『風姿花伝』の第四「神儀云《しんぎにいわく》」に「近州日吉の御神事に相随う申楽三座」としてあげる山階《やましな》、下坂《しもさか》、比叡《ひえ》の三座が上三座である。山階・下坂の本拠地は滋賀県長浜市山階、比叡座の根拠地は滋賀県大津市坂本であった。対する下三座は、滋賀県犬上郡多賀町《たがちょう》の敏満寺《みまじ》座、蒲生郡蒲生町の大森座、甲賀郡水口町《みなくちちょう》の酒人《さかうど》座であった。上と下の区別は京都からの距離の遠近による。

丹波猿楽は現在の京都府亀岡市に本拠地のあった矢田猿楽、綾部市大島の梅若猿楽、本拠地未詳の日吉《ひよし》猿楽などであった。

この近江や丹波で活躍していた猿楽座は距離的に大和の猿楽よりもはるかに京都に近い地の利を生かして、鎌倉時代のころから京都で猿楽興行を行なっていた。

近江猿楽の座が京都で能を演じた記録は能勢朝次がよく資料を拾って紹介している（『能楽源流考』）。『満済准后日記《まんさいじゅごうにっき》』*1には、永享元年（一四二九）五月五日、日吉大社の小五月会《こさつきえ》*2で近江三座の猿楽を見物した六代将軍足利義教《よしのり》が、同月二十六日、室町の将軍屋形に山階座をよんで猿楽を演じさせていた記事がある。このような例が集められている。丹波の矢田座は京都法《ほっ》勝寺《しょうじ》の修正会や賀茂神社・松尾神社の神事などに参勤し、梅若座や日吉座は京都の仙洞御所《せんとうごしょ》*3での演能を頻繁に行なっていた。

また、近江や丹波、大和の座とはべつに、京都の法成寺《ほうじょうじ》、法勝寺《ほっしょうじ》、尊勝寺《そんしょうじ》などの寺院には、そこに所属して祭事に参勤していた猿楽座が存在したことも知られている。

大和猿楽の結崎座が京都へ出向くということは、このようなライバルの他座との興行上の戦いを制することであった。

結崎座の今熊野申楽興行の持つ意味はこれだけに止まらない。

（1）**満済准后日記**　室町前期の醍醐寺座主満済の日記。

（2）**小五月会**　近江坂本の日吉大社や奈良の春日大社で陰暦五月九日に行われた祭礼。小正月は月を基準にした陰暦の正月で一月十五日。

（3）**仙洞御所**　退位した天皇（上皇・法皇）の御所。

近江の猿楽の上三座は世阿弥が指摘するように日吉大社に専属してその神事に奉仕していた。丹波猿楽の日吉座もその名称からみて、同じように日吉大社またはその末社と関係を持っていたと考えられる。

近江の日吉大社は比叡山延暦寺の地主神《じしゅしん》であり、全国の日吉（日枝）神社、山王社の総本社である。もともとは比叡山の山岳信仰の山の神であったが、伝教大師最澄が平安時代の初めに延暦寺を建立したときに比叡山の地主神に位置づけた。延暦寺とは切っても切れない関係にあった。

その事実を証明して、日吉大社に楽頭職として奉仕した山階座は、当時、正月一日から七日までの延暦寺修正会《しゅしょうえ》の際に日吉神社社頭で演じる「翁」をこの座の大夫が一人で務めた、と世阿弥は『申楽談儀』でのべている。

このようにみてくると、観阿弥の「白髭の曲舞」は当時の猿楽世界の大勢への大胆な挑戦であった。

京都に進出することは、近江、丹波を始めとして、すでに京都での興行の実績を重ねていた各座への挑戦であった。そして、今熊野（新熊野神社）での興行は、今熊野と併称されて、京都の東北の方角にあった今日吉神社へ奉仕する独占権を持っていた近江上三座や丹波日吉座への挑戦であった。

そして、「白髭の曲舞」を演目として選んだことが、比叡山延暦寺や日吉大社への専属権を持っていた近江上三座への挑戦であった。

滋賀県高嶋の町に現存する近江の白鬚《しらひげ》明神社は、大津市坂本本町の日吉大社と同様に琵琶湖周辺に、隣接して位置した神社であった。（参照8の「現行「白髭」と「白髭の曲舞」」）。

白鬚神社をテーマとした作品を演じたことは、この隣接する日吉大社専属各座へ打撃をあたえることになった。しかも、本地の延暦寺の縁起が利用されて白鬚神社の縁起に改変されていた。

さらに、将軍義満の眼に止まるように少年の世阿弥を若い漁師として舞台に登場させ、そのまえに一座の花形大夫観阿弥に慣例を変更して翁を舞わせた。『中楽談儀』に次のように記されている。

翁は、むかしは入座の順で最長老の役者が舞った。今熊野の中楽のとき、将軍家、はじめての御成りなので、きっと一番に出るはずの役者についてお尋ねがあるはずである。大夫でなくてはならないと、長老の南阿弥《なんあみ》の一言で、清次が出仕して翁を演じた。これが先例になった。

綿密に作戦を練り、万端の準備をととのえて臨んだ今熊野興行は、成功をおさめ、当時の猿楽界の戦国乱世に終焉を告げることになった。観阿弥は、すべての挑戦に勝利を占めたのであった。一敗地にまみれた近江、丹波の各座はやがて大和申楽の軍門に降り、ツレや地謡方として吸収され、座としては消滅していったのである。

能楽界の制覇

今熊野興行の申楽の構成は次のように整理できる。

Ⅰ　翁
Ⅱ　白髭曲舞
1　ワキ大臣次第・治まる御世讃美
2　こゑ・ワキ大臣名乗り
3　ワキ詞・帝の霊夢により白髭明神へ参詣の勅使
4　ワキ大臣とワキツレ数人の従者道行・明神への道行
5　一声・シテ漁翁とツレ若き漁夫二人・湖水の春景を称える
6　ワキ大臣とシテ漁翁問答
7　シテ漁翁語り・白髭明神の讃美
8　ワキ大臣とシテ漁翁問答・シテ白髭明神と本体を現して、縁起を語り舞う現行曲「白髭」にそのままにとりこむことができたほどのみごとな結構をそなえている。演能時間は現在の半分程度であった。現在を一〇〇として計算すると、室町時代の中期までは現在の半分以下、音阿弥《おんあみ》*1の頃は四〇前後、室町末期は六〇。江戸時代初期は七〇、中期は八〇、末期は九〇となる。

逆に、室町中期の音阿弥の頃を一〇〇として計算すると、室町末期は一五〇、江戸中期は二〇〇、いまは二四〇。将来は三〇〇に達するであろう。

能一曲の上演時間がこのように変化したことには、舞台の拡大と能の式楽化の二つの理由が考えられる。

近代以前に舞台が二間四方から三間四方に拡大し、幕府を中心とし、諸大名、神社などの儀礼や祭祀に演じられる式楽となった。この事実が演能時間の延長を招いた。近代以降では、式楽から継承された古典演劇観が重視された結果、上演時間はますます長くなった。

各種記録によると、大和申楽の流れを汲む四座一流は次のように権門勢家と結合し、その保護下にあった。

金春　公家一条家・豊臣秀吉
宝生　小田原北条・徳川幕府

(1) **音阿弥**　三代目の観世座大夫。世阿弥の弟の四郎の子で観阿弥の孫。

観世　室町幕府・徳川幕府
金剛　徳川幕府
喜多　豊臣氏・徳川幕府

すでに説明したように、能に「クセ」とよばれる長大な七五調を基本とした叙事的韻文が加えられたのは、観阿弥の「白髭の曲舞」に始まる。クセは、多くはシテ役の物語りで、恋物語り、戦語りなどの自己の体験を語る場合と、寺社の縁起や故事来歴を語る場合とがある。この謡事の基本演出は大部分を地謡が謡い、シテは舞台中央にじっと座っている居グセと、立って舞う舞グセがある。観阿弥の「白髭の曲舞」が舞グセであったことは、世阿弥が各種の著述でくりかえし強調するところである。居グセの演出がのちに生まれた段階で曲舞に代わってクセと記すカタカナの表記法が確立した。

舞クセの演出のなかで登場した観阿弥と世阿弥父子は十六歳の青年将軍義満の眼を充分以上にひきつけることに成功した。

観阿弥の事跡は、息子世阿弥が残した伝書に詳しく、「大柄であったが、女を演じると優美であった」「大和猿楽伝来の鬼の能にすぐれていた」「貴顕にも民衆にも愛された」（いずれも大意）などの記述が散見される。

子の世阿弥は希代の美少年で、能芸に秀で、十三歳のときにすでに鞠《まり》や連歌に堪能であった（二条良基の記録）＊2。大和猿楽本来の芸風は物真似を基本とし、荒々しい鬼能などを本領としていた。世阿弥の幼名鬼若丸または鬼夜叉はこの鬼能と関わる名であった。京都進出後の観世座は《京がかり》＊3とよばれる優美な芸風をもって義満の愛顧にこたえた。世阿弥が十二歳のときに藤若と名を改めたのはその象徴であった。

観世一座が人気を博した原因は、大和猿楽が得意とした物真似芸に、田楽の優美な舞、南北朝に流行したリズミカルな曲舞の音曲を取り入れた新演出が、当時の観客の心に強い感興をおよぼしたためとみられる。

世阿弥は、『五音』の冒頭で、ライバルの近江猿楽や田楽が衰退していったなかで、大和申楽だけが、観阿弥工夫の観世節を守り、世阿弥が壮年期を迎えた応永（一三九四〜一四二八）のころから、当世を代表する遊曲になったと、能楽史を総括していた。

世阿弥はいう。

> 当道の音曲は大和節《ぶし》、近江節、田楽節の三者に限られている。大和節は亡父観阿弥の節《ふし》を規範としている。他方、近江は犬王道阿《いぬおうどう》＊4の節を用い、田楽では亀阿弥《きあみ》＊5の節が行なわれている。しかし、この二つの節はいまではむかしの曲風として伝わるだけで、これらの先人の没後は、達人が絶

（2）**二条良基の記録**　二条良基の書状の記事（百瀬今朝雄「二条良基書状―世阿弥の少年期をかたる―」）。

（3）**京がかり**　京風。

（4）**犬王道阿**　近江猿楽比叡座の能役者。通称犬王、法名道阿弥。優美な芸風で天女の舞を得意とした。

（5）**亀阿弥**　喜阿弥とも記す。観阿弥と同世代の田楽新座の役者。

え、師となるべき人はいなくなり、近江猿楽や田楽は能を作書する人が絶えてしまった。

ただ当流だけは、亡父観阿弥の流儀を正しく伝えているために、この曲が自然に広まって、応永年間以来、当世を代表する遊曲となった。

観阿弥の今熊野上演の「白髭の曲舞」がきっかけとなり、現在に連なる能が誕生し、観阿弥・世阿弥父子の観世座は能楽界の完全制覇に成功したのであった。

V

日本文化の象徴

11 日本文化の象徴としての能・狂言

11　日本文化の象徴としての能・狂言

日本人の多神信仰

これまで、中世の能と狂言が、大陸の宋・明などの文化の影響を受けずには誕生できなかったことを強調しすぎるほどに強調してきた。能と狂言にかぎらず、中世誕生の日本文化は、政治、経済、仏教、神道、祭祀、芸能、芸道など、いずれをとっても、その形成に大陸文化の影響を受けていた。

こまごまとのべてきたように、能と狂言の成立に大陸の儺戯の果たした役割は大きかった。そもそも神霊劇の能と現世の人間劇の狂言を組み合わせて交互に演じることじたいが中国の儺戯の上演法であった。さらに儺戯を中心とした大陸演劇と能には次のような類似点を挙げることができる。

最初に最高神を迎え、最後に送り返す
最高神の力を借りて悪鬼、幽魂の類を追放して終る
仮面（神）と直面（人）を交互に上演する

仮面は神霊世界、直面は現世を表現する
大陸仮面に能面との類似性がある
儺戯や宋・元の演劇は、共通して、亡霊慰撫の主題（能では夢幻能）を持つ
完成した上演法が五番の構成を持つ
演劇が成熟した時代は、大陸が先行し、能がやや遅れるが、ほぼ同じである

しかし、ここで、はっきり断っておかなければならないことがある。

中世成立の日本文化がただ大陸の影響を受けただけで、何の独自性も持っていなかったなどとはけっしていえないという事実である。海外からの伝来文化を寛容に受け入れ、それらを摂取・消化して在来の文化と融合しながら新しい伝統を創りあげてきた日本人の特色が、中世文化、そして能や狂言にもはっきりと見て取ることができるのである。

日本は多様な神仏を尊崇する多神信仰の国である。対する中国は道教を中心とした一神教的多神信仰の国である。一神教信仰のように唯一絶対神を信仰してほかの神々の存在を認めないのではなく、道教の神々を中心にすえながらも、その支配下に多様な神仏を秩序づける信仰体系を持った国が中国であった。

中国の儺戯に最初に招かれる神々は、道教・仏教・儒教・民俗神など多種

多様で、ときには二百種を超えることもある。その事実は祭壇に張り出される神々の名や絵姿、祭司の読み上げる神名によって確認できる。しかし、それらの神々の祭壇の中央には決まって道教系の神々がどっかと座っている。

中国江蘇省南通県僮子戯*1の祭壇には、巫師たちが祭りに先立って、懸命にしるした神名、描いた神像などの色彩ゆたかな紙片がすきまなくはりめぐらされていた。すべては祭り招かれる神々であるが、中心には道教の神々が位置する。

（1）**僮子戯** 僮子は子どもの意味。祭祀や芸能を主催する巫師たちの呼称。

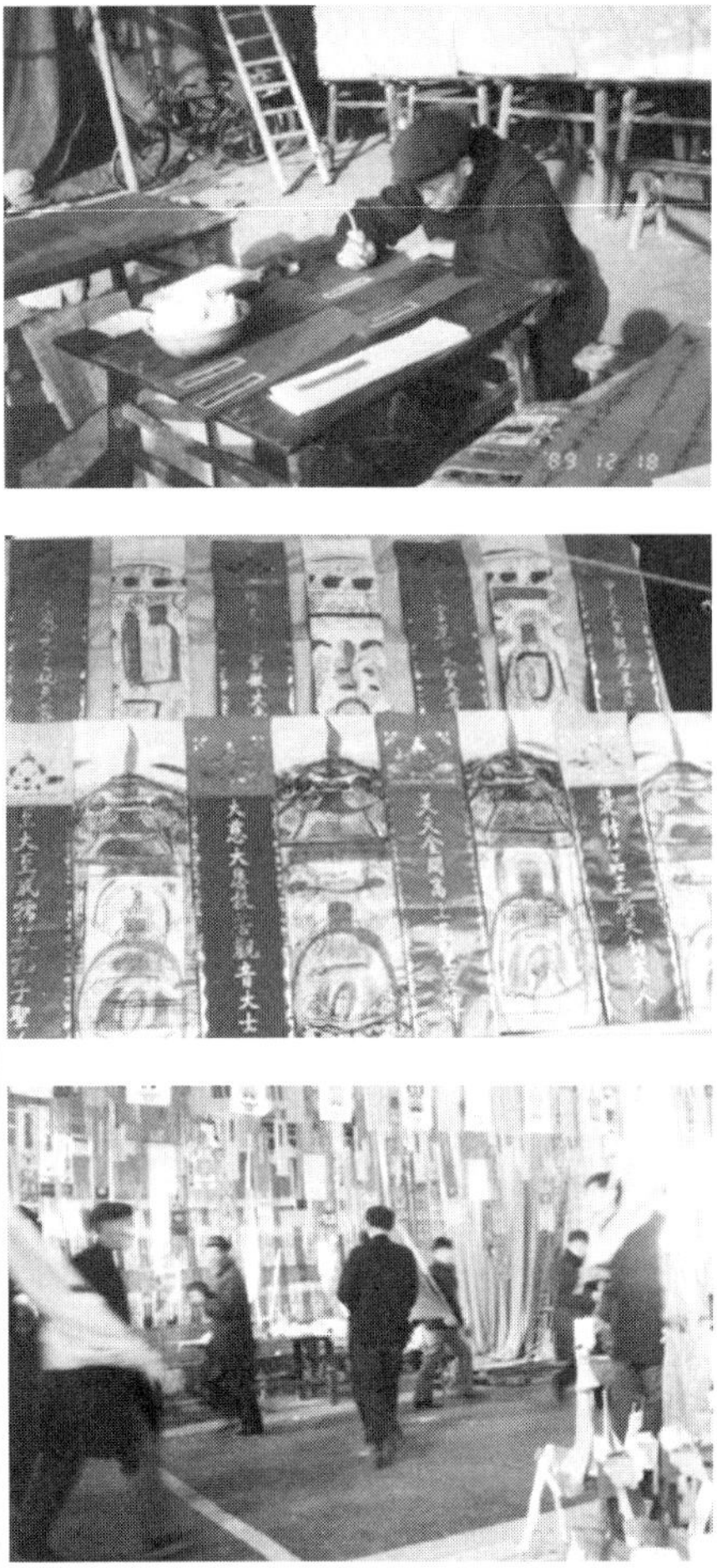
中国江蘇省南通県僮子戯

対する日本の能・狂言は多神信仰の産物であり、一神教的多神信仰の産物である中国の芸能や演劇とは本質を異にしていた。

日本人の信仰する多くの神々のなかで、基本となる信仰対象は、大地の神、女性の神、太陽の神の三種の神々である。この三種の神々への信仰は日本文化の各分野の基層を形成している（諏訪春雄『大地　女性　太陽　三語で解く日本人論』）。

三種の神々のなかでも、能に登場する日本の神々は広義の大地の神が主体であった。

この事実は能で神々が主役の位置につく脇能に登場する神々によってもあきらかである。住吉明神（「高砂」「白楽天」）・老松の神（「老松《おいまつ》」）・出雲大社の神（「大社」）・竜神（「岩船《いわふね》」「玉井《たまのい》」「竹生島《ちくぶしま》」）・北野天神の末社桜葉《さくらば》の女神（「右近」）・天照大神（「絵馬」）・別雷《わけいかづち》の神（「賀茂」）・呉織《くれはどり》の霊＊2（「呉服《くれは》」）・大伴黒主の霊（「志賀」）・鶴と亀の霊（「鶴亀」）白大夫《しらたゆう》の神＊3（「道明寺」）などなどの神々である。

海神、雷、太陽、植物、動物、人間、いずれも広義の大地の神々である。

（2）**呉織の霊**　中国江南の地から機織りの技術を伝えた女性の霊。

（3）**白大夫**　菅原道真が大宰府へ流されたとき、道真の伴をしたという道真の臣下。のちに神と祀られる。

変身装置としての依代《よりしろ》――小屋・舞台――

日本人の信仰する多様な神々は、能・狂言の本質形成にどのように関わっているのか。これまでも論究してきた問題であるが、ここでまとめて考えてみる。まず、変身のための装置である依代《よりしろ》からみていこう。

文明が進み、シャーマンの自力による変身力が弱ってきた段階では（参照5の「祭祀と芸能の分業形態」）、変身のための補助装置が必要になる。それが神々を招き寄せる依代である。民俗学者の折口信夫《おりくちしのぶ》が普及させた術語である（諏訪春雄『折口信夫を読み直す』）。

依代は神の変化したものまたは神の憑く所であり、目標・通路・座という三種の機能を持っている。その依代には自然物と人工物の二種があり、巫や役者の変身補助装置の依代は人工物である。代表的な依代の種類を次に挙げる。

自然物
樹木　岩石　山　水　音響　人間（ヨリマシ・ヒトツモノ・巫女・童）
動物　神籬（ひもろぎ）*1　ほか

（1）**神籬**　神霊を招くために榊などの常緑樹を立て、周りを囲って神座としたもの。

人工物
御幣　旗　幟　柱　杖　剣　鐺　天道花*2　ウレツキ塔婆*3　オハケ*4
山車《だし》　山鉾　神輿　鏡　神像　人形　神社　色彩　化粧　面　音楽　ほか

依代はもともと神そのものか、神の象徴であり、神が動きまわると観念された段階で誕生した。依代の種類がこれだけ多いということは、日本人の信仰する神の種類の多様さにそのまま対応している。

依代は祭りのために使用されるだけではない。芸能や演劇においても強力な変身装置としての役割を果たす。芸能・演劇のための劇場、舞台、大道具、小道具、衣装、化粧、面、音楽などのすべてが、広義の依代である。そして、この依代の本質を比較することによって、大陸の中国や朝鮮の芸能と、日本の能・狂言との、類似性と違いが歴然と見えてくるのである。

日本人の大地の神への信仰は、山、樹木、海、川などへの信仰となり、多くの場合に女性神の信仰と結合して、大地母神に対する信仰となる。大地母神の信仰は、能の小屋、能面、化粧、演技、作品などのすべてにいきわたっている。

芝居の小屋の全体像からみていこう。

中世にはすでに鼠木戸《ねずみきど》ともよばれていた狭い入口から入って、土間に座っ

（2）**天道花**　山からツツジ・フジなどの花を摘んできて、高いさおの先に結んで立てる神の依代。
（3）**ウレツキ塔婆**　枝葉を残した生木の卒塔婆。
（4）**オハケ**　祭りで特定の家・期間だけに設けられる神棚。青竹の先に御幣や神符をつける。

て舞台に出現する神々と交流して生命の再生を実現する芝居小屋の構造全体は、大地母神の母胎になっている。能舞台が橋掛かりという通路と高床《たかゆか》づくり・鏡板《かがみいた》（松羽目《まつはめ》）の幽暗の舞台から成っているのも大地母神の産道と子宮への信仰である。松は大地の神の降臨する樹木の依代である。縄文住居のむかしから、大地母神の母胎に包まれて安定するという日本人の心情が、現在の能の劇場と舞台にまで継承されてきた。

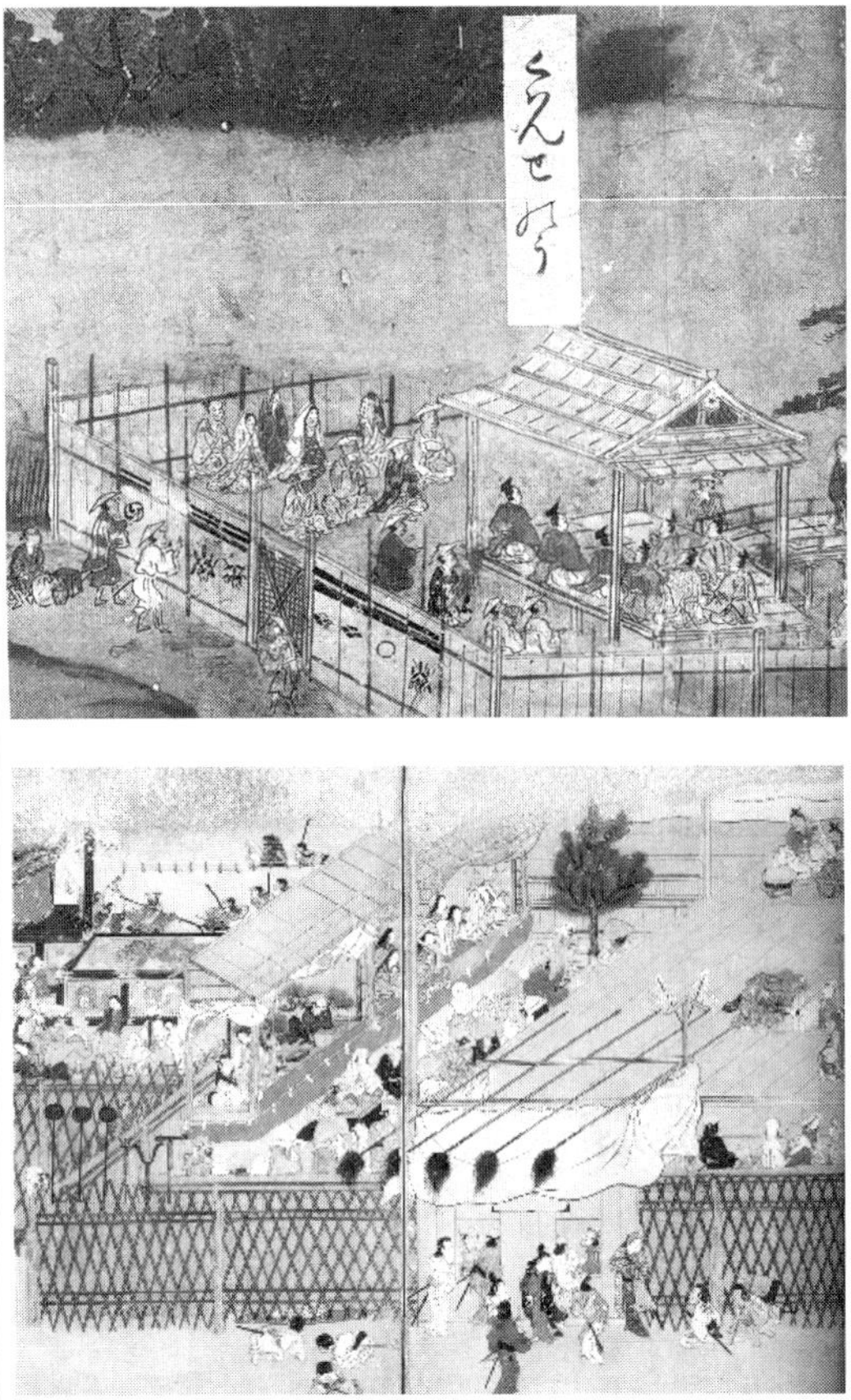

町田家本洛中洛外図に描かれた近世初頭の観世能の舞台。静嘉堂所蔵四条河原図屏風の描く近世の能舞台。『歌舞伎開花』より。

能舞台の鏡板の様式は、中世末には確立していた。現存最古の能舞台は京都の西本願寺の北能舞台である。天正九年（一五八一）建立の墨書きがあり、豊臣秀吉建立の聚楽第《じゅらくだい》*5から移建したものといわれている。この舞台の羽目《はめ》にすでに松が描かれている。歌舞伎でいう松羽目《まつはめ》である。

この松は、一般には、奈良春日大社の影向《ようごう》の松を写したものとされているが、はやく折口信夫は室町時代に流行した民俗芸能の松囃子《まつばやし》の影響を考えている。松囃子は、正月に小さな松の木を山から持参して各戸に配ってまわる祝福芸人で、能舞台の鏡板の原型となった。

歌舞伎などでは松羽目とよぶのに、同じ場所を能ではなぜ鏡板というのか。鏡板と併せて考えなければならない能の用語が鏡の間《ま》である。楽屋から橋掛かりに出る揚幕の内にある部屋である。いつも姿見の鏡が掛けてあるのでこの名がある。鏡の間は神聖な場所とされ、婦女子を入れず、黒塗りの腰掛である鬘桶《かずらおけ》をおくほかは敷物もない。神酒と頭《かしら》つきの魚を乗せた三宝が二つおかれている。

鏡の間は能役者に神が降臨して変身する場所である。鏡は神の御霊代《みたましろ》、つまりご神体である。そのためにとくべつに神聖視されてきた。狭い空間のなかに籠って神と合一して変身する、まさに大地母神の母胎に対する信仰である。同様に、鏡板もまた役者が神に変身する場所である。本田安次は、能舞

（5）**聚楽第**　豊臣秀吉が京都に造営した邸宅。じゅらくていとも。

台に鏡の間がなかった中世に、その代わりとして役者は舞台の鏡板のまえで変身したのだとのべていた（『能及狂言考』）。そこには松の木が描かれている。しかし、本来は鏡の間の役割、つまり変身の場であったところから鏡板とよばれた。

正月の門松の習俗にも見られるように、古来日本人は、松を神々の依りつく樹木として神聖視してきた。奈良の春日大社の影向《ようごう》の松は、春日の神が降臨した樹木として有名であるが、じつは、春日大社のほかにも「影向松」「迎神松《げいしんしょう》」の名で伝えられる神木の松は日本全国にひろがって分布する。

鏡板に象徴されるように、日本の能舞台は大地の信仰に支配されている。対する中国の舞台は天の信仰に支配されている。

原初の舞台が神を迎え、神に捧げる芸能の場として、神殿まえに設置された祭壇の延長上に設営されたという成立事情は、日本も中国も違いはない。中国の舞台（戯台）の位置は次のように図示される。

神殿――祭壇――戯台

日本の舞台の位置も、現在各地に残されている神楽殿の位置からあきらかなように中国と同様である。日中舞台の本質的違いは迎える神の種類にある。

私が一九八〇年代に調査した中国山西省に保存されていた宋代、元代の舞台の形態は日本の舞台ときわめてよく似ていた。石壇の上に四本の柱を建て屋根を支えている。『清明上河《せいめいじょうが》図《ず》』*6などに見られる宋代の盛り場の仮設小屋は柱を使用した高床《たかゆか》式*7・破風《はふ》切妻《きりづま》*8屋根の舞台であった。

四角の舞台が大地を現わし、柱が神の降臨する目安と通路の機能を果たしていることは、日本の舞台と共通する。

『江戸図屏風』に描かれた江戸初期の神田明神社の神楽殿。
『歌舞伎開花』より。

大きな違いは天井にある。中国の舞台は、すべて天井には円形、八角形などの木枠の飾りがある。これは天を表現している。中国では、古来、天は円形、地は四角と信じてきた。『荘子《そうじ》』には、

荘子《そうし》曰く、周、これを聞く。儒者の円冠を冠するは、天の時を知り、句履《くり》を履くは、地の形を知る。

と儒者が冠る円形の冠と方形の履物に

（6）**清明上河図**　北宋の都の開封（河南省開封市）の光景を描いた絵巻。北宋の宮廷画家張択端（ちょうたくたん）の作。市外から市内に流れる河を遡上しながら両岸の風景を描く。参照19ページ。

（7）**高床式**　高い柱の上に床を張った建築様式。

（8）**破風切妻**　切妻は山形の形状をした屋根。その屋根の両端が三角になっているのが破風。

ついて、天と地を表わすと説明している。

まず天の神が円形の天井に降臨し、柱を通って方形の舞台に現われる。この天井の飾りを日本の能や歌舞伎の舞台に見出すことはできない（諏訪春雄『日中比較芸能史』）。

中世、近世の勧進能＊9の能舞台には正面に神の座が設けられている。のちに能や歌舞伎の小屋正面の櫓《やぐら》に継承されていく。こうした神の降臨する櫓を設けることは中国の祭祀でも見ることができる。しかし、中国の祭りの場の櫓から祭壇に導かれる神々は天の神々である。

それに対して、日本の芝居小屋に招かれる神々は、大地の神、女神、太陽の神である。芝居小屋全体の構造が大地母神の胎内であることはすでにのべた。近世になって、花道＊10が造られ、引幕が生まれると、舞台正面を北とみなし、東を上手《かみて》、西を下手《しもて》とよんで、小屋の内部の風景が東回りに展開するように配置される。太陽の東回りにならった演出であった。

引幕＊11は、現在では下手（舞台に向かって左）から上手（舞台に向かって右）に開き、明けておくときは上手に絞る。しかし、江戸時代までは、幕は上手から下手に開く。風景は上手、つまり東から展開したのである。

（9）**勧進能**　参照「8の新熊野神社の能興行」

（10）**花道**　舞台向かって左手に、舞台と同じ高さで、客席を貫いてまっすぐに延びている通路。貞享・元禄ごろ（一六八四～一七〇四）に仮設され、享保中ごろ（一七一六～三六）から常設となった。

（11）**引幕**　左右に開閉する幕。上下に開閉する幕は緞帳（どんちょう）という。

京四条河原女歌舞伎の舞台。能舞台を利用していた。江戸芝居の櫓と絵看板と文字看板。すべて神々の依代である。
前掲『歌舞伎開花』より。

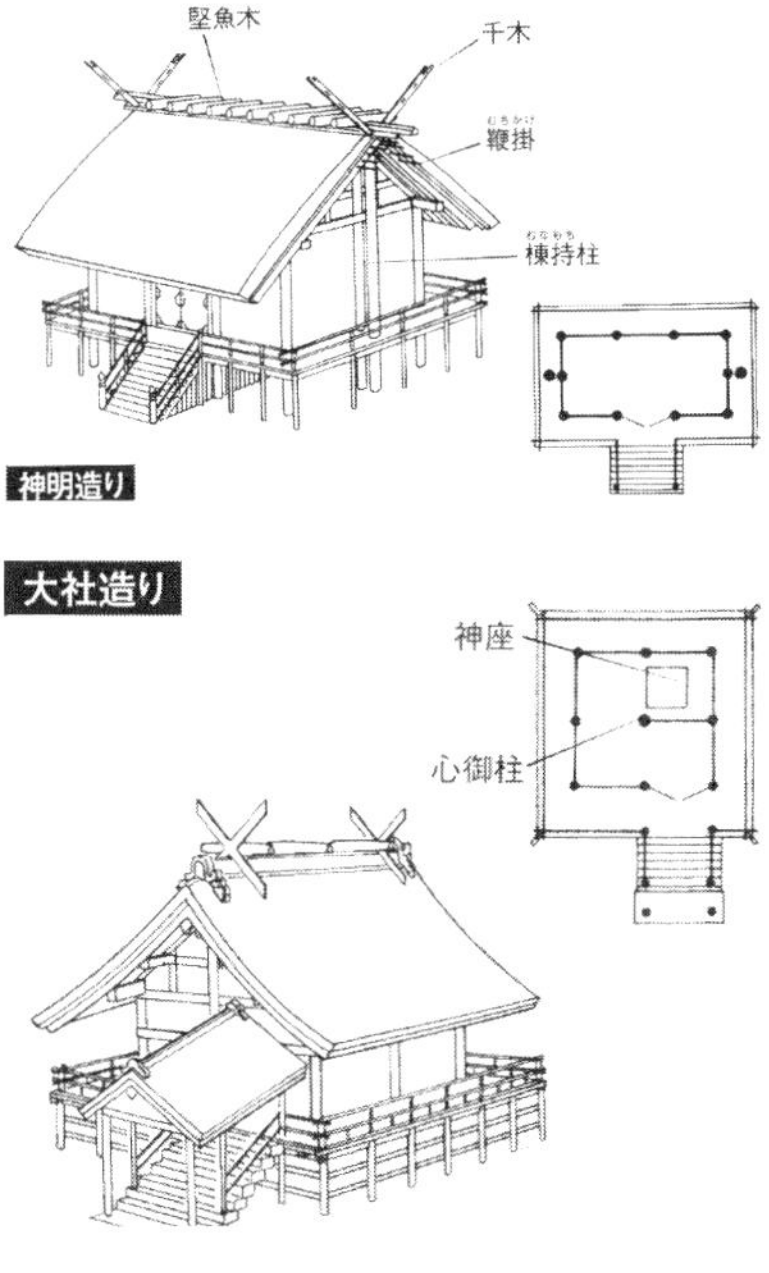

出雲大社と伊勢神宮『古代の神社建築』より

江戸時代中期の歌舞伎舞台。能舞台をそのままにのこした本舞台の前と横が拡大し、風景は東から開け、東回りの太陽信仰の原理によって、引幕や花道の位置が決められた。
『中国戯劇図史』より

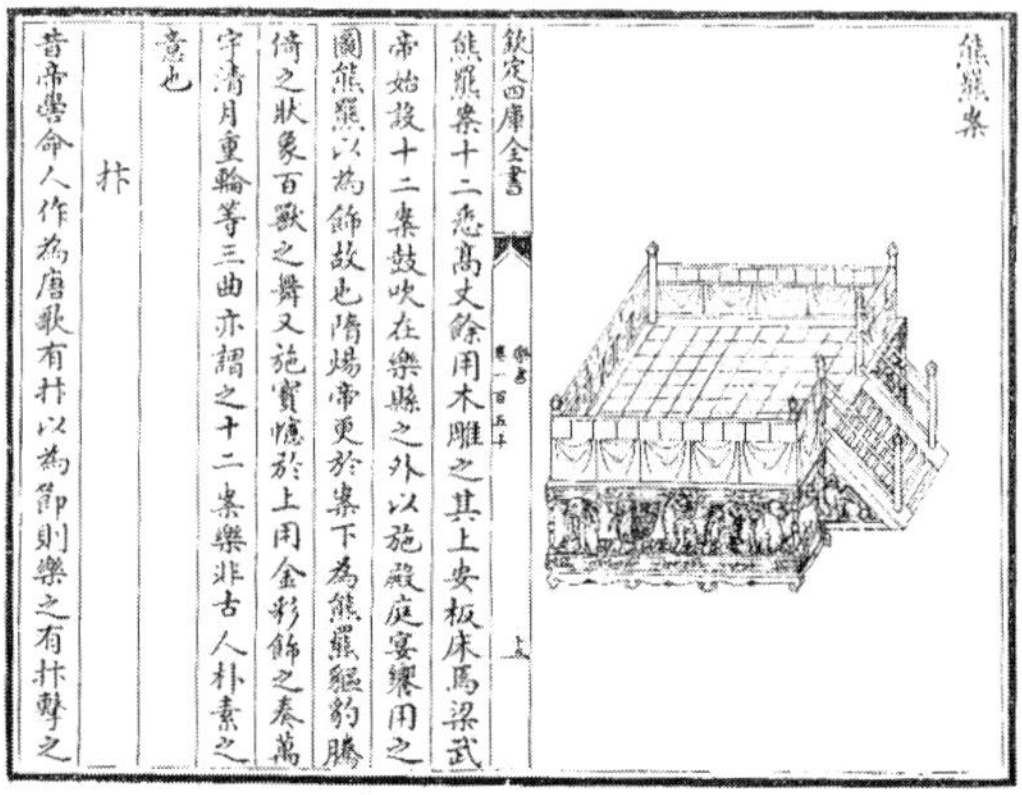

熊羆案

欽定四庫全書

熊羆案十二悉高丈餘用木雕之其上安板床焉梁武帝始設十二案鼓吹在樂縣之外以施殿庭宴饗用之圖熊羆以為飾故也隋煬帝更於案下為熊羆貙豹騰倚之狀象百獸之舞又施寶幰於上用金彩飾之奏萬宇清月重輪等三曲亦謂之十二案樂非古人朴素之意也

扑

昔帝嚳命人作為唐歌有扑以為節則樂之有扑擊之

熊の装飾のあるところから熊羆案《ゆうひあん》とよばれた
中国隋唐時代の舞台。『中国戯劇図史』より

『中国戯劇図史』より

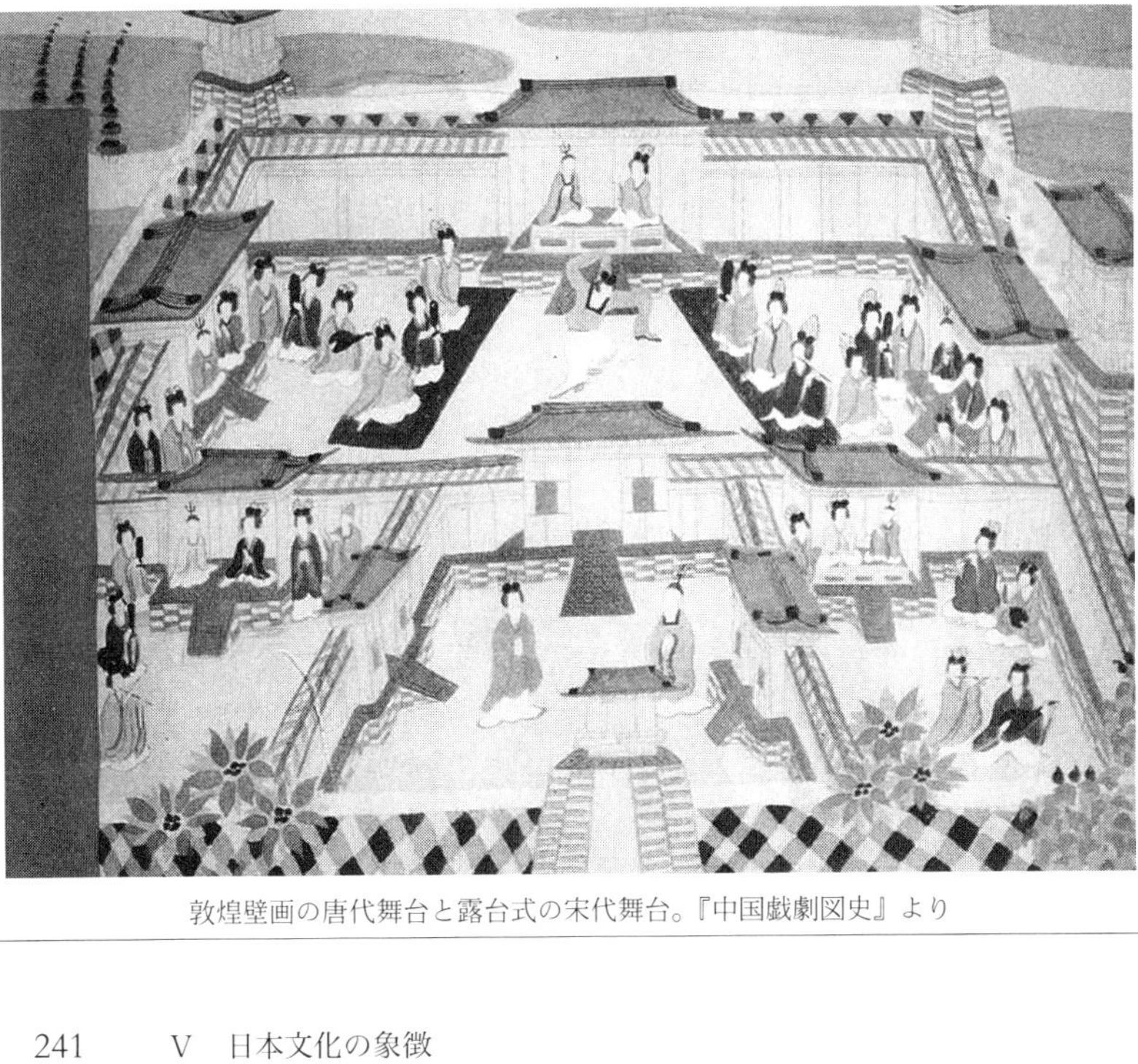

敦煌壁画の唐代舞台と露台式の宋代舞台。『中国戯劇図史』より

明代南京城郊外臨時舞台図。以上、前掲『中国戯劇図史』より

江蘇省の祭祀の場の向こう正面櫓。招かれる主神は天の神々。

山西省元代舞台と天井中央の藻井（天蓋）。円形・八角の天井は天、四角の舞台は大地、四本柱は天地を結ぶ通路の機能を果す。

天に延びる中国の舞台、北京故宮清代舞台。

仮面と化粧

同じ依代から、役者の仮面と化粧をとりあげて彼我の違いをさらにみていく。

大陸の仮面は頭部に多様な神々を宿らせ、顔面に極彩色の色を塗る。その神々は陰陽・天地を表わす太極図に始まって、陰陽五行思想にもとづく五方五色思想に及ぶ。

東西中南北の五方にそれぞれの神がおり、それらの神々は、青白黄赤青の五色に色分けされる。この五方五色思想が大陸仮面や役者の化粧の色彩の支

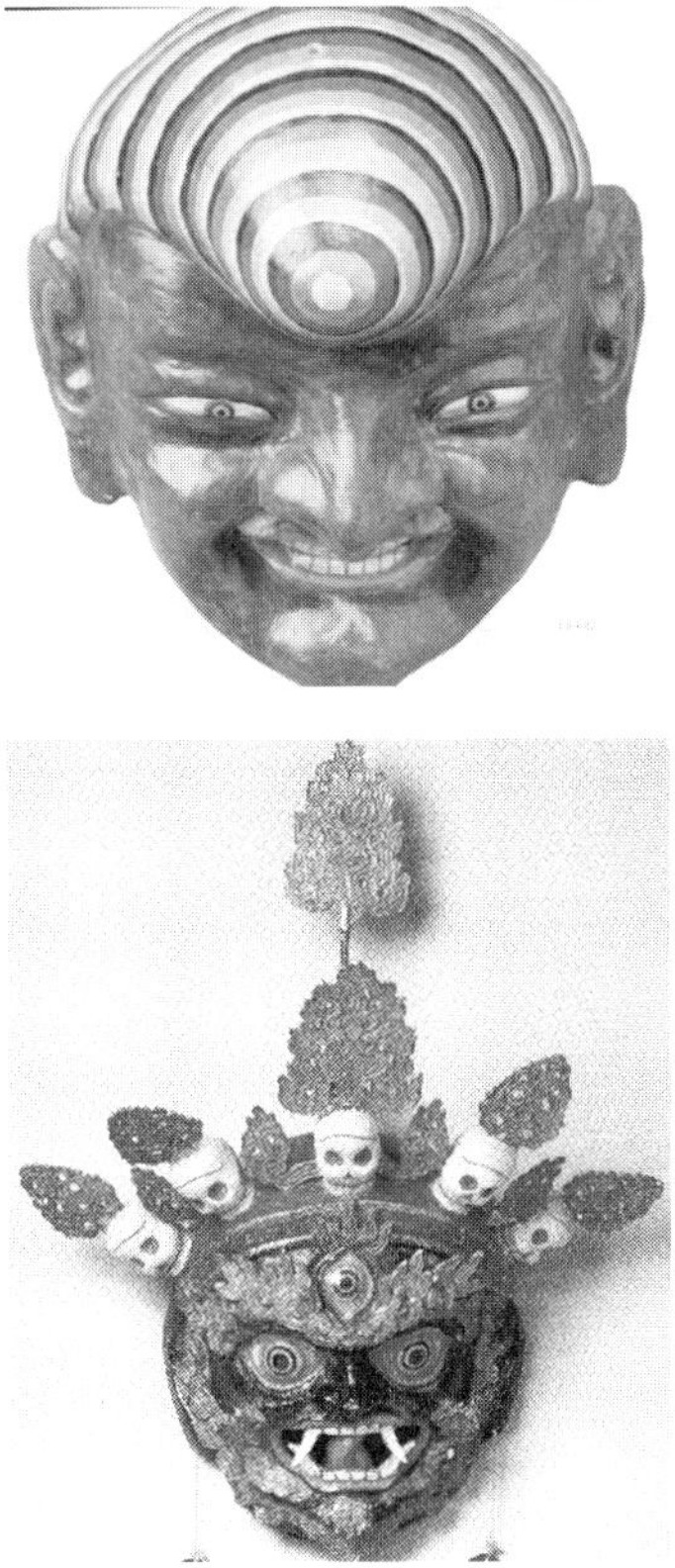

神は頭部に色彩となって宿るチベット仏教劇チャムの仮面と頭部に五柱の神が宿るチベット仏教劇チャムの護法神の仮面。『中国少数民族面具』より

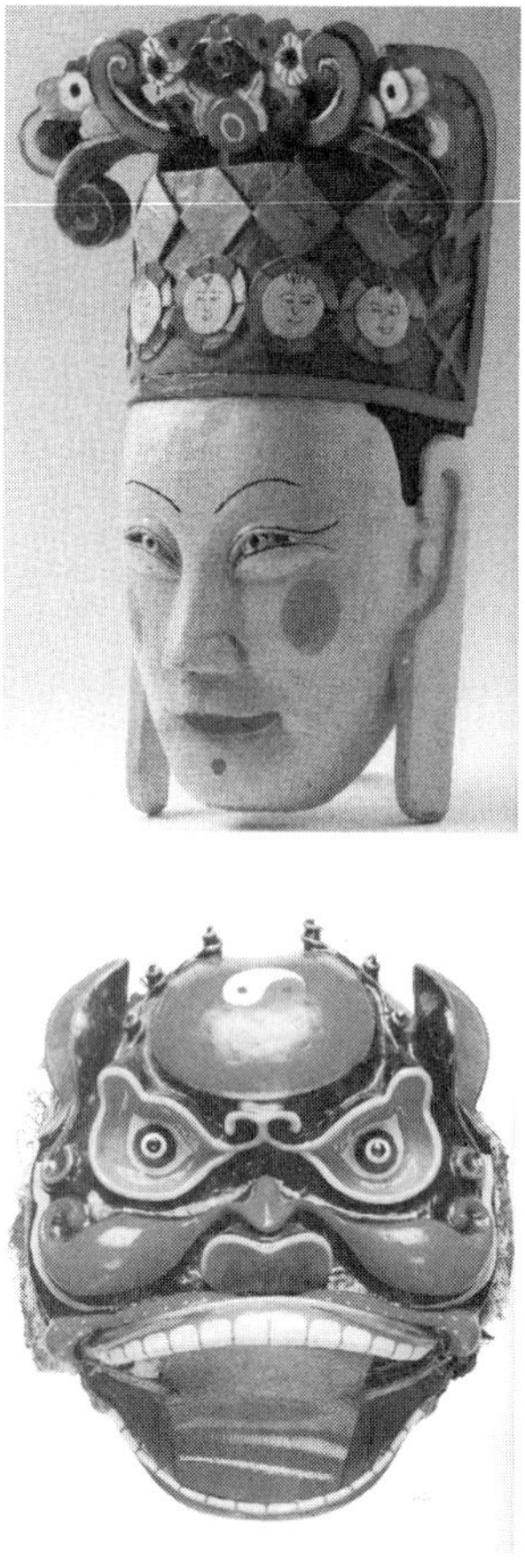

五柱の神を宿らせた広西省毛南族仮面と太極を宿らせた雲南イ族の仮面。
『中国少数民族面具』より。

配原理となっている。

この大陸の五方五色思想は、日本の能面には存在しない。

頭部に神が宿るという信仰はそもそも仮面を誕生させた原動力であり、日本の能面もその信仰のもとに誕生した。その点は共通であるが、しかし、能面は五方五色の原理に支配されていない。

たしかに、竜神の竜、藤の精の藤、「鵜羽《うのは》」*1 の豊玉姫《とよたまひめ》の鵜など、頭部にその神を象徴する飾りをおくわずかな例はあるが、五方の神々を宿らせることはない。

降臨する神々の素性を限定することによって、中国仮面は、一つの仮面で一つの役柄を表現するだけであるが、その限定のない能面は一つの面で複数の役柄に対応することができる。能役者は一つの仮面で複数の役柄、つまり

（1）**鵜羽** 番外曲。『記紀』神話に登場する鵜羽葺不合命（うのはふきあえずのみこと）の誕生譚を仕組んだ作。

中国貴州省布衣族の仮面。
広西省毛南族の仮面。
前掲『中国少数民族面具』より。

「鵜羽」の豊玉姫（竜女）。春日竜神。
『中国少数民族面具』より

複数の神々に扮することができるのである。

一対一の大陸仮面に対し一対多の能面という違いは化粧にも見られる。中国演劇の化粧の瞼譜《れんぷ》は唐代に原型が誕生し、宋・元・明の演劇で完成した。瞼譜は人間の役者に施されるだけではなく、仮面の彩色にも応用されている。

瞼譜とよく似た日本演劇の化粧法は歌舞伎の隈取《くまどり》である。しかし、先行する能面に歌舞伎の隈取のような化粧が施されることはない。そして、瞼譜を施された大陸仮面や瞼譜の化粧をした役者は厳密に一つの役柄しか表現できないが、日本の能面、そして隈取も一種で複数の役柄に対応できる。

隈取は近世中期の江戸で成立した。役柄を色彩で表現し、人間の異常状態、

（2）**貴州省地戯**　貴州省安順地方の仮面劇。

『中国少数民族面具』より

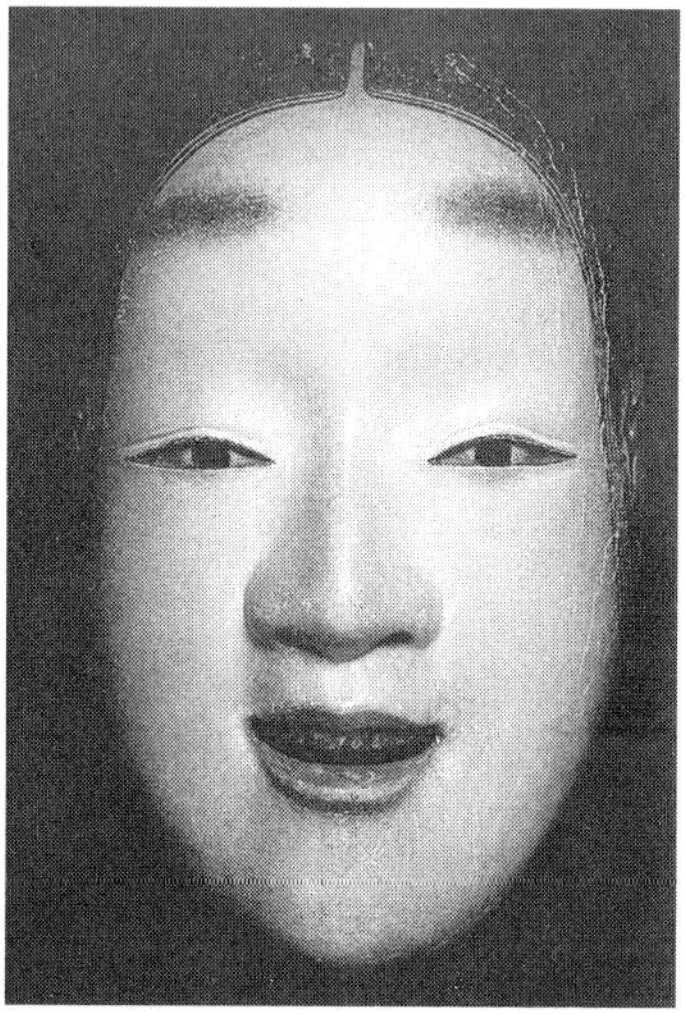

一仮面で一つの役柄しか表現できない中国仮面に対し、一仮面で複数の役を表現できる日本の能面。貴州省地戯＊2の女武将と能の女面。能面にも、前掲の「鵜羽」の豊玉姫のように用途限定の一枚面も少数存在する。『幽玄の花』より

変身を表現する本質に臉譜との共通性がある。しかし、相違も大きい。

赤系統の暖色は正義、黒系統の寒色は悪を表わす隈取に対し、臉譜の黒は武力を表わし悪ではない。彼我の色彩感が異なる。また、臉譜と隈取には、色彩を「塗る」と色彩を「ぼかす」の相違がある。塗ることによって役柄を限定し、ぼかすことによって複数の役柄に対応する。さらに、同じ能面がテラス（上向き）とクモラス（下向き）によって多様な感情を表現するように、隈取も局面の変化に応じて多様な感情を表現する。

このような違いの根底には、一神教的多神信仰に対する多神信仰という対比が厳然と存在する。神と人を区別する大陸の仮面や臉譜に対し日本の能面と隈取は同一の種類で神と人を表現する。人は神になりうるという日本特有の観念がそこに働いているからである。

『歌舞伎開花』より。

不動と「矢の根」＊4 の曽我五郎。
『歌舞伎開花』より。

古典芸能を貫流する人は神になりうるという観念を表現する隈取。神と人がほぼ共通の隈取をする。雷神菅原道真と梅王《うめおう》丸《まる》＊3。前掲『歌舞伎開花』より。

（3）**雷神菅原道真と梅王丸**　『菅原伝授手習鑑』の雷神となった道真と道真の臣下の三つ子の兄弟の一人梅王丸。

（4）**不動・矢の根**　七世市川団十郎が選定した市川家「歌舞伎十八番」のうち。

中国の一神教的多神教の象徴としての臉譜。
京劇と川劇。
『中国民間美術全集　面具臉譜巻』より。

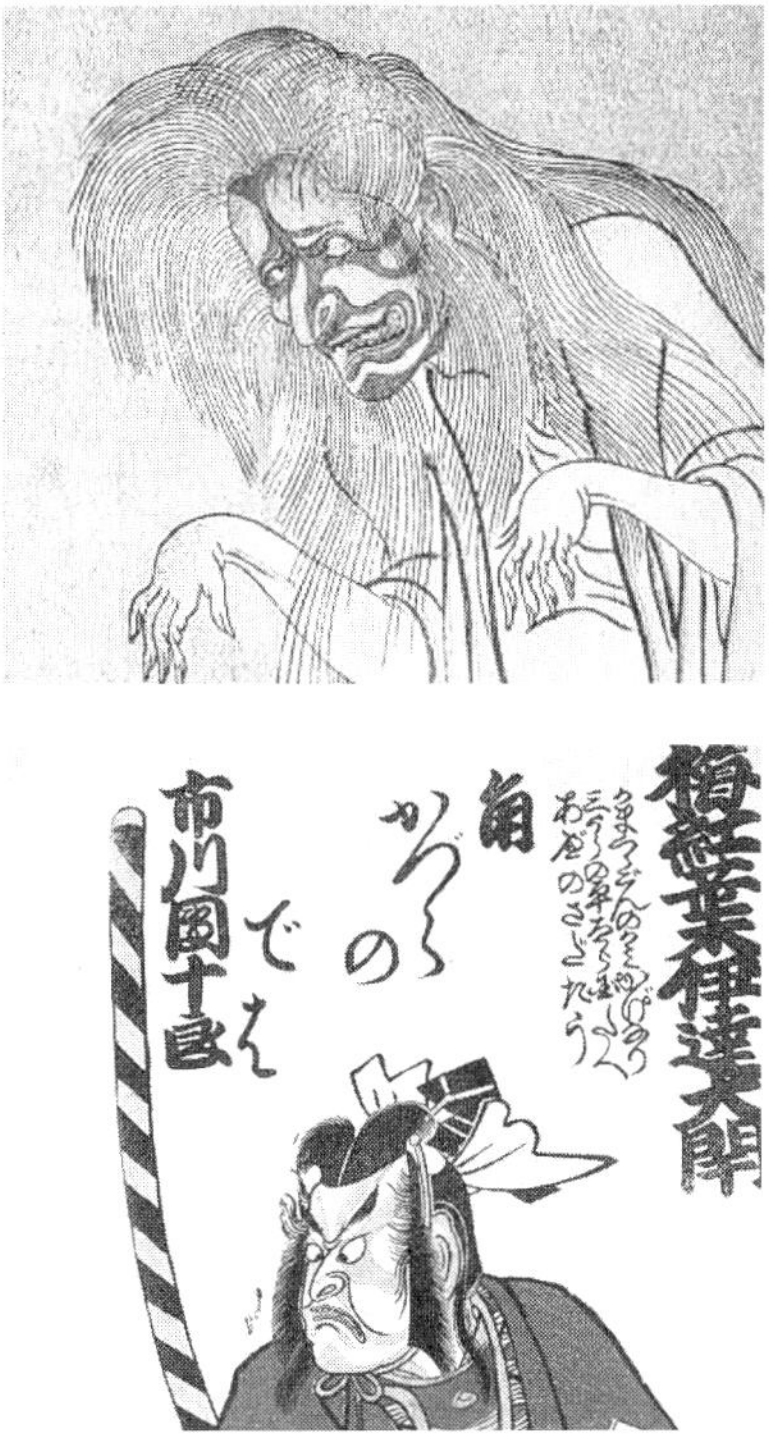

死と生も交流する隈取。
桧垣婆《ひがきのばば》亡魂＊5と三浦平太郎＊6。
諏訪春雄編『江戸の華　歌舞伎絵展図録』より

（5）**桧垣婆亡魂**　能「桧垣」に取材した歌舞伎の登場人物。
（6）**三浦平太郎**　「梅紅葉伊達大門（うめもみじだてのおおきど）」で四代目市川団十郎の演じた主人公。

臉譜　豫劇と河南越調＊7　前掲『面具臉譜巻』より

（7）**川劇・豫劇・河南越調**　川劇は四川省を中心に演じられている伝統劇。豫劇は豫州（河南省の旧名）を中心に広まった伝統演劇。河南越調は河南省の一部で行われた豫劇とは異なる地方劇。

中国湖南省懐化市、臉譜を塗る巫。

切《きり》の鬼能

能の作品の主題に踏みこんでみよう。五番立ての興行で最後に演じられる五番目物、切能は鬼をシテとして登場させる作品を演じるところから鬼能ともいわれる。このように番組の最後に鬼を登場させ、その鬼を克服、追放して一日の興行を終わるのは、母体としての追儺の精神が生きつづけているからである。

野上豊一郎は切能五十三番を次のように分類した（『能二百四十番』）。

働《はたらき》物《もの》＊1
　神体物　竜神物　怪神物　天狗物　準天狗物　鬼神物　鬼畜物　亡霊物
早舞物＊2
特殊舞踊物
祝言物

野上の苦心がうかがわれる分類であるが、鬼能と一口にいわれる作品の内容の複雑さをも表わしている。働物にかぎっても、善悪の神、竜神、天狗、

（1）**働物**　勇壮で活発な囃子と所作が特色の作品。
（2）**早舞物**　公家の霊や女の霊が楽しげにのびやかに舞う舞事が中心を占める作品。

善悪の鬼、亡霊などがそのなかに含まれている。

この分類は、さまざまな異質の超越的存在をすべて鬼の名で一束にくくったということではなく、じつは、日本の鬼の性格の複雑さを示している。そこからも日本人の神信仰の本質が能に反映している様子がうかがわれるのである。

野上が鬼神物の最初にあげている作品は「野守《のもり》」である。

旅の山伏が大和の春日野の野中の池で、野守《のもり》の老人から、むかし鬼が所持していたという鏡の物語を聞かされる。その夜、山伏は、塚のなかから出現した鬼神によって、天上界から地獄の底までを映し出すという不思議な鏡を与えられる。山伏はその鏡の力で世界を見通すことができた。

「野守」の鬼神。『幽玄の花』より。

これに対し、鬼畜物の最初には「紅葉狩《もみじがり》」があげられている。平家の武将平維茂《たいらのこれもち》は信濃の戸隠山《とがくしやま》に鹿狩りに出かけ、紅葉狩りを楽しむ美しい女たちに出あう。酒宴に招かれて盃を重ねるうちに眠りにおちいると、女は恐ろしい鬼神の正体を現わす。そのとき、石清水《いわしみず》八幡の末社の神が維茂に太刀をさずけて身の危険を知らせる。その太刀をふるって維茂は鬼神を退治する。

この二作品によって日本人の観念する鬼には、善悪二種があり、能はその二種を作品に仕組んでいたことが分かる。

とすれば、善悪の神、天狗なども、日本人の考える鬼のなかに含まれていたのではないか。

私は、以前に、中国、朝鮮、日本の三国の鬼を比較考察したことがある(『霊魂の文化誌』)。こまかな考察の過程ははぶいて、導き出した結論だけを紹介する。

最初は中国の鬼である。

中国の鬼の正体は凶悪である。中国の鬼は本来自然に存在する精霊であり、のちに主として死者をさすようになった。本来の鬼は善悪両様の性格をそなえた存在であったが、祖先という観念が確立した段階で、子孫の祭祀を受ける祖霊と、受けない鬼とに分けられて、鬼は悪、凶とみなされるようになった。

善悪両様の性格をそなえた存在であったとき、鬼は、神、妖怪（精怪）、幽霊の三者を包括していたが、凶悪のイメージを付与されるようになって神と分かれた。神と分かれた鬼は、妖怪（精怪）と悪霊の両者に完全に重なった。宋代、元代の演劇に登場する鬼はこの神と分かれた凶悪な存在であった。

福建省目連戯に登場する死者を迎える地獄の鬼。
四川省川劇の地獄の鬼。

次は朝鮮の鬼である。

朝鮮の鬼の正体も凶悪である。朝鮮の鬼は中国の鬼の性格をほぼそのままに受けついでいる。鬼は、本来、善と悪の二つの性格を持ち、宇宙に遍満していた。人間と交渉するときは悪の存在になる。鬼は神と異なり、神が陽の存在であるのに対し、陰の存在であり、陰気を好んで陽気を嫌う。鬼の人への依りつき方は、人の外にあって操る場合と、人の内に入って害する場合とがあり、多くは後者である。

鬼の誕生は、もともと存在したものと、べつのものから転生したものと、二つの種類があった。前者は、山川、湖沼、山沢、川辺、林間などの、陰気

京劇の鬼。
『中国民間美術全集　面具臉譜臉譜巻』より。

チベットのチャムの羅刹女の仮面。
『中国少数民族面具』より。

に満ち、人を恐れさせる場所にもともと存在した鬼である。べつのものから転生した鬼には、生物と無生物の二種がある。生物は人間をはじめ、鳥獣虫魚などである。人間以外の生物が鬼になるのは、その寿命が長くなって人との接触が多くなったもの、あるいは人から苦痛をあたえられたものなどの、精気が凝って祟りをする鬼になる。

無生物、たとえば家具、器具などが鬼に変わるのは、その使用期限が長くなったもの、あるいは人体に触れたもの、ことに人の血、汗などに触れたものである。これらの無生物が鬼になるのは、そこに鬼が宿るためとも、それらの無生物にも精霊が存在し、その精霊が鬼になるのだとも信じられている。

このように悪一色に染めあげられた大陸の鬼に対して、日本の鬼の本質は、はるかに複雑であり、善悪二つの相反する性格を現在にまで保存している。

日本の鬼も自然に充満する霊魂即ち精霊であるという本質は中国や朝鮮と一致するが、日本独自の本質が認められる。

まず、日本の鬼は誕生の歴史が比較的新しいにもかかわらず、神との区別があいまいである。たとえば、日本海沿い一帯に分布するナマハゲ、アマハギ、アマメハギなど、歳末から正月にかけて民家へ訪れてくる来訪神は、鬼とよばれて、恐ろしい仮面をかぶっているが、本質は先祖の神々である。また、民俗祭祀で《春来る鬼》とよばれることのある来訪神のうち、山の精霊の本質は山の神であり、仮面をつけて登場する鬼も修験道系の善鬼つまり広義の神である。これは、本来一体であった神と鬼が、日本では時が経過してもその分離がなかったことによる。

五番目の切能の鬼のなかに善悪の神がまじっているのは日本の鬼の性格の表現である。野上豊一郎が神体物にあげた「国栖《くず》」*3 のシテは蔵王権現であり、怪神物にあげる「小鍛冶《こかじ》」*4 のシテは稲荷明神の使いの狐である。さらに竜神物の「大蛇《おろち》」*5 のシテはヤマタノオロチである。これらの善悪両様の神々がすべて日本の鬼の概念に入るのである。

(3) **国栖** 大友皇子の追手をのがれて吉野山中に入った天武天皇が老翁の接待を受け、天女の舞を見、蔵王権現から招来を祝福される筋。

(4) **小鍛冶** 三条小鍛冶宗近が霊狐の助けで名剣を鍛える筋。

(5) **大蛇** 記紀神話で有名なスサノオの大蛇退治を仕組む。

「小鍛冶」の後ジテの稲荷明神のお使い。
『幽玄の花』より。

日本の鬼にも、自然系と人間系、生者と死者の両方があり、また、すでにみたように、善悪の両者が存在する。基本的に、修験道系の鬼は善であり、仏教系の鬼は悪であるが、混交の激しい仏教の鬼にも善鬼が存在する。

善鬼として修験道の祖役行者に仕える前鬼と後鬼。『東武美術館　役行者と修験道の世界展図録』より　善神として信仰される修験道の天狗、武蔵国高尾山の開運魔除けのお札。

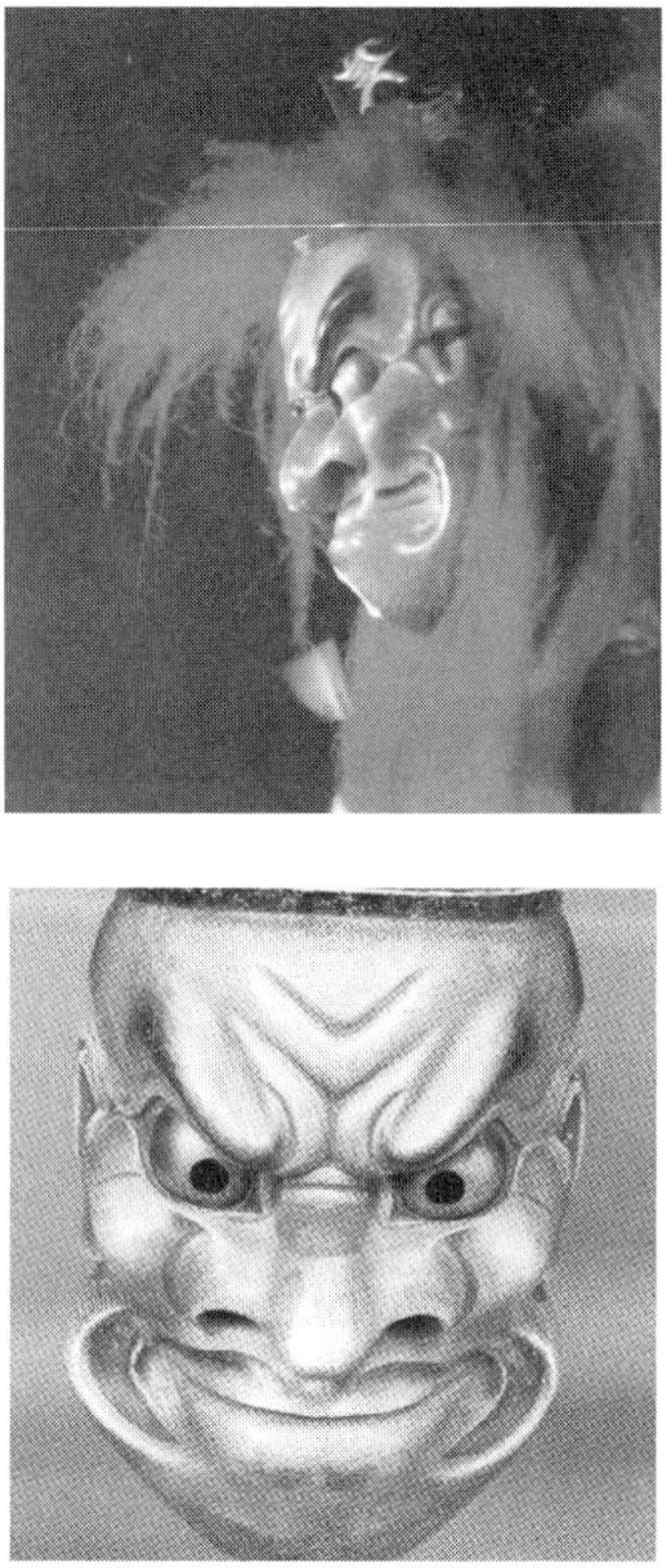

「鞍馬天狗」の後ジテの天狗と天狗面の大癋見《おおべしみ》。『幽玄の花』より。

野上は天狗物、準天狗物を鬼のなかに加えている。「鞍馬天狗」*6 の前シテは山伏として出現し、のちに天狗と本体を現わす。天狗も修験道では守護神として信仰され、逆に、仏教では祟りを働く法敵とみなされている。修験道で善神とされる鬼のなかに天狗が含まれるのはそのためである。

日本の鬼も妖怪や幽霊と重なるが、その重なり方は中国や朝鮮ほど完全ではなく、かなりのずれもある。人間の死者の鬼は妖怪とは異なり、自然系で生者の鬼も幽霊と区別される。幽霊は死者であるのに対し、妖怪は基本的には生者であるからである。

日本の鬼が中国や朝鮮の鬼と大きく異なる点はまだある。人の心のなかの鬼、敗者の鬼などの、本来は派生的、比喩的存在の鬼を実体化してその存在

（6）**鞍馬天狗**　牛若丸のちの源義経が鞍馬山の天狗から武術を授かる筋。

を信じていることである。

　このように、中国や朝鮮の鬼と比較して複雑な性格をそなえる鬼もまた、日本人の多神信仰、神人交流の信仰の産物であり、能、そして狂言の鬼はその実態をそのままに舞台化しているのである。

能の演技―物狂い―

　多様な神々を信仰する日本人の育てた能は、舞台上で役者が変身する際に、これらの多様な神々を招きよせ、その力を借りる。

　神信仰が能の演技にはどのように関わっているのか。大陸演劇とどこが違うのか。次に、能役者の演技に注目してみよう。

　世阿弥が『風姿花伝』の「物学条々《ものまなびじょうじょう》」に指摘しているように、物狂いの能は「憑き物ゆえの狂い」と「思いゆえの狂い」に大別される。世阿弥はいう。

　「憑き物ゆえの狂い」の憑き物の種類には、神仏・生霊・死霊のとがめなどがある。その憑き物の体を学べば、憑き物のための狂乱の演技は容易にしどころを身につけることができる。他方、親に別れ、子の行方を尋ね、夫に捨てられ、妻に死に遅れるなどのもの思いから狂乱する「思いゆえの狂い」も重要である。かなりの演技者でも、この思いの種類を理解せず、ただ一様に狂いまわるので、見る人に何の感動もあたえないことになる。

この世阿弥の物狂い論を手掛かりに大陸演劇と日本の演劇の「狂い」の演技論を検討してみよう。

一般に、霊魂には、物（身体）から遊離する霊と物（身体）を離れない霊の二種がある。中国の魂《こん》と魄《はく》はその二種を現わしている。自由霊（遊離霊）・身体霊ともよばれ、ほとんど世界的に見られる普遍的現象である。

中国古代の歴史書『春秋《しゅんじゅう》左氏伝《さしでん》』*1 の「昭公七年」の条には

　人間が生まれて、最初に動き出すのを魄といいますが、魄ができますと陽、すなわち霊妙な精神もできますもので、それを魂といいます。さまざまな物を用いて肉体を養うのに、そのすぐれた精気が多いと魂も魄も強くなります。そこでその魂魄が精明になると天地の神々と同じはたらきをするようになります。（『新釈漢文大系』）

と説いている。中国の魂に相当する遊離霊（自由霊）、魄に相当する身体霊

（1）**春秋左氏伝**　春秋時代の年代記『春秋』の注釈書。紀元前七世紀頃から約二百五十年間の歴史を説く。

という観念は日本にも存在する。次の歌は遊離霊を詠んでいる。

なげきわび空に乱るる我が魂をむすびとどめよしたがへのつま（『源氏物語』葵《あおい》）

「したがへのつま」は着物の裾の内側。嘆き悲しんで空に乱れ散った自分の魂を着物の内側の裾を結び合わせることによって身体にもどすことができるようにというまじないの歌である。

次は身体霊についてのべている。

うしろめたげにのみ思しおくめりし亡き御魂《みたま》にさへ瑕《きず》やつけ奉らんと（『源氏物語』椎本《しいがもと》）

姫宮の身を心配しながら死んでいった父八の宮の死後の魂にさえ傷をつけることになると気遣っている内容である。

なぜ遊離霊と身体霊の観念が存在するのか。私は葬式の形態から遊離霊と身体霊の観念が生まれ、シャーマニズムの脱魂・憑霊の二型から世阿弥の規定する物狂いの二つのタイプが生まれたと考えている。

そして、葬式の形態とシャーマニズムの二型を決定する根本原理は自然環境と生業である。

葬式は、地球規模で四つの形式がある。土葬・火葬・水葬・風葬である。このうち、身体が残り、変質する土葬と風葬から遊離霊の観念が生じ、身体と霊魂がともに消失する火葬と水葬から身体霊の観念が生まれた。そして、葬儀の形態の原型は自然環境によって決まった。

同様に、巫の形態も自然環境と生業が決定する。中国全土の主要地区のシャーマニズムの分布図をみると、華南の地、ことに長江以南に稠密に憑霊型（ポゼッション型）のシャーマンが存在するのに対し、黄河以北の華北の地には憑霊型が姿を消し、わずかにみられる巫は脱魂型（エクスタシー型）に限られる。この分布状態から採集狩猟経済が脱魂型を生み、生業が農耕経済に変化していくと憑霊型に変わっていくと考えられる。

世阿弥がいう「憑き物」も「物思い」も遊離霊（自由霊）の働きである。「憑き物」が他の存在の遊離する霊の働きであることは、理解しやすい。しかし、「物思い」もまた、古代人には、自分の遊離霊が身体から離れることであった。次の和泉式部《いずみしきぶ》の歌は例証となる。

物思へば　沢の蛍もわが身より　あくがれいづる魂《たま》かとぞ見る（後拾遺集・

和泉式部）

世阿弥の物狂い能の規定は、他者の遊離霊が自分に入りこむか、自分の遊離霊が離れるかの違いであって、シャーマニズムの憑霊型（ポゼッション型）と脱魂型（エクスタシー型）に対応する区分であったことが分かる。ともに遊離する霊の働きであった。狂いという芸態の根底には男女シャーマンの呪術芸が存在した。

ここまでは、大陸と日本で大きな差はない。問題はその遊離霊に対する考え方の違いにある。中国、そして朝鮮も、身体を離れた霊は帰るところをうしなうと激しい祟りを働く怨霊に変わる。

魂魄二つの霊魂のうち、魂は気であり神であり、対する魄は死者を意味する鬼であり、魂の気と一つに成る機会をうしなうと死体は土にかえる。このような観念から、中国で他人に祟る怨霊は魂がもどってこない身体霊の魄であった。他人に対する恨みよりも子孫に祀られない魄が鬼《き》となって恐ろしい祟りを働いたのである。従って、中国演劇では、物狂いとは、幽鬼・怨霊の祟りであり、祈り伏せ・退散させないかぎり、物狂いが救済されることはなかった。

私は中国の目連戯の舞台でこのような他人に祟る幽鬼の演技を見た。たと

死神が現世の人を他界へつれていく。
福建省甫田、銀奴と劉氏。

えば、福建省甫田《ほでん》の目連戯では、死人の怨霊が死神となって、目連の母劉氏《りゅうし》と召使銀奴《ぎんど》の後ろに寄り添い二人を狂気に導き、やがて地獄へ連れ去った。

それに対して、日本人は遊離霊をかならずしも絶対悪とはみなさなかった。しばしば、同情、悲哀の対象となった。能の物狂いは、恐怖よりもむしろ憐れみを誘う芸態である。

じつは能では、数も種類も圧倒的に「物思いゆえの狂い」が多い。「物思いゆえの狂い」の能は四番目能として、一つの分野を形成するほどに多くの名作が生まれた。対する「憑き物ゆえの狂いの能」の代表作は、「卒塔婆《そとば》小町《こまち》」＊2「巻絹《まきぎぬ》」＊3などで、数は多くない。この二作では小野小町に四位少将の怨霊が乗り移り、「巻絹」では巫女に音無天神《おとなしのてんじん》が乗り移る。

近世の舞踊理論書の『舞曲扇林《ぶきょくせんりん》』＊4（初代河原崎権之助《かわらざきごんのすけ》著）は、歌舞伎舞踊の狂乱の所作の心得として、

　妻の事、我子の事思うゆえに狂乱になりたる事なれば

と規定し、世阿弥の指摘から「憑き物ゆえの狂い」をはずしている。祭祀性の強い中世の能から人間の対立・葛藤を中心主題とする演劇性が強化された近世の歌舞伎への変化を示している芸論であり、舞踊の主題として、肉親を思う悲哀の主題を強調していた。

「卒塔婆小町」の小町。少将の怨霊にとりつかれ、物乞いのための笠を持って身もだえする。
『幽玄の花』より。

（2）**卒塔婆小町**　零落して物乞いの老女となった小野小町に四位の少将の霊が乗り移って恨みをいう。参照次ページ。

（3）**巻絹**　熊野権現に巻絹の奉納を命じられた都の男の危難を、男の歌に感じた音無天神が巫女に乗り移って救う。参照次ページ。

（4）**舞曲扇林**　元禄時代に成立した舞踊を中心とした歌舞伎の理論書。著者初代河原崎権之助は役者で江戸の芝居小屋河原崎座の創立者。

近世の歌舞伎の物狂いの芸能に変化が起り、憑き物の狂いが消えた。その理由は、肉親の情からの狂いが悲哀の情を誘って、観客の同情をよぶことができたからであった。

憑き物、物思いのいずれの能でも、強調された主題は悲哀や同情である。物思いが悲哀であることは理解しやすい。しかし、憑き物もまた悲哀を中心の主題とする。「卒塔婆小町《そとばこまち》」の主題は少将の怨霊の恐ろしさではなく、小町のもとに九十九夜も通い詰めても思いをとげなかった男の哀れさであり、「巻絹《まきぎぬ》」の主題は熊野権現に巻絹を納める期限に遅れて捕縛された男の哀れさと、巫女に乗り移って救済した音無天神《おとなしてんじん》の恩寵であった。

恋人を思い狂乱になった歌舞伎に登場する女たち。道成寺物の白拍子＊5と櫓のお七。
『江戸の花　歌舞伎絵展図録』より。

（5）**道成寺物の白拍子**　能の「道成寺」を継承した歌舞伎の舞踊劇。道成寺の僧安珍に恋した清姫の亡霊が白拍子となって出現する。

狂いの演技一つにも大陸演劇と日本の能の違いが明瞭である。

能の足遣い—舞と踊り—

さらに能役者の演技について考える。

能役者の所作は足の裏をぴたりと床につけたままの摺《す》り足で運歩する「ハコビ」が基本である。舞踊の動きをいう舞と踊りの術語を使うなら舞が基本である。

現在、一般に使用されている舞踊ということばは、江戸時代にはなく、明治になって、ダンスということばの翻訳語として生まれた。明治十一年(一八七八)の十月から翌年の四月にかけて刊行され、当時としては画期的なベストセラーとなった英国の政治小説『花柳春話《かりゅうしゅんわ》』(ロード・リットン作、織田純一郎訳)に現われたのが舞踊の使用例の早いものである。このことばを術語として定着させるうえで大きな役割を果たした書が、明治三十七年(一九〇四)に刊行された坪内逍遥の『新楽劇論』*1 であった。この書のなかで、逍遥は舞踊をそれまでの舞や踊りに替えて使用した。

すでにふれたように(巫女神楽・白拍子・曲舞・猿楽能)、舞は「まわる」の意味で、旋回運動中心、滑るように足を使い、角《すみ》をとる、意識的に制御された

(1) **新楽劇論** 国劇を文明列国の評価に耐えるものとするため、刷新を説いた新舞踊劇論。

日本固有歌舞が神楽に入った伊勢神宮倭舞と山形伊佐沢念仏踊り。

所作（右写真参照）をいう。角をとるとは舞台の四隅を踏むことである。中国最古の漢字辞書『説文解字《せつもんかいじ》』は、舞を「楽《がく》なり」と解説していた。音楽に乗った動きで、能の「ハコビ」にあてはまる。対する踊りについて『説文解字』は「跳《ちょう》なり」と説明している。跳躍運動中心で両足を大地から離す所作をいう。

舞と踊りの発生もまたシャーマニズムの憑霊型（ポゼッション）に由来する。憑霊型は、神迎え・神降臨・神送り、の三部構成をとり、神迎えは、五方の神*2への祈り（角《すみ》をとる旋回運動）、正調の音楽、制御された静的動き、などを特色とする。この神迎えが舞を生む。これに対し、神降臨は、動的、熱狂的、跳躍、破調の音楽などの特色を示し、踊りにつながる。

（2）**五方の神**　陰陽五行思想により、東西中南北の五つの方角にそれぞれ神が存在するとする。

しかし、日本の能が舞を基本の動きとするのに対し、大陸の芸能が踊りを基本とし、百戯《ひゃくぎ》、雑伎《ざつぎ》など、ときには軽業、曲芸などの激しい身体技にまでつながるのは、神降臨の跳躍運動という発生論だけではとらえきれない現象である。大地の神を信仰し、大地から離れようとしない能に対し、天の神を信仰し、天空への憧憬を表現する原動力が、基本の動きの違いを生み、舞と踊りをそれぞれに現代にまで保存させたのである。

中国浙江省紹興の目連戯に取り込まれた軽業芸。

呼吸と気

能と狂言の独自性をさらに呼吸法から考えてみる。日本芸能の呼吸論の源型もまた世阿弥の芸論にある。世阿弥は『花鏡《かきょう》』で呼吸法について次のようにのべていた。

能の発声はまず調子、次に機《き》、第三に声に出すこと。発声に際しての高低の調子は機がなかに籠めて持っている。笛の調子の音程をしっかりと把握し、機に合わせて、目をふさぎ、息を充分に吸いこんで、そこで発声すれば、その声は調子にしっかりと合うのである。それなのに、調子だけを耳でとらえて、機に合わせないで発声するならば、声が調子に合うことはほとんどない。調子を機に籠めて発声するので、一調《ちょう》・二機・三声と定めるのである。

ここで世阿弥のいう「息」は呼吸と考えることができる。「調」は楽器の笛の音調であり、「声」は発声である。では、彼が大切にする「機」とは何か。

世阿弥が機についてのべた文がべつに存在する。『音曲声出口伝《おんぎょくこわだしくでん》』である。原文のままに引用する。

ふしは型木、かかりは文字うつり、きょくは心なり。およそ息も機も同じ物、ふし、きょくといふもおなじ文字なれども、うたふ時は、ならひやう＊1別なり。

（1）**ならひやう**　習い方。

この文から「およそ息も機も同じ物」だけをぬきだせば、世阿弥は息と機を同一といっているようであるが、じつは、その前後は、「ふし」と「きょく」は同じ「曲」という文字で表記するが、謡い方には違いがあることを強調した文脈の流れがあって、機と息は違うことが前提になっている。「一見同じにみえても本質は違うのだ」という論旨の運びである。

そのように考えて、『花鏡』の文「機に合はせすまして、目をふさぎて、息を内へ引きて、さて声を出だせば、声先《こわさき》調子の中より出づるなり」を読めば、機と息は違うことがはっきりする。

機について能勢朝次は『世阿弥十六部集評釈』で、次のようにいう。

機は気である。それは吸ひこんで丹田＊2に収めた息を、じっと保って、

（2）**丹田**　へその下。

　適当の発声の機会まで内に籠めてゐる気である。息と気合と機会との三つの要素に分かって考へることも出来る。

と説明している。世阿弥の機は気であり、息と気合と機会の三者が一つになっているという。

この説明は納得されるが、しかし、重要な疑問がのこる。世阿弥が「気」を避けて、「機」と表現した理由はなぜか。気合とか機会の意味を持たせるために「機」という文字を使用したという理解でよいのか。

その伝書類に縦横に中国の演劇論や哲学を引用していた世阿弥が中国の「気」の意味を知らなかったはずはない。彼にはその気を避けて「機」と記さなければならない深刻な理由があったのである。

能の呼吸である《息》について、二十六世観世流家元清和《きよかず》（清河寿）は次のような芸談を残している。

「息ひけ」は声帯を締めて余計な息をもらすなの意、「息盗め」は息を殺せの意、「息つめろ」は歌舞伎や文楽同様、息を集中した状態を保ての意である。

能の「姨捨《おばすて》」＊3 のクライマックス、老女の亡霊が昔を懐かしみつつ夜

（3）**姨捨**　旅の男の前に、信濃の姨捨山に捨てられた老女の霊が現われて、昔をなつかしんで舞を舞う。

明けを迎える場面の謡「秋よ友よと思いおれば夜もすでに白々と」の、「思いおれば」と「夜もすでに」のあいだは音が切れても息はつがない。月光から陽光に転じる鮮やかさを見せるために。ここで息をつぐと、不思議に観客には分かる。（「朝日新聞夕刊」）

また、呼吸と芸能の関係を科学的に追及する生理学者本間生夫《いくお》は、呼吸つまり息について次のようにのべる。

シテ方に「隅田川」*4 の子を失う母を研究室で演じてもらい脳波と呼吸を調べた。表情も動きも変化がないのに、情動をつかさどる脳の扁桃体が活動し呼吸が変わった。内面の悲しみが、息を通じて観客に伝わっていることが実験結果に出た。内と外を行き来し、身体と感情を同期させる*5 息のふるまい。これは能の世界そのものであり、人間の呼吸の多重性が夢幻的で内省的な能の美を可能にしている。（「朝日新聞夕刊」）

ここで本間生夫は、芸能と呼吸・息の関係について説明する。

「内面の悲しみが、息を通じて観客に伝わっていることが実験結果に出ま

（4）**隅田川**　人買いにさらわれた我が子梅若丸を尋ねてさ迷ってきた都の女の前に、梅若丸の亡霊が現われる。

（5）**同期させる**　作用を時間的に一致させる。

した」
「内と外を行き来し、身体と感情を同期させる息のふるまい。これは能の世界そのもの」
「人間の呼吸の多重性が夢幻的で内省的な能の美を可能にしている」

つまり、呼吸・息は口や鼻から空気を吸ったり吐いたりする個人の生理現象をいい、「息」というときは、吸う空気や吐く空気をさすこともある。あくまでも人間個人の生理の働きであることになる。能役者以外の日本の古典芸能の役者が芸談でよくいう「呼吸」「息」も個人の生理現象である。

世阿弥が「機」という文字に籠めた「気」もこの息に通じる、個人が吸ったり吐いたりする空気の吸い方・吐き方の生理である。

しかし、中国や韓国の舞踊・武術でいう呼吸と気は日本とはまったく異なる。

気は中国的世界観の根本原理であり、人間の生理的呼吸はその気を運ぶ風である。中国の古典から気についての代表的記述を引用する。

宇宙に充満するガス状の物質で分割できない。万物を形づくり生命・活力を与える。（『管子《かんし》』*6 内業篇）

（6）**管子** 春秋時代の斉の宰相管仲（かんちゅう）に仮託して書かれた法家の書物。成立は漢代まで降る。

（7）**荘子** 戦国時代中期の思想家荘子（荘周）の著書とされる道家の文献。

（8）**淮南子** 前漢の高祖の孫で淮南王の劉安が編集させた思想書。紀元前二世紀に成立。老荘思想 を中心に儒家、法家思想などを説く。

（9）**列子** 中国、古代の思想書。

絶えず運動し、凝集すると物体が形成され、拡散すると物体が消滅する。
(『荘子《そうじ》』*7 知北遊篇)

天は軽い気、地は重い気がそれぞれ分かれてできた。(『淮南子《えなんじ》』*8 天文訓)

星もまた気の英(エッセンスという意味)である。(『列子《れっし》』*9 天瑞篇)

季節の巡行も陰の気と陽の気の消長により、自然現象も気の運動である。
(『朱子語類《しゅしごるい》』*10 巻九十九)

これらの記述からみえてくる中国文明の気は宇宙の根本エネルギーである。大地のなかも土や岩の空隙《くうげき》を気が走っていてそのコースを地脈という。大地は地のエネルギーの満ちた生命体であり、人体の中にも気が流れ、そのルートが経絡《けいらく》である。中国医学では病気は気の不調によると考えられ、「病は気から」という(『黄帝素問《こうていそもん》』*11 学痛論篇)。道教では一日を生気と死気の時間帯に分け、生気の時にふかくゆるやかな呼吸を実践すれば、体内の気が入れ替わって不死の体になるという(『抱朴子《ほうぼくし》』*12 釈滞篇)。気は中国人の考える神の力でもある。孔子の『礼記《らいき》』*13「祭義」のことばである。

弟子から鬼神とは何かと問われた孔子が次のように答えている。

戦国時代の道家の列子とその弟子が書いたとされるが、のちの偽作とする説もある。

(10)**朱子語類** 南宋の思想家朱子と門弟との問答を整理し、各部門に分けて編纂した書。十三世紀に成立。

(11)**黄帝素問** この名の書が前漢末期に存在したが早い時期に失われ、のちに、『黄帝内経素問』(通常『素問』とよばれる)という名の書が唐代以前に出現し、医学理論の基本的な理論書とされた。

(12)**抱朴子** 道教の基本的理論書。四世紀に成立。神仙道教の理論を確立した葛洪(かっこう)号抱朴子の著。

(13)**礼記** 儒教の経典で、五経の一。礼についての解説・理論を説く。前漢の思想家戴聖(たいせい)が古い礼の記録を整理・編集した書。参照ページ118。

気とは神の盛りである。魄とは鬼《き》の盛りである。鬼と神を一つにすることがもっとも大切なのである。人は必ず死ぬ。死ねば必ず土に帰る。骨や肉は地の下に朽ちて、埋もれたままに野の土になる。気は天上に浮かび上がって神明となる。

気とは天の神の働きである。中国や韓国の舞踊・武術は呼吸を通して天の神の活力を身体によびこむことにねらいがある。彼らの所作がつねに身体を天にむかって開放しようとするのはそのためである。日本の芸能も究極は神との合一であるが、その神は地上の具象的・個別的な神々であって、普遍的な天空の気ではない。

世阿弥以降の日本の芸能者が気を個人の心の働き、生理の意味に限定し、世阿弥が表記を「機」に変えた理由はその違いにある。日本文化と中韓文化の根本の違いが「気」の一語に現われている。

そして、能に代表される日本演劇の演技の決まりの所作がつねに身体を大地にむかって収斂《しゅうれん》させる理由も、この「気」の観念の違いで説明がつく。

アジアの舞踊の決まりのポーズ。舞踊鑑賞の最重要視点は《天》と《地》である。一神教と多神信仰といいかえることもできる。舞踊の所作が究極的に天の神への祈りを表現して身体を天へ向かって開放するか、地の神への祈りを表現して身体を地へ向かって収斂するか、である。順次に、日本、中国、韓国の舞踊の決まりのポーズ。

『世界のダンス　世界舞踊祭ＴＯＫＹＯから発信』より。

狂言の笑い

直面《ひためん》の狂言が、能の五番組織の間に組みこまれて演じられる理由については、すでに説明した（「能と狂言の組合せ」「祭祀と芸能の分業形態」）。祭りで神を招くシャーマンと出現した神を表現するシャーマンとの分業に起源があった。その点では、狂言の存在自体は、いわば世界規模で見られる普遍的現象である。

ここでは、その普遍的存在の狂言が、完成した形態では、きわめて日本独自の存在となっていることを、日本文化の象徴という視点からあきらかにしておこう。

狂言が、能の一座と合流して、三番叟や能一番の中入りの間狂言《あいきょうげん》（間ともいう）、能との交互上演という役割を担うようになった時期は、観阿弥による能の形成に続く世阿弥の時代であった。

世阿弥は『習道書』のなかで、狂言の演技について、「狂言役者が笑いの手段として即興的な思いつき、あるいは昔物語などの面白おかしいものを素材として狂言を演じることは誰でもが知っていることである」とのべ、つづけて、間狂言について「能のなかに加わって、連絡、進行などの役をする場合は、見物を笑わせようと考えてはならない」とのべている。

『習道書』は永享二年（一四三〇）の奥書を持っている。応安七年（一三七四）の能の誕生から半世紀ののちには、狂言を能と組み合わせて演じることが、すでに世間周知となっていたことがあきらかである。

狂言が演じる「翁」のうちの三番猿楽（三番叟）に注目すれば、狂言が能の一座に臨時に参加していた時期は、永享二年をはるかに遡る。しかし、狂言方として能の一座に常時加入して、笑いの演技を担当するようになったのは、能の誕生から間もなくのころであった。観阿弥の尽力によって、大和猿楽が能楽界を完全に制圧した事態を受けて、狂言の連中もまた、能の一座に加わっていた。

狂言の役割は、世阿弥が説くように、能との交互上演で笑いを表現することと、能に交じって翁の三番叟や間狂言を演じることに二分される。

ここで、私が考えようとしているのは、狂言の笑いである。狂言の笑いについては、これまで、前身の猿楽の滑稽演技を継承したと説明される。たしかに、この説明は間違ってはいない。しかし、神男女狂鬼という五つの主題で演じられる神霊劇の能のあいだに組みこまれて、なぜ、ことさらに笑いを演じるのか、という問題はまだ十分には解明されていない。

日本人の笑いについて、最初の注目される業績は、昭和二十一年（一九四六）に柳田国男が発表した『笑いの本願』という書である。この書で、彼は、優越理論、嘲笑理論ともいうべき笑い論を展開した。「日本人は外国人が不思議がるほどよく笑う民族である。元来、笑いは満足の声であり、欲求が充たされれば、自然に笑う。相手が自分よりも弱く、醜く、または愚かであることを知ることは、笑いの刺激である」。このような論が延々と続く。

この笑いの理論は、じつは、西欧人が古代から展開してきた考えの、そのままの踏襲なのである。

笑うべきものは、他人に何らの苦痛も害悪もあたえないところの過失、もしくは醜さであるといえよう。（アリストテレス）

普通の笑いというものは、私の優越性を思いがけぬ形でみることだ。（スタンダール）

笑いはわれとわが身の優越からくる。そして笑いは悪魔的である。ゆえにふかく人間的である。これは人間にあって、みずからの優越性の観念の帰結である。（ボードレール）

日本人の笑いは、西欧人のこのゆとりが生む優越の笑いとは違う。日本人の笑いは、自分のおかれた状況を打開し、相手との関係を修復しようとする懸命の試みである。

日本人の笑いの原型は、『古事記』や『日本書紀』に語られているアメノウズメノミコトのつくりだした笑いにみることができる。彼女は、卑猥な踊りによって、八百万の神々の笑いを誘い出して、アマテラスが岩戸にこもって暗黒となった秩序を光明世界に逆転させたのである。

日本の各地に、笑い講とか笑い祭りとかよばれる民俗行事がのこされている。

いずれも参加者がいっせいに大笑いすることによって、古い秩序を追い払い、新しい秩序を迎えるという目的を持っている。和歌山県日高郡日高川町江川の丹生《にう》神社の笑い祭り、山口県防府《ほうふ》市小俣の笑い講、名古屋市熱田神社の「笑酔人《ようど》の神事」などなどである。これらの祭りには、神が笑いを好まれるから、などのもっともらしい説明がほどこされているが、共通して古い秩序を新しい秩序に改めるという願いがこめられている。

狂言の笑いが、この日本人の伝統的観念に由来することは、もう多言を要しないであろう。

神霊が登場して一つの秩序が展開した一番の能のあとに、狂言が登場し、笑いによって、古い秩序を更新し、新しい神霊を迎えて、新しい世界と秩序を舞台に展開させること。それが狂言の笑いの本質なのである。

ここにも、日本人の伝統文化の象徴がある。

日本文化の象徴、能・狂言

中韓と日本人の神観念の相違は芸能表現の細部にまで働きかけ、芸能の演技と舞台を支配する根本原理の違いとなっている。

日本人は『記紀』の神話からあきらかなように、混沌のなかから神とともに誕生した。神と人とのあいだに根本的な区別はなく、平安時代の官制の戸籍『新撰姓氏録《しんせんしょうじろく》』では、登録された氏族千百八十二氏のうち、皇別・神別、つまり天皇家の子孫と天皇家以外の神々の子孫を合わせて七百三十九氏、六十三パーセントまでが神の子孫に分類されていた。残りは渡来氏族や先祖の不明の人たちである。

混沌からの誕生という人間観は中国も共通であったが、仏教、道教などの体系宗教が浸透し、人間は神ときびしく区別され、死者も玉皇《ぎょっこう》や釈迦の支配下に入った。死者と生者が一つになることのない断絶の死生観である。

これに対し、正月に訪れる歳神《としがみ》信仰*[1]に示されるように、日本人の死者は広義の神霊の一種であり、現世の人間とも多くの共通点があった。断絶の死生観に対して循環の死生観といえる。

（1）**歳神信仰**　正月に先祖の霊が神として子孫の許に訪れるという信仰。日本人の正月行事の根本にこの信仰が存在する。

このような日本人の死生観をもっともよく示しているのも能である。中国人、そして韓国人は、神と人、死と生は断絶し容易には交流しないと考える。その信仰は芸能に反映し、神と人、死者と生者の芸能上の表現は厳密に区別され、化粧・臉譜《れんぷ》・仮面も両者は異なる。

他方、神と人、死と生の交流を信仰する日本芸能では両者の表現形態に共通性があり、化粧・隈取《くまどり》・仮面は共通であることが一般的である。死人が生前の姿で現世に出現し、そのまま死者の国へ帰っていく。同一の仮面や化粧で、人と神、生者と死者を表現するのである。

人が神と交流し生命を更新する日本文化の本質をもっともよく表現する芸能が中世に能・狂言として成立したのであった。

スイスの分析心理学者カール・グスタフ・ユングは人間の外的側面（周囲に適応するための仮装）をペルソナとよんだ。有名なペルソナ理論である。西欧古典劇の仮面をペルソナ（persona）という。西欧演劇の仮面は変装の手段なのである。しかし、日本の能面は仮装ではなく、「神と一体化した本質」である。

能面の独自性は、大陸仮面の影響下に成立した白色尉の翁面にもはっきり表われている。翁面は、「白と黒の対比」の章でくわしく説明したように、白が基本色であるが、現行の各流上演の翁面には、肉色面ともいわれる肌色の仮面が使用されている。

中国大陸では、「白と黒の対比」（152頁）でのべたように、白は天、陽を表わし、地や陰を表現する黒との対比で、天の神を象徴している。太極や陰陽の思想の影響を受けながら、日本人は、究極、天神の信仰を避けて、人が神ともなる人神交流の本来の信仰にたち戻って、人の肌の色で白色尉を表現したのであった。

この白色尉が人の肌の肉色であることにも、日本で誕生した能の本質が象徴的に示されている。

日本の芸能史、そして文化の大勢は、神中心から神と人の交流、そして人中心へと大きく三段階の変化をとげた。芸能史は、「祭り」→「芸能・芸道」→「芸術」の誕生へと推移する。中韓、そして海外の演劇はすでに人中心の「芸術」となっているが、日本の芸能、ことに能と狂言は、第二段階の「芸能・芸道」に、頑として止まり続けているのである。

芸能は祭りから誕生し、基層の信仰を反映・表現する。能と狂言は日本人の信仰としての神人観や死生観・霊魂観の反映と表現である。中韓の芸能の深刻な影響を受けて成立しながらも、能と狂言は日本文化の本質をそのままに具現しているのである。

主要参考文献

断らないかぎり、世阿弥の著述の引用は、能勢朝次『世阿弥十六部集評釈上下』（岩波書店、一九四〇年～一九四四年）による。

Ⅰ　能・狂言研究史

諏訪春雄『歌舞伎開花』角川書店、一九七〇年
諏訪春雄『図説資料近世文学史』勉誠社、一九八六年
横道萬里雄「能」『日本古典文学大辞典』岩波書店、一九八三年～一九八五年
山路興造『翁の座　芸能民たちの中世』平凡社、一九九〇年
高野辰之『歌舞音曲考説』六合館、一九一五年
能勢朝次『能楽源流考』岩波書店、一九三八年
伊原弘『『清明上河図』をよむ』勉誠出版、二〇〇三年

Ⅱ　日本の中世文化

諏訪春雄『親鸞の発見した日本―仏教の究極』笠間書院、二〇一五年

出村勝明「吉田神道の道教的要素について」『神道史研究』神道史研究会、一九八九年

Ⅲ　大陸芸能と能・狂言

諏訪春雄『日本の祭りと芸能　アジアからの視座』吉川弘文館、一九九八年
服部幸雄『宿神論―日本芸能民信仰の研究』岩波書店、二〇〇九年
川村湊『闇の摩多羅神―変幻する異神の謎を追う』河出書房新社、二〇〇八年
梅原猛『うつぼ舟1　翁と河勝』角川学芸出版、二〇〇八年
夢枕獏『宿神』全四巻　朝日新聞出版、二〇一二年
山本ひろ子『異神　中世日本の秘教的世界』平凡社、一九九八年
山田雄司「摩多羅神の系譜」『芸能史研究』一一八号　芸能史研究会、一九九二年七月
本田安次『延年資料その他』能楽書林、一九四八年
萩原秀三郎『目でみる民俗神』全三冊　東京美術、一九八八年
諏訪春雄「除災の信仰と来訪神の信仰」諏訪春雄・有澤晶子・王承喜編『中国秘境　青海崑崙　伝説と祭を訪ねて』勉誠出版、二〇〇二年
福島邦夫「北部九州の宗教文化」『長崎大学教養部紀要（人文科学篇）』第三十五巻 第一号、一九九四年
松岡心平「唱導劇の時代―能の成立についての一考察―」東京大学国語国文学会『国語と国文学』一九八八年五月
松岡心平「勧進能のトポス―亡霊の誕生―」岩波書店『ヘルメス』一九八八年十二月

岩本裕『日本佛教語辞典』平凡社、一九八八年
入矢義高・梅原郁訳注『東京夢華録』岩波書店、一九八三年
『中国大百科全書　戯曲曲芸』中国大百科全書出版社、一九八三年
廖奔編著『中国戯劇図史』河南教育出版社、一九九六年
茆耕茹『目連資料編目概略』施合鄭民俗文化基金会、一九九三年
七理重恵『謡曲と元曲』積文館、一九二六年
田仲一成『中国祭祀演劇の研究』東京大学出版会、一九八一年
『仏教文化事典』佼成出版社、一九八九年
馬書田『全像中国三百神』江西美術出版社、一九九二年
胡天成「論『川目連』受封地蔵王之縁起」『四川戯劇』一九九〇年
『中国巫儺面具芸術』江西美術出版社、一九九六年
田耕旭『韓国仮面劇　その歴史と原理』法政大学出版局、二〇〇四年
金両基『韓国の仮面劇の世界』新人物往来社、一九八七年
㈳全日本郷土芸能協会『日本の祭り文化事典』東京書籍、二〇〇六年
吉田憲司編『仮面は生きている』岩波書店、一九九四年
後藤淑『仮面』岩崎美術社、一九八八年
木村重信『民族芸術学の源流を求めて』ＮＴＴ出版、一九九四年
大林太良『仮面と神話』小学館、一九九八年

佐原真監修・勝又洋子編『仮面　そのパワーとメッセージ』里文出版、二〇〇二年
諏訪春雄「東アジア仮面文化の交流」国際日本文化研究センター編『日本人と日本文化　ニュースレター
11号』二〇〇〇年
馬昌儀『古本山海経図説』山東画報出版社、二〇〇一年
『北京風俗大全』平凡社、一九八八年
『雍和宮』中国民族撮影芸術出版社、二〇〇一年
印南喬「喇嘛跳鬼舞仮面考」『演劇学』第六号　早稲田大学演劇学会、一九六四年
河野亮仙「儀礼と芸能のアルケオロジー　インド文化圏の辺縁としてのチベット」『チベット・曼荼羅の
世界—その芸術・宗教・生活』小学館、一九八九年
金栄華「漢城昌徳宮蔵方相氏面具跋」『中韓関係史国際研討会論文集』、一九八三年
李杜鉉「韓国仮面劇の歴史」『古面』岩波書店、一九八二年
野村万之丞『心を映す仮面たちの世界』檜書店、一九九六年
高野辰之『日本歌謡史』春秋社、一九二六年
野上豊一郎『能の幽玄と花』岩波書店、一九四三年
金剛巌『能』臼井書房、一九四八年
後藤淑『中世仮面の歴史的・民俗学的研究』多賀出版、一九八七年
森田拾史郎『森田拾史郎写真集　韓国の仮面』ＪＩＣＣ出版局、一九八八年
『中国民間美術全集　面具臉譜巻』山東友誼出版社・山東教育出版社、一九九三年

料治熊太『日本の土俗面』徳間書店、一九七二年
乾武俊『「仮面」と「舞台」』自選乾武俊著作集、二〇〇七年
諏訪春雄『日中比較芸能史』吉川弘文館、一九九四年
『日本古典文学大辞典』岩波書店、一九八三年〜一九八五年
『新訂増補能・狂言事典』平凡社、一九九九年
池田末利『中国古代宗教史研究　制度と思想』東海大学出版会、一九八一年
黄強「「尸」と神のパフォーマンス」『日中文化研究』創刊号　勉誠社、一九九一年
C・ブラッカー著、秋山さと子訳『あずさ弓―日本におけるシャーマン的行為』岩波書店、一九七九年
岩田勝『神楽源流考』名著出版、一九八三年
加藤敬『巫神との饗宴　韓の国・巫祭記』平河出版社、一九九三年
比嘉康雄『来訪する鬼』ニライ社、一九九〇年
『おきなわの祭り』沖縄タイムス社、一九九一年
中野美代子『岩波新書　中国の妖怪』一九八三年
横道萬里雄『幽玄の花』NHKサービスセンター、一九八四年
田仲一成『中国演劇史』東京大学出版会、一九九八年
寒声『上党儺文化と祭祀戯劇』中国戯劇出版社、一九九九年
喬健・劉貫文・李天生『楽戸―現地調査と歴史研究―』江西人民出版社、二〇〇二年
沖浦和光・寺木伸明・友永健三『アジアの身分制と差別』部落解放・人権研究所、二〇〇四年

項陽著・好並隆司訳『楽戸　中国伝統音楽文化の担い手』部落解放・人権研究所、二〇〇七年
国際学術研討会『魅力長治　寒社と楽戸文化手冊』二〇〇六年
林屋辰三郎『歌舞伎以前』岩波書店、一九五四年
林屋辰三郎『中世芸能史の研究』岩波書店、一九六〇年
後藤淑『日本芸能史入門』社会思想社、一九六四年

Ⅳ　能の誕生

『国立能楽堂所蔵資料図録』日本芸術文化振興会、二〇〇一年
表章「観阿弥清次と結崎座」『文学』岩波書店、一九八三年七月
天野文雄『世阿弥がいた場所』ぺりかん社、二〇〇七年
『日本庶民文化史料集成第三巻　能』三一書房、一九七八年
『日本庶民文化史料集成第二巻　田楽・猿楽』三一書房、一九七四年
井浦芳信『日本演劇史』至文堂、一九六三年
百瀬今朝雄「二条良基書状―世阿弥の少年期を語る―」『立正史学』六四号、一九八八年九月

Ⅴ　日本文化の象徴

諏訪春雄『大地　女性　太陽　三語で解く日本人論』勉誠出版、二〇〇九年
諏訪春雄『折口信夫を読み直す』講談社現代新書、一九九四年

本田安次『能及狂言考』丸岡出版社、一九四三年
稲垣栄三『古代の神社建築』至文堂、一九七三年
春世増ほか『中国少数民族面具』朝華出版社、一九九九年
諏訪春雄編『江戸の花　歌舞伎絵展図録』東武美術館、一九九九年
『中国民間美術全集　面具臉譜巻』山東教育出版社・山東友誼出版社、一九九三年
野上豊一郎『能二百四十番』丸岡出版社、一九四三年
諏訪春雄『霊魂の文化誌』勉誠出版、二〇一〇年
『新釈漢文大系』明治書院、一九六〇年〜
『役行者と修験道の世界展図録』東武美術館、一九九九年
能勢朝次『世阿弥十六部集評釈』岩波書店、一九四〇年
観世流家元清和「朝日新聞夕刊」二〇一四年八月二〇日
本間生夫「朝日新聞夕刊」二〇一四年八月二〇日・二一日
星海舟編『世界のダンス　世界舞踊祭TOKYOから発信』不昧堂出版、二〇一三年

あとがき

本書は、京都造形芸術大学を拠点に、同大学教授田口章子氏の提案で実施された能の誕生についての研究会「白髭研究会」で私が発表した成果を盛りこんで成立している。「白髭研究会」は、京都造形芸術大学連続公開講座「日本芸能史」が、二〇一二年度に総合テーマ「日本の中世」で開講され、各論で私が「能・狂言」をとりあげたことがきっかけとなり、田口章子氏、同大学教授関本徹生氏、私の三名が中心となって結成された。随時、京都新熊野《いまくまの》神社宮司尾竹慶久《おたけよしひさ》氏、観世流シテ方片山九郎右衛門氏、狂言師茂山あきら氏、京都造形芸術大学教授天野文雄氏、そのほかの方々が参加され、二〇一四年まで足掛け三年に渡って継続した。

課題が京都にふかく関わるため、ジャーナリズムも注目し、「京都新聞」文化部が記者を派遣して、ほぼ毎回記事にとりあげた。

三年間の研究会で私が発表した内容は本書全十一章のうち、「Ⅳ　能の誕生」の「8　能の誕生と誕生地」から「9　曲舞と能」の「猿楽を変えた曲舞」までの五章で、それ以外のすべての章は、今回、本書のために私が新しく書きおこした。研究会のまとめとして、二〇一四年十一月十五日、「観阿弥の「白髭の曲舞（くせまい）」と能『白鬚（しらひげ）』」というテーマの催しが、やはり田口教授の発案で開催された。その実施に先立つ十月六日、京都造形芸術大学内で記者発表が行なわれた。それを受けて「毎日新聞」（十月二十二日朝刊）、「読売新聞」（十一月十日夕刊）ほか各紙が記事を掲載した。

以下は、「能の誕生に迫るシンポ」のタイトルで紹介した「読売新聞」の記事である。


能の誕生を巡るシンポジウムと上演の会「観阿弥の「白髭の曲舞」と能『白鬚』」が十五日、京都市左京区京都造形芸大・春秋座で催される。

平安時代の猿楽から発展した能は、観阿弥・世阿弥父子が大成したとされる。ただ、具体的な過程は分かっていなかった。

諏訪春雄・学習院大学名誉教授（芸能史）は田口章子・京都造形芸術大学教授（近世演劇）らとの共同研究会でその詳細を検討。世阿弥の芸道論「申楽談儀」に、一三七四年、京都・今熊野で初めて、観阿弥・世阿弥が「申楽」を演じたとの記述があることに注目した。諏訪氏はこの時点で観阿弥が制作していた唯一の作品が「白髭の曲舞」だったと推測。これこそ「能が誕生した歴史的瞬間」と結論付けた。

当日は観世流シテ方、片山九郎右衛門が「白髭の曲舞」の再現を試みた後、後に改作された現行曲「白鬚」も上演する。シンポジウムでは諏訪氏と九郎右衛門氏らがパネリストを務める。司会は田口教授。午後二時。


三年に渡った研究会の最後の一年間に能楽研究者の天野文雄氏が参加された。当然に、それまで、私のペースで進んでいた研究会にたびたびストップがかけられることになった。曲舞説に対する田楽説、舞クセに対する居クセ説など、天野氏が鋭く提示された論であり、ことに居クセの論は、現行の演出にもとづく発言であったために、参加していた能・狂言の舞台人たちの賛同を得ることにもなった。

この能の誕生に関わる研究会のまえに、やはり京都造形芸術大学を拠点に、「上方和事研究会」が組織され、坂田藤十郎、中村翫雀《かんじゃく》（現中村鴈治郎）ご父子にも参加していただいた。この研究会は、最終の目的を元禄上方和事の復元上演におき、私が近松作を全面改訂して書きあげた脚本「夕霧七年忌」を舞台にかけて、活動を終えた。

今回の研究会でも最終のねらいは観阿弥作の「白髭の曲舞」の復元上演におき、そのために、私が、改訂・増補した脚本を用意したのであったが、実現しなかった。片山九郎右衛門氏が京都造形大の春秋座の舞台で演じた「白髭の曲舞」は、私の脚本ではなく、現行曲「白鬚」の該当箇所を抜き出し、舞クセで演じたものである。

四つ拍子の音楽にきびしく規制されて、のちの安易な改訂・演出を許さない能と、比較して役者の自由の許される歌舞伎との違いを改めて痛感させられることになった。

能の研究一筋に歩んでこられた天野氏のご異見をうかがうことによって自分の論に誤まりのないことを逆に確認させられ、直接に、本書執筆へのつよい自信につながった。

いまは天野氏のご寛容に対し心から御礼を申しあげたい。

本書は私の比較芸能史研究の一つの集成となった。このような研究、執筆の機会をあたえてくださったのは、私の学習院大学時代の教え子で、研究会を企画された京都造形芸術大学教授の田口章子氏である。師から教え子にという、逆の立場ではあるが、心からの感謝をささげたい。

なお、本書掲載の写真・挿図は出典明記以外はすべて私の撮影・作図である。

二〇一六年一〇月

諏　訪　春　雄

能・狂言の誕生

著書
諏訪春雄
（すわ・はるお）

著者略歴
1934年、新潟県新潟市に生まれる。新潟大学卒業、東京大学人文科学研究科博士課程修了、文学博士。学習院女子短期大学教授、学習院大学文学部教授を経て、現在学習院大学名誉教授。前国際浮世絵学会理事長。元日本近世文学会代表。大韓民国伝統文化研究院顧問。研究領域は近世文芸、浮世絵、比較民俗学、比較芸能史。

●主な著書に、『愛と死の伝承』、『近松世話物集（1）（2）』、『歌舞伎開花』（いずれも角川書店）、『元禄歌舞伎の研究』、『近世芸能史論』、『近松世話浄瑠璃の研究』、『親鸞の発見した日本—仏教の究極』（いずれも笠間書院）、『歌舞伎史の画証的研究』（飛鳥書房）、『歌舞伎の伝承』（千人社）、『江戸っ子の美学』（日本書籍）、『忠臣蔵の世界』（大和書房）、『江戸その芸能と文学』、『近世の文学と信仰』、『心中—その詩と真実』、『出版事始—江戸の本』（いずれも毎日新聞社）、『日本王権神話と中国南方神話』（角川書店）、『天皇と女性霊力』（新典社）、『大地女性太陽三語で解く日本人論』（勉誠出版）、『鶴屋南北』（山川出版社）、『日本の幽霊』（岩波新書）、『日本の祭りと芸能』、『北斎の謎を解く』（いずれも吉川弘文館）、『霊魂の文化誌』、『江戸文学の方法』（いずれも勉誠出版）、『安倍晴明伝説』（ちくま新書）、『日本人と遠近法』（ちくま新書）などがある。

2017年1月15日　第一刷発行

発行者　池田圭子

装丁　笠間書院装丁室
発行所　**笠間書院**

〒101-0064　東京都千代田区猿楽町2-2-3
電話 03-3295-1331　Fax 03-3294-0996　振替 00110-1-56002
ISBN978-4-305-70820-5 C0091
NDC 分類：188.72

組版・印刷・製本　モリモト印刷

乱丁・落丁本はお取り替えいたします。
http://kasamashoin.jp/